京の縁結び　縁見屋の娘

三好昌子

JN211718

宝島社
文庫

宝島社

目次

《緑見屋の家系》

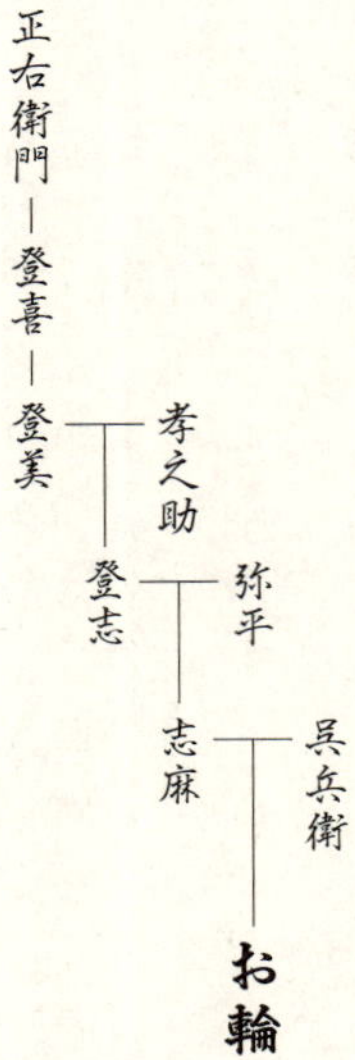
正右衛門
登喜
登美
孝之助
登志
弥平
志麻
呉兵衛
お輪

京の縁結び　縁見屋の娘

序章

其の一

京に初雪の降った朝、お輪《りん》の母は亡くなった。

——今夜は冷える。明日は雪になるやろ。温《ぬく》うして寝るんやで——

——うち、お母はんと一緒に寝たい——

お輪は八つになっていたが、そう言って母の寝床に潜《もぐ》り込んだ。

——幾つになっても、甘えん坊やな——

父の呉兵衛《ごへい》が笑った。母の志麻《しま》は、お輪を柔らかな胸に抱きしめてくれた。

凍えるように寒くて、お輪は朝早くに目覚めた。雨戸を締め切った部屋は、暗い。

それでも、戸の隙間《すきま》から漏れる白い光が障子《しょうじ》の端をわずかに染めていた。

——お母はん、雪が降ってるか見よ——

母親を起こそうとして、お輪はハッと息を飲んだ。志麻の身体は雪の像のように冷たかったのだ。

——お母はん、お母はん、起きて——

必死に揺すっていると、お輪の隣で寝ていた呉兵衛が気づいた。

――志麻、どないしたっ――

普段穏やかだった父の顔が、まるで鬼のようだった。呉兵衛は大声を上げると、障子を倒す勢いで廊下へ走り出て行った。

――お義父はん、志麻が、志麻が……――

その後に起こった騒動は、到底お輪に理解できるものではなかった。お輪は部屋の隅に追いやられ、小さくなって震えていた。

（お母はん、早《はよ》う起きて。せやないと、なんや、大変なことになる……）

――嬢《とう》はん、ここにいてはったんやな――

声をかけられ、顔を上げた。覗《のぞ》き込んでいたのは、お勝《かつ》だった。お勝はかつて母の子守だった女だ。

お輪はお勝にしがみつくと、わっと泣き出していた。何が起こったのか分からなかった。母が一向に目覚めない。それが、これほど恐ろしいことだとは思ってもみなかったのだ。

――わてが来ましたさかい、もうなんも案ずることはあらしまへん――

そう慰めるように言われても、真っ黒に塗りつぶされた胸の内が、晴れる筈《はず》もなかった。

――……二十六歳やったんやて……――

通夜の場で、一人の年配の女が隣席の女にひそと囁《ささや》くのが聞こえた。

――あの噂《うわさ》は、本当やったんやな――

相手の女が頷《うなず》くと、周囲の者たちの視線が一斉にそこに集まった。

――縁見屋《えんみや》の娘は祟《たた》りつきや。せやさかい二十六の年に死ぬ。確か、志麻はんのお母はんも……――

――呉兵衛さんも、えらい家に婿養子に入ったもんや――

最初、座敷の片隅にいたお輪には、誰も気づいていないようだった。客の一人がお輪を見つけて、すぐにシッと周囲を制した。

――お輪ちゃん。子供はもう寝た方がええ。誰ぞ部屋へ連れて行ってやって。お勝さんは、どないしたんや――

お勝は厨《くりや》で料理や酒の手配をしていて、その場にはいなかった。

――お輪、こっちへおいで――

その時、大きな手がお輪の身体を抱え上げた。祖父の弥平《やへい》だった。

弥平はお輪を下ろすと、手を取って廊下へ出た。夜の庭は一面の雪景色だった。母親と一緒に見る筈だった初雪を、お輪は今初めて目にしたような気がした。

――お祖父《じい》はん。お母はんは、もう起きはらへんの？――

お輪は尋ねた。弥平は小さく頷いて、「せや」と言った。

――縁見屋の娘は二十六で死ぬ、て、どういうこと？――

意味は分からなかったが、それが母が眠ったまま起きないでいる理由のように思えた。

弥平はしばらく無言になった。それから足を止めると、お輪の前にしゃがみ込み、顔を見つめてこう言った。

――お輪、お前は大丈夫や。わしが、あんじょう頼んどるさかい……――

それから、お輪の頭にぽんと手をのせる。

――必ず、守ってくれるやろ――

その言葉の意味を考える余裕は、当時のお輪にはなかった。

守るなら母を守って欲しかった……。その思いばかりが、お輪の胸を強く締めつけていたのだった。

第一章

其の一

子供の頃、お輪はよく夢を見た。夜空が赤い。京の町が炎を上げて燃えているのだ。炎は町ばかりか、天空の星々や月まで燃やし尽くしてしまいそうだった。

お輪は川の西側にいた。多分、堀川《ほりかわ》なのだろう。腕に幼児を抱いている。お輪は大人の女で、恐ろしさよりも子が無事でいることに、ただ安堵《あんど》していた。

その後、何があったのか。気がつけば子供はいなくなり、深い悲しみだけが、お輪の胸一杯に広がっていた。そこでお輪は目覚め、母親の志麻の胸にしがみついて大泣きしたものだ。確か、五歳か六歳の頃だったろうか。

京都はかつて大火に見舞われたことがある。宝永《ほうえい》五年（一七〇八年）の三月の大火事は、今でも人々の間で語り継がれていた。昼頃、油小路通り《あぶらのこうじどお》姉小路下ル《あねやこうじさが》の銭屋から出火し、風に煽《あお》られた勢いで、翌日未明まで燃え続けたと言う。

この大火は、北は今出川通り《いまでがわどお》、南は四条通り《しじょうどお》、東は鴨川《かもがわ》、西は堀川までの一帯を焼き払った。被害は禁裏にまで及《およ》んでいる。

付け火にしろ失火にせよ、洛中に火事は多々あったが、これほどの大火災は、安元《あんげん》三年（一一七七年）の四月に起こった「太郎焼亡《たろうしょうぼう》」以来であった。

「太郎」とは、愛宕山《あたごやま》に棲《す》む天狗の頭領、「愛宕山太郎坊《たろうぼう》」のことである。

火事は愛宕山の天狗《てんぐ》が起こしたものだ、と、洛中の陰陽師《おんみょうじ》や占術師等が触れ回ったことから、そう呼ばれるようになった。

宝永の大火の折も、西陣を中心に京の北方を焼いた享保《きょうほう》十五年（一七三〇年）の「西陣焼け」の折も、そのような噂は流れてはいない。

考えてみれば、愛宕山の山頂にある神社には、火の神「迦倶槌尊《かぐつちのみこと》」や、天狗とも言われる愛宕権現《ごんげん》が祀《まつ》られていた。天狗は火事を起こすというよりは、むしろ火防ぎの神として信仰されている。

当時のお輪は、火事に遭ったことも見たこともなかった。それなのに、火の中を逃げ惑う夢を見る。周囲の者は不思議がったが、きっと大人たちの昔話でも聞いたのだろう、と言うことで落ち着いた。

実際、十歳になる頃には、火事の夢はほとんど見なくなっていた。

それでも、時々お輪は不安になる。夢の中で、お輪は幼児をしっかりと胸に抱きしめていた。お輪の年齢は二十歳くらいだったろうか。

（あれが、いずれうちの身に起こることやとしたら？）

自分が所帯を持ち、子を産んだ後に起こる出来事だとしたら……。都の大半を燃やす大火で生き延びても、子を失うのだとしたら……。

考えるのも恐ろしく、お輪は、そんな日が来ないことをただ祈るしかなかった。

その日の夕刻、お輪は埃《ほこり》っぽい道に打ち水をしていた。天明《てんめい》七年（一七八七年）の八月半ばの頃だった。昼間の暑さは相変わらずだが、朝晩は幾分過ごしやすくなっていた。

あれほど煩《うるさ》かった蟬《せみ》の声も、いつしか聞こえなくなっている。

ここしばらく、雨はほとんど降ってはいない。八年ほど前から、冷夏や旱魃《かんばつ》が続き、飢饉《ききん》による打ち壊しが、各地で起こっていた。今年の五月には、伏見《ふしみ》でも米蔵が襲われたと聞いている。

堀川の水位も低くなり、川端にずらりと植えられた柳の緑も、熱気で色褪《あ》せていた。

お輪の家は口入業を営んでいる。店の名を、「縁見屋」と言った。

――人と仕事を結びつけるのも、夫婦の縁を結ぶのと同じや。せやさかい、人を見る目を持たなあかん――

それが呉兵衛の口癖だった。

――正しく人を見るには、己が正しゅうないとあかんのや――

呉兵衛はひどく信心深かった。仏も祈れば、神にも祈るという徹底ぶりだ。困っている者がいれば必ず助けようとした。食べ物が欲しい者には食べ物を、仕事が必要な者には、熱心に働き口を世話してやった。

六月には京の町衆の有志が集まり、豊穣祈願の千度参りを行ったが、これにも率先して加わっている。

「縁見屋」は堀川通りを南に下がり、東西を貫く四条通りとの角地にあった。ここで堀川の流れも二手に分かれ、西へと続く四条川が、三条台村《さんじょうだい》と西院村《さい》の間を流れる紙屋川《かみやがわ》へと注いでいる。

この辺りには北山から運ばれて来る材木の集積所があり、材木問屋の数も多い。木場人足の斡旋《あっせん》も、主に縁見屋が請け負っていた。

四条通りから西へと延びる四条街道と、その一筋北を通る嵯峨《さが》街道は、どちらも愛宕山へと続く愛宕街道に繋《つな》がっていた。

そのため修験者《しゅげんじゃ》がよく通りかかる。呉兵衛は彼等を見ると、必ず呼び止めて喜捨をし、食べ物を振る舞い、時には宿を貸すこともあった。

ここから乾《いぬい》の方角を見れば、愛宕山の雄姿がよく見えた。愛宕山は天狗が棲む火伏《ひぶせ》の山だ。

お輪は打ち水をする手を止めて、愛宕山に向かって手を合わせた。

(どうか、あの夢が本当になりませんように)

十八歳になった今、火事の夢を見ることはなかったが、西の空が夕焼けで朱に染まる頃になると、どうしても夢の光景を思い出してしまう。

何よりも恐ろしいのは子供を失うことだった。未だ恋をしたこともないお輪であったが、あの悲しみを思うと、一生独り身でもよいとさえ思えた。

お輪は、ふと橋に目をやった。人影が見えた。いつも以上に濃い夕焼けを背にしているその姿が、まるで炎から現れたようで、お輪の心の臓は一瞬どきりと跳ね上がった。

「娘さん」、と男は声をかけてきた。身なりから修験の行者だと分かった。

「水をいただけませんか」

男はお輪の手元の水桶《みずおけ》に視線を落とす。

「持って来ますさかい、中でお待ち下さい」

いつものことだ。そこはお輪も慣れている。

「おなかも空いてはりますやろ。どうぞ入っておくれやす」

お輪は、「縁見屋」と白抜きで大書された藍色の暖簾《のれん》を片手で掲げた。

「お客はんか」

中から呉兵衛の声がする。

「へえ、行者様どす」

すると、呉兵衛は小柄な体を丸めるようにして現れた。

「これは、ようこそおいで下さいました。どちらでご修行を？」

「愛宕山の白雲寺《はくうんじ》から参りました」

白雲寺は修験道の寺だ。

男は呉兵衛の親しげな様子に、幾分戸惑っているようだった。ぴくりともその場を動こうとはしない。

「『天狗橋』の畔《ほとり》で商売をしていますとな。行者様が店の前をよう通らはるんどす。わての家は、先祖代々、行者様の御世話をするのを供養としておりまして、まあ、『しきたり』のようなもんどすわ」

「天狗橋」は、縁見屋の前に架かる橋の呼び名だった。元々は違っていたらしいが、今ではそれが通り名になっている。

「丁度、夕餉《ゆうげ》の時分や。すぐに用意をさせますよって、どうぞ休んでいっておくれやす」

「いえ、私は、水を一杯いただければ……」

男は断った。日も暮れかかり、そろそろ明りを灯す頃だった。笠《かさ》をかぶっている上に、薄闇で男の表情はよく見えない。衣服は埃や泥に塗《まみ》れていて、山での修行がいかに苛《か》酷《こく》なものかを伝えていた。

「入っておくれやす。水はすぐにお持ちしますさかい」

遠慮しているのだろう、そう思って、お輪はさらに強く勧めた。

「御坊様も行者様も、喜捨を受けるのが仕事どす」

呉兵衛は男の腕を取って、家の中へと引き入れようとする。さすがにそこまでされては断る訳にはいかなくなったのか、男は素直に暖簾を潜《くぐ》った。

「お輪、般若湯《はんにゃとう》も用意するんやで」

呉兵衛は嬉《うれ》しそうに言った。客を酒でもてなし、その相伴に与《あずか》るのが、呉兵衛の楽しみの一つだったのだ。

風呂桶にはすでに水が張ってあったので、後は沸かすだけだ。去年に引き続き、今年も雨が少ないが、幸いなことに縁見屋の井戸は、変わらず豊かな水を湛《たた》えていた。

お輪は大急ぎで男の着替えを用意した。背の高い男だった。呉兵衛の浴衣では到底身に合わない。

お輪は納戸へ行って、長持の中から祖父の着物を何枚か引っ張り出した。久しぶりに祖父の浴衣を目にすると、懐かしさがじわりと込み上げてくる。

お輪の記憶に残る祖父の弥平は、痩せ気味だが上背があった。元は武家だ。勘定方として京屋敷に勤めていたが、祖母と出会い、身分を捨てて婿養子になった。

弥平は無口で厳格な性格であったが、滲《にじ》み出るような優しさと教養があり、町内の信望を集めていた。お輪はこの祖父が大好きだった。

おかしな事だが、縁見屋には、なぜか男児が生まれなかった。女児は生まれる。そのため、どうしても婿を取ることになる。

お輪は夢で見た光景を思い出した。大人のお輪が抱いていた幼児は、三歳ぐらいの男児であった。そんな将来が自分に訪れるとも思えない。

(やっぱり、ただの夢なんや)

お輪は胸の内で笑った。少し残念な気もしたが、ほっとしたのも事実だった。

夕餉の膳を座敷に運ぶ。焼き茄子《なす》に、胡瓜《きゆうり》と茗荷《みようが》の和え物、焼いた干し魚、豆腐と茗荷の味噌汁《みそしる》……。茗荷は庭の片隅に植えてある。この時期は花芽が幾らでも採れたので、朝晩は大抵料理に使った。呉兵衛は酢味噌和えをことに好んだ。

父と娘の二人の暮らしに、突然の客は心が躍るものだ。普段は飲まない呉兵衛さえも、酒を要望するぐらいだ。

弥平が生きていた頃は、まだ使用人も多かった。八歳の時に母の志麻が、その後、弥平が亡くなってしまうと、呉兵衛は人を徐々に減らしていき、最後には祖母の代から仕えていたお勝一人になった。

お勝は元々志麻の子守だった。すでに嫁いでいたが、母親を亡くしたお輪のために、呉兵衛が通いの子守を頼んだのだ。お輪が十四歳になる頃にはお勝もやめて、以来、父娘二人で店を守ってきた。

座敷に用意が整った頃、男が風呂から上がってきた。すでに辺りは暗くなっている。昼間の熱気はすでに消えていた。

男は座敷に入りかけて、その足を止めた。視線を庭に移して「ドクダミですね」と言う。刈ったばかりのドクダミが、大きな竹笊《たけざる》に入れて干してあったのだ。

元々縁見屋は「岩倉屋《いわくらや》」という商家だった。数代前のご先祖が店をたたみ、口入屋を始めた。当時の名残で、家は二人暮らしには大きすぎ、庭もだだっ広い。

弥平は先代から引き継いだ庭を大事にしていた。庭師を入れるだけでなく、自ら丹精し、綺麗《きれい》に整えていた。

弥平が他界してからは、風景はすっかり様変わりしてしまった。松や梅、桜、木瓜《ぼけ》、金木犀《きんもくせい》など、庭木は残っているものの、下草や雑草などを抜くことがほとんどなくなったからだ。

呉兵衛の実家が薬種問屋だったこともあって、「役に立たないと思われる草の中にも、薬が隠れているんや」、と雑草を放置しているのだ。

確かにドクダミやハコベ、ヨモギといった薬草も生えている。「験《げん》の証拠」と呼ばれるタチマチ草まで見つけた時には、さすがの呉兵衛も小躍りして喜んだ。本来は山野に育つ薬草だ。胃腸が悪い時、煎《せん》じて飲むとすぐに治ると言う。

タチマチ草はともかく、ドクダミを刈り取った後は、数日の間、独特な匂いが庭中に漂った。

ドクダミに触った手にも、しばらくは匂いが残る。お輪は「臭い」と言い、呉兵衛は「ええ匂いや」と言う。お輪にとって、ドクダミは夏の終わりを告げる匂いだった。

「さすがによう知ってはりますなあ」

呉兵衛は感心したように言うと、さっそく男を招き入れた。床の間の前に座らせ、

「一献」と酒を勧める。

今の時期はまだ冷やし酒だ。男は恐縮したように頭をわずかに下げると、杯を空けた。

「お名前を聞いてもよろしゅうおすか」

呉兵衛に尋ねられ、男は答えた。

「『帰燕《きえん》』とお呼び下さい」

「はて、どのような字を……」

「秋の燕《つばめ》のことです」

呉兵衛は煮え切らない顔をする。理由はお輪にも分かった。「秋燕」、または「帰燕」は今頃の時候を言う。春に渡って来た燕が南へ帰って行く時期だからだ。

それは、明らかに偽名のようにも思えた。

「はて」、と呉兵衛は作り笑いを浮かべる。

「それで、帰って行かれるのか、帰って来られたのか、どちらの燕どすか」

男は困惑したように小さく笑った。

「それを、私も決めかねているところです」

おかしな男だと思った。「帰燕」などという妙な名を名乗る男は、居住まいを崩すことなく、背筋を伸ばして座っている。弥平の浴衣を着ているせいか、凛《りん》としたその佇《たたず》まいは、気品もあり、「燕」に似ていなくもない。

長い髪が肩から背にかけて流れていた。日のあまり当たらない深山にいるせいか、男の顔は日焼けとは無縁のようだった。修験者らしい荒々しさは微塵《みじん》もなく、整った美しい容貌をしていた。

あまりにも見つめすぎたのか、男はふいにお輪の方へ顔を向けた。お輪は慌てて、徳利を手に立ち上がろうとした。

「御酒をお持ちします」

だが、酒はまだ残っている。男は最初の一杯を飲んだきり、呉兵衛がいくら勧めても、飲もうとはしなかったのだ。料理も、野菜の小鉢しか手をつけていない。

「酒は結構です。それよりも休ませていただきたいのですが」

男の顔には疲れが見える。

「わてとしたことが、気が利かんことで、えらいすんまへんなあ」

呉兵衛はお輪に、奥の座敷に床を用意するように言った。

「ところで、これからどちらへ行かはるんどす？」

「しばらくは京におります。どこかの御堂にでも泊めて貰《もら》うつもりですが……」

「それやったら」、と呉兵衛は顔を輝かせた。

「この近所に、『火伏堂』ていう御堂があります。あの宝永の大火の折に、火が堀川まで来ましてな。ところが、不思議なことに、この家だけは火を免れることができましたんや。当時は『岩倉屋』ていう材木問屋どしてな。当主やった正右衛門《せいえもん》が、愛宕山の火防ぎの神さんを信心してまして、それで助かったんやろて……」

材木問屋であったことは、お輪も知っていた。火事の後、焼け残った材木は売れに売れ、相当に繁盛したらしいが、なぜか正右衛門はその店を閉めてしまった。

正右衛門はその後、私財を投じて火伏堂を建て、地蔵菩薩《ぼさつ》と火伏の神、愛宕権現を祀った。

「以前、この火伏堂には堂守《どうもり》がいてましたんやけど、その爺様《じい》が、五年ほど前に、突然おらんようになってしまいましてな。元々ふらあっとやって来て、御堂に住みついたお人どしたさかい、気が向いたらいずれ戻って来はるやろ、て思うてましたんやけど、それきりどすねん。最近はあちこちで付け火もあって、何かと物騒どしてな。行者様が堂守をしてくれはるんやったら、こないありがたいことはおへんのやけど……」

男はこれといって行くあてもなかったのか、すぐに承諾していた。

お輪は灯火を持って前に立ち、帰燕を奥の座敷へと案内した。月明りにぼんやりと浮かんだ草むらの中では、虫が鳴いている。そろそろ秋の気配も漂い始めていた。庭が虫の声で賑やかになるのも、もうすぐだ。

お輪は後ろを振り返った。

「ほんまは、なんというお名前どすか」

何気なく、お輪は尋ねていた。食事ばかりか宿まで貸した者に対して、偽名を名乗るのはあまりにも失礼ではないか。そんな思いが胸の内にあったからだ。

差し向けた灯火の明りと青白い月の光が、男の顔で交差していた。男は無言でお輪を見つめていたが、やがて声を落としてこう言った。

「山の者に、本当の名前など聞かぬ方が身のためだ」

男の背後の闇が急に広がったような気がして、お輪は一瞬、恐れに似たものを感じた。

何やら得体の知れないものを、家に引き入れてしまったのではないか、と、咄嗟《とっさ》にそう思った。

その時、男の右手が伸びてきて、お輪の手から灯火を取った。

「どうぞ、お引き取りを……」

軽く頭を下げると、さっさと座敷へと入って行く。男の姿が消えてなお、お輪はしばらくの間、その場を動くことができないでいた。

何年ぶりだろう。お輪はあの女の夢を見ていた。京が燃える夢ではなかった。女は川の畔で泣き叫んでいた。

――せ……ろう――

女は誰かの名前を呼んでいるようだ。女の腕に子供はいない。女は川の対岸に向かって子供の名前を叫び続けている。

お輪の胸の内に、女の悲しみが流れ込んできた。女は子供を奪われたのだ。

――子供のことは諦めるんや――

何者かの声が聞こえた。

――子供は天狗に連れて行かれたんや。天狗は子供を喰《く》らう。諦めるしかあらへん――

「いやっ」

思わず叫んで飛び起きた。真夏でもないのに全身が汗で濡《ぬ》れていた。寝床の中でよほど暴れたらしく、夜着の胸元が大きくはだけていた。

額の汗を拭いながら、お輪は起き上がった。胸の動悸《どうき》がなかなか収まらない。

障子が青白い。まだ夜明け前なのだろう。

お輪は部屋を出ると、中庭に下りた。縁見屋はこの庭をぐるりと囲むようにして、大小八つばかりの部屋があった。かつて使用人が多かったためであるが、二人暮らしの今となっては、それが却《かえ》って虚しかった。そのせいか、呉兵衛は客を呼ぶのを好むのだ。

奥の部屋にはあの男がいた。お輪はその奥座敷の脇にある中戸から裏庭に入った。そこには井戸があり、厨の勝手口や風呂場とも繋がっている。お輪は男が目覚めない内に、井戸端で水を浴びようと思ったのだ。

だが、井戸にはすでに人がいた。帰燕と名乗った、あの男だ。

男は半裸になり、井戸の水を頭から被っている。二、三度繰り返してから、両手を井戸の縁に置いた。大きな背中が、お輪の眼前に見えた。その肩が小刻みに震えている。

やがて、男は両手で顔を覆うようにして、その場に座り込んでしまった。信じられないことだったが、どうやら泣いているようだ。獣の唸《うな》るような声が指の間から洩《も》れている。

突然、お輪は男に駆け寄りたい衝動に駆られた。側に行って、しっかりと抱きしめてやりたくなった。だが、そんな自分に慌ててしまい、お輪はそっと後ずさりをして、再び中庭に戻っていた。

夜が明けるのを待って、お輪は帰燕のいる部屋を訪ねた。彼はすでに着替えを済ませていた。

昨日、現れた時に着ていた行者の衣服だ。お輪は抱えていた包みを置いた。

「町で暮らさはるんやったら、これを着ておくれやす」

帰燕は訝《いぶか》しそうにお輪を見ていたが、やがて包みを解き始めた。中には着物と袴《はかま》が入っている。

「生前、祖父が着ていたもんどす。質素を好んだお人どして、木綿や麻ばかりで絹物はあらしまへん。帰燕様に、身丈が丁度合うようなので……」

「私に下さるのですか」

「父には合わしまへん。それに、行者様に着ていただければ、祖父の供養にもなりますやろ。どうぞ遠慮のう着ておくれやす」

「泊めていただいたばかりか、仕事や着る物まで……。まことにありがたく存じます」

帰燕はお輪の前に丁寧《ていねい》に頭を下げた。その姿に、お輪は、昨夜、一瞬でもこの男を恐ろしいと思った自分が愚《おろ》か者に思えた。その上、男が泣いている姿まで見てしまった。今は妙に親しみさえ感じている。

「食事の用意ができております。着替えてからおいで下さい。そちらの衣服は、うちが洗っておきますよって……」

幾らなんでも、泥に塗れた山歩きの装束のままで、家の中にいて欲しくはなかった。「あっ」と小さく声を上げげて、帰燕は恥ずかしそうに視線を落とした。白い肌がやや赤くなっている。

(可愛いお人やな)

なんだか男が好もしく思えた。

其の二

堀川通りを上がると錦小路《にしきこうじ》に出る。その途中の路地を右に折れた突き当たりに、小さいながらも、立派な瓦葺《かわらぶ》きの門があった。庇《ひさし》には「火伏地蔵堂」と大書された額が掛かっている。それを潜ると、やや広い境内があった。建て込んだ町屋の中にあって、そこだけが清々しい空間を作っている。

正面に御堂があった。太い格子の向こうに地蔵菩薩が鎮座しているのが見える。さらに近くに寄ると、仏像の左隣に、背に翼のある修験者の格好をした木像があった。鼻が異様に長く突き出ていて、一目で天狗だと分かる。

愛宕権現は愛宕山太郎坊という天狗であった。愛宕権現の本地《ほんじ》が勝軍地蔵であったことから、戦乱の頃には諸大名の信仰も篤《あつ》かったと聞く。また、地蔵菩薩の仮の姿は伊弉冉尊《いざなみのみこと》であり、太郎坊はその子供である火の神、迦倶槌尊《かぐつちのみこと》だとも言われていた。

だからこそ、火防ぎの神として信仰されているのだ。それらの神仏は、愛宕山の山頂、朝日峰にある白雲寺に祀られている。

――天狗は子供を喰らう――

御堂の前まで来た時、お輪は夢の中で聞いた言葉を思い出していた。

「愛宕山の天狗は、子供をさらったりするんどすか？」

お輪は帰燕に尋ねてみた。帰燕はさして驚いた風もなく、お輪を見つめている。

「子供をさらって、食べたりするんどすか」

「さあ、そのように言う者もいるのかも知れません。けれど天狗を崇《あが》める者もいる」

帰燕は視線を御堂に向けた。

「この堂を建てた者は、天狗を神仏と信じて祀っているのでしょう。愛宕権現を神と見るか魔物と見るかは、人それぞれなのです」

帰燕の言葉はお輪の頭を余計に混乱させた。お輪の知りたいことではなかったからだ。

帰燕にはそんなお輪の苛立《いらだ》ちが分かったようだ。

「私にはまだまだ修行が足りぬようです。答えられず、申し訳ありません」

改まって詫《わ》びられると、お輪の方が慌ててしまう。

自分が直接耳にした訳ではなく、ただ、夢の中で聞いた話を尋ねただけのことだ。若い娘の思いつきの問いかけに、真剣に応じようとしてくれただけで充分だった。これが幼馴染《おさななじみ》の徳次《とくじ》ならば、お輪を子供扱いしてからかうだけだ。

「心配事でもあるのですか」

案じるような目で帰燕が尋ねてきた。お輪は帰燕の顔を見上げた。

年齢のよく分からない男であった。お輪よりも六つ七つ上のようでもあり、また四十代の壮年のようでもあった。さらに、お輪の記憶に残る祖父の弥平にも似た、老人の落ち着きまで感じられる。いずれにせよ、その双眸《そうぼう》は澄み、深い知性を湛えていて美しい。

「あなたは、何かを恐れているようだ」

いきなり帰燕はそんなことを言った。

お輪は戸惑い、思わず一歩後ろに下がっていた。片手を胸元に当てたのは、動悸が急に激しくなったからだ。帰燕の眼差《まなざ》しは、お輪の心の奥まで見透かすようだった。

「私でよければ、力になります」

「何もあらしまへん」

お輪はすぐに答えていた。

何度も見る火事の夢や、存在もしていない子供のことなどを話したところで、帰燕に何かができるとも思えなかった。何よりも、ここ数年、お輪がおぼろげに感じている恐れや不安は、自ら口にする勇気さえなかったのだ。

「御堂の隣が宿坊どす。竈《かまど》もあるし、煮炊きもできます。裏には井戸もありますよって」

お輪が宿坊へ向かおうとした時だ。「縁見屋のお輪さんやおへんか」、と声をかけられた。声のした方を見ると、一人の女が、門を潜って、こちらに向かって来るところだった。

西洞院通《にしのとういんどお》りを下がり、蛸薬師通《たこやくしどお》りを東に入った所にある、料亭「美衣野《みその》」の女主人だ。

名をお園《その》と言う。年齢は三十歳前らしいが、二十代前半でも通るだろう。その若さで、一昨年に開いた店はすでに繁盛していて、縁見屋に仲居の斡旋を頼んできたこともあった。

顔立ちは面長《おもなが》で整っている。筆で描いたような眉は細い月を思わせ、目の端《はし》にほんのりと引いた紅が艶《つや》っぽかった。料理も評判だったが、むしろ女将の色香が客を呼んでいるようだ。大坂の商家で女中をしていたと聞いている。

すっと切れ上がった目で軽く睨《にら》まれると、男は蛇の前の蛙《かえる》同然になる、らしい。お輪は、なんとなくこの女が苦手だった。

そのお園は、三日に一度は、必ずのように「火伏堂」にお参りに来る。商売繁盛を願うならばお稲荷さんだろうに、なぜ天狗なのか、お輪には不思議だった。

一度、呉兵衛に聞いたことがある。

――そら、やっぱり火を使う商売やし、火伏せの天狗さんを拝んだかて、おかしゅうないやろ――

と、もっともらしいことを言われた。

だから、今日ここでお園に会ったとしても仕方がない。けれど今は帰燕がいる。そのことが、お輪の心を妙に騒がせる。

お園の視線は、すぐにお輪から帰燕に移っていた。眦《まなじり》に紅を引いた目が、ほうっと笑った。お輪の目から見ても、確かにお園という女は綺麗であった。

「こちらの方は、どなたはんどすか」

お園は帰燕から目を離さずに聞いてくる。

「火伏堂の堂守をお願いした行者様どす。お名前は、帰燕様ていわはります」

「行者様がここの堂守にならはったんどすか。それはありがたいことどす」

お園は嬉しそうな様子で、帰燕に向かって頭を下げた。

「うちは『園』いうて、この近くで料理屋をやってるもんどす。店の名は『美衣野』ていいますよって、どうぞ御贔屓《ひいき》にしておくれやす」

まさか、帰燕がお園の店に行くとは思えない。そっと帰燕の顔を窺《うかが》うと、やや困ったような顔で応じている。

「これからお参りさせて貰います。帰燕様をお借りしてもよろしゅうおすか」

一応尋ねてはいるが、有無を言わせぬ口ぶりだ。お輪が返事に困っていると、お園はさらにこう言った。

「せっかく行者様がいてはるんや。経文の一つなりとも聞かせて貰いとうおす」

別に断る理由もなかったようだ。帰燕は「分かりました」と答えて、本堂に向かって歩き出した。

「ほな、これで」とばかり、お園はお輪に軽く頭を下げると、すぐに帰燕の後を追う。

二人の姿が御堂の格子戸の向こうへ消えた。薄暗い堂内にポッと蠟燭《ろうそく》の明りが灯る。

一人取り残されて、お輪は何やら胸がすっきりしない。置いてきぼりを食った子供のような気分だ。

やがて堂内からは読経の声が聞こえてきた。お輪は仕方なく裏木戸へ向かった。お園が帰った頃を見計らって、出直そうと思ったのだ。

裏木戸からは一本の小路が続いていた。元々、この御堂のある辺りは、岩倉屋の材木置場だった。道は縁見屋の裏木戸に続いている。火伏堂に来るには、ここを通るのが一番早いのだ。

夏は草などが生い茂り、いかにも蛇が出そうなので、お輪はあまり通らないようにしていた。実際、一度、目の前を大きな青大将が横切って行くのを見たこともあった。両側は人家の塀が続いている。土塀もあれば生垣もあった。お輪はその間を小走りで通り抜けた。

縁見屋の井戸端で水を一口啜《すす》った。しばらくすると、弾んでいた息も落ち着いた。

ふと、明け方の光景が頭に浮かんだ。

帰燕は確かにここで泣いていた。しかし、改めて思い出してみると、夢でも見ていたような気もしてくる。それほど、夜が明けてからの帰燕の態度には微塵も隙がない。

（ようわからんお人やな）

それが、今、お輪が抱いている帰燕の印象であった。呉兵衛は彼が行者だというだけで、全く疑う様子はない。お園は、おそらく帰燕の容貌に一目で好意を持ったようだ。

昨晩、帰燕に本当の名前を尋ねた時、何やら恐れを感じたのも事実だ。それなのに、お園が帰燕に親しげに話しかけているのを見ると、嫉妬《しっと》にも似た思いが、お輪の胸の内で小さな渦《うず》を巻き始める。

帰燕は行者なのだ。本堂で経文を唱えたところで、何もおかしくはない。ただ、その傍らにはお園がいる。

お輪は自分の思いを振り払うように、バシャバシャと顔を洗った。

勝手口から中に入ると、お輪は呉兵衛の姿を捜した。どうやら店にいるようだ。入口横の八畳の居間から話し声がしていた。客が来たのだろうと思っていると、温和な呉兵衛には珍しい叱り口調だ。客は徳次だとすぐに分かった。

「あんさんは、なんでそないに堪《こら》え性がないんどすやろな」

呉兵衛は大きくため息をついている。

説教はそろそろ終わりのようだった。いい加減怒り疲れると、呉兵衛はわざとらしく息を吐くのが癖だった。

「へえ、すんまへん」

徳次の神妙な声が聞こえた。

徳次は、お輪よりも四歳上の二十二歳だ。酒屋「東雲屋《しののめや》」の長男で、父親同士が仲が良い。富蔵《とみぞう》という三歳下の弟がいる。徳次は一歳の時に母親と死別していた。

富蔵は、後妻のお多加《たか》が産んだ子供だった。

「いずれは東雲屋を継がなならんていうのに、商売に身《みい》が入らへん。わてはあんさんの親父様から、なんとか性根を叩《たた》き直して欲しいて頼まれてますのや。せやけど、どこに奉公させてみたかて、ひと月ともたへん」

「青物屋の行商は、三月《みつき》もちました」

徳次は三本の指を立てる。

「阿呆《あほう》っ」、と呉兵衛は声を上げた。

「棒手振《ぼてふり》の格好して、あちこちで遊び歩いていただけやないか。祇園《ぎおん》やら宮川町《みやがわちょう》やら色街ばっかりうろついて。肝心の青菜はしなびてしもうて、売りもんにもならんて、『久利屋《くりや》』の主人が嘆いてはったわ」

「久利屋」は錦小路の青物屋だった。秋には焼き栗や焼き芋を売り出す。それが美味《うま》いと評判の店だ。

「わては商売には向いてまへんのや」

徳次は言い訳をする。東雲屋の主人の忠右衛門《ちゅうえもん》は、どうでも徳次を跡取りにしたいらしい。ところが、徳次はなぜか店を継ぐのを嫌がっていた。

忠右衛門の依頼で、呉兵衛は、徳次を他の店で働かせてみることにした。先月からは、千本通《せんぼんどお》りの材木屋に奉公していた筈だったが、どうやら、そこも続かなかったらしい。

「毎日、毎日、この暑い最中、重たい材木を担いで運ばなあきまへんのやで。幾ら、わてが若い言うたかて、腰がこうも痛《いと》うなっては……」

「ほんまに、あんさんてお人は……」

呉兵衛は呆れたように、再び「はあーっ」と長いため息をつく。

「なあ、どうどすやろ」

ここぞとばかりに、徳次は声音を強める。

「東雲屋は、弟の富蔵に継がせた方がええ、て呉兵衛さんの口から、うちの親父様に言うて貰えまへんやろか」

「また、それどすか」

呉兵衛は、聞き飽きたとばかりに切り返す。

「確かに、富蔵はんはあんさんと違《ちご》うて、性格も大人しゅうて真面目でええ子どす。せやけど、店は長男が継ぐもんや。それが長子として生まれたもんの務めどっしゃろ。親孝行や思うて、あんさんも真面目に働いたらええんや。なんもよそで働かなならんことはない。東雲屋でしっかり仕事を覚えたらよろし。伏見の蔵で酒造りから学んだかてええ」

　不満なのか、徳次は無言になった。

「いずれにしても、そないに遊ぶことばっかり考えていたら、まともな仕事にもつかれしまへん。とにかく、あんさんはまずその性根を入れ替えることや」

「そのことやけど」

　徳次は急に甘えるような声になる。

「火伏堂の堂守、あれならわてにかて、できるんと違いますやろか」

「あんさんは、また何を言い出すやら……」

　呉兵衛はすっかり呆れているようだ。

「先日、ちょっと寄ってみましてん。堂守の爺様がおらんようになってから、なんや荒れ放題どすわ。草は生えてるし、御堂の庇は壊れてる。屋根瓦も落ちてました。わて、大工仕事だけは得意どすねん」

　確かに、今の火伏堂はかなり荒れてきている。宿坊や堂内の掃除は、日頃からお輪と呉兵衛でこまめにやっていた。だから宿坊もすぐに使えた。布団も、夏の日差しを利用して干してあった。

しかし、どういう訳か、建物の修繕だけは、呉兵衛は誰にも手を入れさせなかった。理由を聞いても、それが「しきたり」なのだ、とお輪には訳の分からない言葉が返ってきただけだ。

――御堂に余計な手を入れると、天狗様が怒らはる――

というのが、先祖代々の言い伝えなのだそうだ。

「堂守やったら、もういてはるわ」

呉兵衛はきっぱりと言い切った。

「せやけど、つい昨日までは……」

「昨日の晩に決まりましたんや。愛宕山で修業してはった立派な行者様や。あないな小さな御堂では、もったいないくらいのお人どす」

「徳次さんには、御堂の壊れた所を直して貰《もろ》うたら、どうやろ」

暖簾の隙間から様子を窺っていたお輪は、徳次を助けようと居間に入った。

徳次は大工仕事だけは得手だ。縁見屋の厨の雨漏りも直してくれたし、お輪に化粧箱も作ってくれた。

ただ、元来、他人から命令されたり、厳しく言われるのが苦手な性質《たち》らしく、棟梁《とうりよう》から叱責されるとすぐに飛び出してしまい、なかなか技術も経験も積めないままでいるのだ。

「幾ら先祖からの言い伝えや言うたかて、建てたばかりの頃と違うて、今は相当傷んできてる。このまんまにしておく方が、天狗様も怒らはるやろ。帰燕様には神さんのお勤めがあるんやさかい、修繕や庭仕事は、徳次さんにやって貰うたらどうえ」

娘の言葉に、ふむ、と呉兵衛は考え込んだ。さすがに気にはなっていたようだ。

「せやな。もし、天狗様が怒らはっても、帰燕様があんじょう宥《なだ》めてくれはるやろ」

独り言のように呟《つぶや》いてから、「よろしゅうおす」と呉兵衛は頷いた。

「帰燕様の手を煩わせんよう、あんさんには雑用をやって貰いまひょ」

それから、呉兵衛はお輪に言った。

「布団を一組、火伏堂に運ぶんや。徳次にも宿坊に寝泊まりして貰うさかいな」

「えっ」、と徳次は声を上げた。

「わても、あそこに住むんどすか？」

「当たり前やろ。お前は帰燕様の従者なんや。つまり、下僕やな。御主人様が不自由せんよう、しっかりと気を配るんやで」

「親父様、それはちょっと……」

徳次は苦笑しつつ、首を捻《ひね》る。他人に使われるのが嫌で、これまで、どこにも奉公できなかった男なのだ。お輪は口元を押さえると、必死で笑いを堪えた。

「わてはお前の親父やあらへん。父親やったら、とっくに一発くらいは、どついとる。嫌やったらかましまへん。お前さんの『実』の父親に、『あないな馬鹿息子は、どこにも勤まらん』、て言うてもよろしおすねんで」

「へえ、喜んで勤めさせて貰います」

徳次は芝居がかった仕草で、両手をついた。

「お輪ちゃんの親父さん、なんで、あないに行者を大事にするんやろ」

徳次は夜具の包みを背負い、お輪の前を歩いていた。客布団の一式だ。呉兵衛はそれを帰燕様に使っていただくよう念を押していた。

そこは裏庭から御堂に続く、あの蛇小路だった。二人でこの道を通る時は必ず徳次が先を行く。蛇を怖がるお輪のための用心だったが、そのお陰で、お輪の視界は海松《みる》色の風呂敷包みで塞《ふさ》がれていた。

「小さい頃、お母はんから聞いた話なんやけど……」

ゆさゆさと目の前で揺れる白抜きの千鳥格子に向かって、お輪は語り始めた。

それは「縁見屋」の初代正右衛門が、材木問屋「岩倉屋」の主人であった頃の話だ。

ある日、正右衛門は京の北方、衣笠山《きぬがさやま》に杉を見に行った。ところが、案内の者がいたにもかかわらず、正右衛門だけが一行からはぐれてしまったのだ。

方向を見失った正右衛門は、西寄りの愛宕山へと向かってしまったらしい。一昼夜さ迷い歩き、そうして一人の行者と出会った。

――行者様は、正右衛門に一枚の紙をくれたんやそうや――

それは、何の変哲もない、ただの真っ白な紙であった。

――その紙をじっと見つめていると、しだいに絵図が浮かんできたんやて――

絵図には里へ下りる道がはっきりと描き出されていた。その絵図面のお陰で、正右衛門は無事に堀川の家に戻ることができたのだ。

――行者様は、ほんまに人やったの？――

幼いお輪は、不思議に思って母に尋ねた。母はにっこりと笑って小さくかぶりを振った。

――それはなんとも分からしまへん。修行を積んだえらい行者様やったのか、それとも、愛宕山に棲む天狗やったのか……――

元々信仰の篤かった正右衛門は、愛宕権現様が助けてくれたのだと思った。絵図面を桐箱に納め、大切に神棚に祀った。絵図面は、ただの白い紙に戻っていた。

「その後、宝永のあの大火事が起こったんや」

京の町のほぼ半分近くが焼け野原となった大火も、最初、油小路の一軒から火が出た時には、まさか、これほどの被害になるとは、堀川端の者は誰一人として思わなかった。

何より風の流れが北へ向かっていた。

正右衛門は、もしやと思い、絵図面を再び開いてみた。すると、そこには新たな地図が浮かび上がっていたのだ。

地図は堀川を越えた千本通りへの道を示していた。

正右衛門は家人に逃げるよう指示した。町内の者たちにも声をかけ、いち早く避難した。

熱風が逆巻き、やがて炎の向きは変わった。降り注ぐ火の粉があちこちで炎を上げ、結局、火は堀川沿いにまで及んだのだ。

そんな中、なぜか岩倉屋だけは焼け残った。財産である材木も無事であった。だからこそ、その後の復興で、岩倉屋はさらに富を蓄えることができたのだ。

「儲《もう》かってたんやったら、なんで岩倉屋を閉めたりしたんやろ」

徳次の声が荷物越しに聞こえた。

「うちにも分からへん。お母はんも知らんみたいやった」

母が知らないということは、祖母も、また、正右衛門の孫に当たる曽祖母も知らなかったのだろう。

「ただ、幸運てもんは持ち過ぎたらあかんのや、て、お母はんはよう言うてはった」

正右衛門は岩倉屋を閉めた。仕事がない人を少しでも助けようと、口入屋を始めた。金に困っている人には、利子も取らずに融通してやった。こうした正右衛門の生き方は、代々婿養子に引き継がれ、呉兵衛にまで至っているのだ。

「つまり、山で行者に絵図面を貰うたことで運が開けたさかい、行者には親切にせえ、て言い伝えられているんやな」

「それが『しきたり』なんやて」

徳次が足を止めて振り返った。お輪は夜具の包みに顔を突っ込んでしまう。

「その行者に貰うた絵図面、今はどないしたんや」

「どこかにあるとは、思うんやけど……」

風呂敷の布でこすれた鼻先を撫《な》でながら、お輪は答えた。

「知らんのか？」

「うちは見たこともないし、お父はんかて知らんやろ。お祖父はんは、『天狗の秘図面』て呼んではったけど」

「『天狗の秘図面』か……」

何やら考え込むように、徳次は片手で顎《あご》を撫でている。色白の細面《ほそおもて》で、思案する時に、眉根をぐっと寄せるのが癖だった。

「そないな絵図面があると便利やろな」

「何を考えてはるの」

徳次のことだ。絵図面を手に入れて、四条河原辺りで見世物でも始めるつもりかも知れなかった。何しろ、真っ白な紙に行くべき道が現れるのだ。

てな」

「もし、誰かを捜していたら、その人の居場所を教えてくれるかも知れん、そう思う
「行くべき道」が分かるなら、捜し人にも会えるだろう。

「『人捜し』ができるんや。ええ商売になるかも知れん」

「ええ加減にしいや」

お輪は呆れて、徳次の荷物を両手で押した。

「徳次さん、ほんまは東雲屋を継ぎたいんやないの？」

歩き出した荷物に向かって、お輪は言った。

子供の頃、徳次は決して店を継ぐのを嫌がってはいなかった。父親に連れられて酒造りの蔵を見てきた時は、興奮気味にお輪に語ったものだ。

——元は米やのに、蒸して麴《こうじ》を混ぜると、全く別なもんに変わってしまうんや。美味《うま》い酒になるかどうかは、水や温もり方で違うてくる——

お輪は笑った。まだ子供なのに酒の味など分かる筈もない。どうせ大人の受け売りなのだ。徳次も自分と同じで、せいぜい甘酒の味しか知らなかったのだ。

その徳次が、突然店を継ぐのを嫌がり出した、と父親の忠右衛門が呉兵衛に零《こぼ》して

いるのを聞いたのは、二年ほど前のことだ。

「子供の頃は酒屋の主人になる、て言うてたやないの」

徳次は黙り込むと急ぎ足になった。お輪は小走りで付いて行く。

「お輪ちゃんは、わてが東雲屋を継いでも、ええんか」

歩きながら徳次が言った。どこか思い詰めたような声だった。

お輪はこの時、呉兵衛と忠右衛門の間で、徳次の弟の富蔵を縁見屋の婿に、という話が持ち上がっていたことを思い出したのだった。


二人は裏木戸から火伏堂の敷地に入って行った。子供の頃はよくここの境内で遊んだものだ。

十年ほど前、「源蔵《げんぞう》」という男がやって来た。母の志麻が亡くなった年だったので、お輪はよく覚えていた。

年の頃は五十代半ばだったろうか。山で木を伐《き》る仕事をしていたが、身体を壊して働けなくなったと言う。

弥平とは、古くからの知り合いだったらしい。洛中では、放火や盗難が増えた頃だった。昼間はともかく、夜間が心配だったので、弥平が火伏堂の堂守に雇ったのだ。

金目の物がある訳でもない。せいぜい賽銭《さいせん》ぐらいだろうが、近年、米も値上がりして、賽銭箱には、一握りの米、銭の一つも入っていたことはなかった。やはり心配なのは火付けであったのだ。

源蔵はお輪に優しくしてくれた。子供心に、母のいない寂しさを呉兵衛に訴えるのは酷《むご》いと思っていたので、お輪はよく火伏堂に来ては泣いていた。

源蔵は白髪交じりの顎ひげと、日に焼けた顔をしていて、笑うと目が深い皺《しわ》に埋もれるようだった。お輪が来ると、茶を淹《い》れ、時には供え物の菓子をくれた。それから、大きな手でお輪の頭を撫でる。その温もりを感じているだけで、お輪の心は穏やかになった。

お輪は源蔵が好きだった。よく食事の世話をしたり、掃除を手伝ったりしていた。

その源蔵が、ある日、突然姿を消してしまった。お輪が十三歳の時だった。元々着の身着のままやって来た男で、荷物と呼べる物もない。

奉行所へは届けたが、これといって捜すあてもないまま、早、五年の月日が経っていた。

年齢も年齢だ。どこかで行き倒れにでもなったのだろう、と言うのが、呉兵衛をはじめ、町内の者たちの一致した意見だった。皆で法要を営む話もちらほら出ている。

勝手口から宿坊に入ったが、帰燕の姿はなかった。お輪は御堂へ目を向けた。相変わらず、格子戸は閉まったままだ。

(まだ、お園さんと二人でいるんやろか)

そう思うと、再び落ち着かなくなった。

徳次が板の間に荷物を置いた。お輪は締め切ってあった雨戸を開けようとした。たまには風を入れに来ていたが、戸は少し動き難くなっていた。

徳次が手伝ってくれ、なんとか開けることができた。

雨戸を戸袋に押し込んだ時、御堂の格子戸がギギィと音を立てて開いた。

「ほな、おおきに」

女の声が聞こえた。そこからは御堂の側面がよく見える。目をやると、丁度お園が出て来たところだった。帰燕の姿もすぐに現れた。

「また、寄らせて貰いますよって、どうぞよろしゅうに」

小腰を屈めてお辞儀をすると、お園はお輪に向かって愛想の良い笑みを見せる。

「呉兵衛さんによろしゅうお伝え下さい。こないに立派な行者様を堂守に寄こして下さって、ほんまにありがたく思うてます」

「帰燕様は、お園さんのために、ここに来たんと違います」

思わずそんな言葉が口をついて出た。自分でも顔が強張るのを感じた。

ふっとお園は鼻先で笑うと、今度はお輪の傍らに立つ徳次の方へ目を向けた。

「これは東雲屋の若旦那。随分、男らしゅうならはりましたなあ。相変わらず仲のよろしいこと」

ほほと紅の濃い唇を窄《すぼ》ませて笑うと、お園はその場から立ち去って行った。

「あのおなご、これから度々ここへ顔を出すやろな」

徳次がぽつりと呟いた。お輪と同じで、徳次もあまりお園を好いてはいない。

「信心したいもんに、来るなとは言えへん」

お輪はつい怒り口調になる。

「どうかしましたか」

帰燕が平然とした態度で聞いた。

「そんな膨《ふく》れっつらをしていたら、せっかくの美人が台無しですよ」

人の気持ちを知ってか知らずか、帰燕はにこりと笑いかける。

「せや、お輪ちゃんの方が別嬪《べっぴん》や」

徳次までが慰めるように言うので、お輪は余計に面白くない。

徳次はさっさと勝手口に回ると、草履《ぞうり》をつっかけて帰燕の側に寄って行った。

「徳次てもんどす。呉兵衛さんから、行者様の従者をせえ、て言いつかって参りました」

「従者、ですか?」

帰燕は面食らっているようだ。

「へえ、つまり下僕どすわ。今夜から、ここに一緒に寝泊まりすることになりました。掃除、洗濯、薪《まき》割り……。厨の方は、ちょっとあきまへんが、大工仕事は得意どすね
ん。御堂の傷んだ所を直すよう言われてます」

「私に従者など、もったいない」

帰燕は即座に断ろうとした。すかさずお輪は口を挟む。

「縁見屋が雇うてんやさかい、遠慮のう使うてやって下さい。従者といわず、御弟子にでもしてくれはったら、皆が喜ばはります」

「お輪ちゃん、なんちゅう言い草や」

　徳次は腹立たしげに言った。

　お輪も負けずに言い返す。

「徳次さんのなまけ癖を直すために、お父はんは苦労して仕事先を探してるんやで。性根を叩き直すんやったら、帰燕様の許《もと》で修行した方がええんと違う?」

「分かりました。ならば、さっそく頼みます」

　帰燕が二人の間に割って入った。

「御堂の天井に穴が開いています。イタチの巣でもあるかも知れない。見て貰えますか」

「へえ、任せとくれやす」

　徳次はちらりとお輪を横目で見てから、これ見よがしに腕捲《まく》りをした。

「気張るんやで。お昼ご飯、用意して来るさかい……」

　徳次の背に向かって、お輪は声をかけた。徳次は振り返らず、片手を上げて「おう」と言った。

　帰り道はあの蛇小路だった。来る時に徳次がしっかり草を踏みしめてくれたので、歩き易くなっていた。

火伏堂と縁見屋を繋ぐこの一本道が、帰燕との縁を結んでいるような気がして、お輪の胸は妙に弾んでいた。


昼食の入った重箱を手に、お輪が再び火伏堂にやって来ると、帰燕と徳次はあれこれ話し込んでいる最中だった。徳次も背が高い方だったが、やはり帰燕の方が頭半分上だ。

徳次は手を伸ばして、御堂の屋根やら、庇、階段の手すりなどを指で示している。それらが修繕する箇所なのだろう。

「大工仕事はやったことがないので……」

帰燕が申し訳なさそうに言った。

「それがわての仕事でっさかい」、と徳次がまるで一人前の大工のような口ぶりで言うのがおかしかった。

お輪は声をかけようとしてやめた。少しばかり徳次の人懐こさが羨《うらや》ましかった。

徳次は大店《おおだな》の跡取りとして、何不自由なく育てられた。母親を早くに亡くしたのは不幸であったが、お輪が知る限り、継母のお多加は良母の部類だろう。

徳次の母親のお吉《よし》は、十九歳の若さで亡くなっていた。幼い徳次のために、忠右衛門は再婚を急いだと聞いている。

十八歳で東雲屋の後妻に入ったお多加を、徳次は物心つくまで実母だと信じて育った。

お多加は、徳次と実子の富蔵を分け隔てて育てたりはしなかった。誰に気兼《きが》ねすることなく、徳次は伸び伸びと育った。今頃になって、忠右衛門は甘やかし過ぎたと後悔しているらしい。

そんな徳次が、お輪には眩《まぶ》しかった。徳次は、お諭がずっと心の奥に抱え込んでいる不安の影に、微塵も気づいてはいない。だから、一緒にいても気が楽だったのだ。

――お輪ちゃんは、わてが東雲屋を継いでもええんか――

蛇小路で徳次の言った言葉が、ふと思い出された。お輪は縁見屋の跡取り娘だ。徳次が店を継げば、二人の縁は切れてしまう。

徳次の想いを、お輪は知っている。知っていながら、知らない振りをしている。顔を合わせれば、笑ったり喧嘩《けんか》をしたり……。子犬がじゃれるような関わりも、そろそろ終わりが近づいていた。

富蔵をお輪の婿に取る、と言う話も、いずれは現実になるだろう。徳次にもすでに幾つか縁談が来ているようだった。

お輪は重箱を宿坊の縁《えん》に置いた。

家に戻ると、店の方から人の声がしていた。仕事を求める客が来ているのだ。お輪は茶の用意をすると、暖簾を潜った。

「ようおこしやす」

客は武家であった。長旅をして来たものか、月代《さかやき》が伸び、手甲や脚絆《きゃはん》も薄汚れている。

紺色の着物も夏の日差しに焼け、肩の辺りが色褪《いろあ》せていた。日に焼けた顔は痩せこけて、頬骨が張り出している。

男は茶を勧めるお輪に、「かたじけない」と頭を下げてから湯呑《ゆの》みを取った。年齢は二十四、五歳ぐらいに見えた。

「ほう、河内国《かわちのくに》多波郡《たなみぐん》、閼伽木《あかぎ》様御家中の……」

通行手形に目を通しながら、呉兵衛が言った。

「名前は島村冬吾《しまむらとうご》様」

今は禄《ろく》を離れているようだが、理由は言いたくはないようだった。視線を床に落とし、困ったように尖《とが》った肩を落としている。

「多波を出てから、西国を回っておりました。もう三年近くになります」

「それは、苦労しはりましたやろ」

呉兵衛は同情を露わにして言った。

「しばらく京に身を置きたいと思うております。何か仕事があれば……」

「そら、うちは仕事を紹介するのが生業《なりわい》どす」

呉兵衛は頷いた。

「ただ、お侍様となると……」

物騒な世の中だった。腰に刀を差した者を雇うとなると、身元を保証する者がいる。

「用心棒の仕事ならば増えてますさかい、紹介はできます。ただ武家を雇うたはよいが、夜間、強盗にでも変わられると、間に入ったわても困ったことになりますよって」

「行者様やったら、すぐに仕事の世話をしはるのに……」

それまで黙って聞いていたお輪が口を挟んだ。

「お父はん、このお人やったら大丈夫や。綺麗な目をしてはるもん」

そう言って、お輪は男の顔に視線を移す。

男はひどく驚いたようだった。唖然《あぜん》とした様子でお輪の顔を見つめている。

「よろしゅうおす。わてが保証人になりまひょ」

「私を信用して下さるのですか？」

呉兵衛の言葉に、男は戸惑うように首を傾《かし》げた。

「娘に、人品骨柄はその人の目ぇを見たら分かる、て教えたんはこのわてどす。口入屋は人を見るのが商売や。娘までが『ええ人や』て言うんやったら、間違いはおへん」

「助かります」

と、男は安堵したように肩の力を抜いた。

「実は路銀を使い果たし、泊まる所もなく、行く末を案じておりました。口入屋の看板を見つけて、縋《すが》るような思いでこちらに立ち寄ったしだいです」

「そう言うお人は、あんさんだけやあらしまへん」

呉兵衛は手早く帳面をめくる。

「おお、これや」

やがて、呉兵衛は指の先で一か所を差し示した。

「そこの四条通りを東へ行った先の、川原《かわら》町通《まちどお》りを上がった所に、『近江屋《おうみや》』て米問屋があります。先だって、伏見でも米問屋の打ち壊しがありましてな。京の米問屋は、腕の立つ用心棒を捜してますのや。『縁見屋』の紹介状を渡しまっさかい、それを主人に渡しとくれやす」

呉兵衛はさっそく文机《ふづくえ》に向かった。手早く紹介状を書き上げると、小引き出しから何かを取り出して懐紙に包む。

呉兵衛は、それを書状と一緒に男の前に置いた。

「これは？」、と男は怪訝《けげん》な顔で呉兵衛を見る。

「当座の金が要りますやろ。給金が貰えるようになったら、少しずつ返してくれはったらええんどす」

男の目が見る間に潤んできた。唇の端が痙攣《けいれん》している。何かを言いたそうだが、言葉にならないようだった。男は両手で書状と懐紙を押し戴《いただ》くと、呉兵衛の前に深く頭を下げていた。

「お輪、奥で食事を出してあげなはれ。あまり弱々しいと、近江屋さんで門前払いを食らうさかいに……」

島村冬吾はしばらくの間、顔を上げようとはしなかった。

その日の夕刻、お輪は風呂を沸かして、帰燕が来るのを待っていた。夕食の用意もしておいた。だが、ふらりと勝手口に現れたのは徳次だった。

お輪は徳次の背後を窺った。初秋の日はすでに暮れかかっている。青い宵闇の向こうは、黒々とした生垣の影だけだった。

「帰燕様は、御堂に籠《こも》ってはるわ」

お輪の気持ちを察したのか、徳次がすぐに言った。

「一日中働いて、汗もかいたやろに……」

「行水で済ませてはった」

「夕餉はまだやろ?」

「それが……」と徳次はお輪の顔から視線をそらせる。

「美衣野から料理と酒が届いてな」

お園が気を利かせたようだ。

「せやったら、『美衣野』の美味《おい》しい料理で済まさはったんやな」

自分でも棘《とげ》のある言い方だと思った。

「どうせ、うちのは素人料理やし」

「そないなことはあらへん。お輪ちゃんは料理上手や」

徳次が咄嗟《とっさ》に慰める。

「帰燕様は食べはらへんかった。ほとんどわてが食べたようなもんや」

帰燕はお輪の料理にも、あまり手をつけてはいない。

「山暮らしで、手の込んだ料理は食べ慣れてへんそうや」

「ほな、何がお好きなんやろ」

お輪としても気になるところだ。

「その内に分かるやろ。それよりも……」

徳次は懐《ふところ》から、大事そうに何かを取り出した。

「御堂の天井裏で、これを見つけたんや」

それは埃に塗れた細長い桐の箱だった。表面に墨で何か書かれているが、手元が暗いのでよく見えない。

「こっちへ来て」

お輪は徳次を上がり框《がまち》に座らせた。それから灯火で箱の上を照らす。

「天狗之秘図」、と、かろうじて読めた。

「これ、あの正右衛門を助けたていう絵図面と違うか？」

「そうかも知れんけど……」

お輪はかぶりを振った。

「まさか、ほんまにあるて思わんかった」

曽祖母の、さらに祖父の代の話だ。今から八十年近くも昔の出来事だった。母から聞いた時も、御伽草子《おとぎぞうし》か何かを自分の家のことのように話している、ぐらいにしか思ってはいなかったのだ。

「開けてみ」、と徳次が急《せ》かした。

「すぐに開けたかったんやけど、縁見屋の物に、勝手に手をつける訳にもいかんさかいに」

この桐箱を見つけてから、徳次は中を見たい衝動を抑えるのに相当苦労したようだ。

お輪は蓋《ふた》を取った。何やら巻紙のような物が入っている。取り出して広げた。灯火の色に染まってはいるが、薄い柿色は、紙そのものの古さを示しているようだった。

よほど丈夫にできているのか、わずかの破れもない。恐る恐る広げてみたが、当てが外れたというか、やはりというべきか、紙には墨の滲み一つ見えなかった。楮《こうぞ》の粗い繊維ばかりが目立っている。

二人は思わず顔を見合わせた。徳次は呆けたような顔をしている。きっと、お輪も同じ顔をしているのだろう。

「ほんまに天狗の秘図面かどうかは、分からへんてことやな」

徳次が残念そうに言った。

「ただ何も書いてない紙なのか、本気にならんと見えて来《き》ひんのか……」

正右衛門が愛宕山の行者から貰った時も、この状態だったのだとしたら、全くの偽物だとは言い切れないのだ。

「徳次さん、秘図面で尋ね人が捜せるかも知れん、て言うてたやろ」

「言うた。せやけど、わてには捜したい人なんぞいてへん」

「源爺はどうやろ」

お輪は良い思いつきだとばかりに、徳次の顔を見つめた。徳次は一瞬驚いたようだったが、すぐに頷いた。

「うちがやってみる」

お輪は一つ大きく息を吐いてから、秘図面を広げた。紙をじっと見つめ、「どうかお願いします。源蔵さんの居場所を教えて下さい」、と繰り返し念じてみた。


心許無い灯火の明りで、ひたすら紙を見つめていると、楮の繊維が、虫のように蠢《うごめ》き始めた気がした。細い筋が幾つも合わさったり重なったりして、まるで何かの形を作ろうとしているかのようだ。

「どうや、何か見えたか?」

突然、耳元で徳次の声がして、お輪は我に返った。

「見えた、ような気もするし、気のせいのような……」

「何が見えたんや」

徳次は、好奇心に満ちた眼差しをお輪に向けてくる。

「御堂のような建もんや。鳥居があったような……」

お輪は首を傾げた。見覚えがあるような気がしたが、思い出せない。

「鳥居、てことは、お社《やしろ》か？」

「多分……」、と答えたが自信はない。

「気のせいやろ」

失望を露わにして、徳次は言った。

「何かの見間違いや」

「そうかも知れん」

「他には何も入ってへんのか？」

徳次に言われて、お輪は再び箱を覗いてみた。どうやら、箱の底にまだ何かあるようだ。

それは、細長く丸めた麻紙《まし》だった。

開くと一房の髪が現れた。驚いたお輪は、思わずそれを落としてしまった。元結いで束ねられた黒髪が、生き物のようにばらりと膝の上に広がった。

ひどく気味が悪かった。まるで蛇が天井から落ちてきた時のように、お輪は悲鳴すら上げられずにいた。

徳次がすぐに取ってくれたが、それでもお輪の身体は固まったままだ。

「女の髪やな」

徳次の方は平静だった。

「誰かの形見みたいや」

徳次は髪の束を包んでいた紙に目をやった。

「『千賀女《ちかじょ》之遺髪』、て書いてある。知ってるか？」

お輪は大きくかぶりを振った。

「ちか、て人なんか知らん」

「これも、八十年も前のもんやったら、お輪ちゃんが知ってる筈はあらへん。ご先祖に、いてへんのか？ きっと正右衛門に関わりのある女や」

「縁見屋」初代、正右衛門。お輪の曽祖母の祖父……。曽祖母の母親の名前は「登《と》喜《き》」だった。曽祖母が「登美《とみ》」で、祖母が「登志《とし》」だ。法要の折に見た過去帳ではそうなっていた。三代続いて「登《と》」のつく名前なので、覚え易かったのだ。

その話をすると、徳次は少し言い難そうな顔になった。

「正右衛門に、妾《めかけ》がいたてことは？」

「あらへん」と否定はしたが、当然確信はない。

「身持ちの堅い人やった、て聞いてはいるんやけど」

とは言うものの、大店の主人に妾がいたとしても、なんら不思議はなかった。

「せやけど、なんで、その人の遺髪を天狗の秘図面と一緒にしてはるの？」

しかも、正右衛門はわざわざ御堂の天井裏に置いたのだ。御堂を造ったのが正右衛門であることから、秘図面と女の遺髪を隠したのは、正右衛門以外には考えられない。

「天井裏には入れんようになっていた」

徳次は思い出すように言った。

「大抵は天井板の一部が外せるもんなんやが、どこも動かへん。わては、イタチの開けた穴の部分を切り取って入ったんや」

明日はその穴を塞がなあかん、と徳次は言う。

「呉兵衛さんは、何か知ってはるんやろか」

「あかん。お父はんは、縁見屋の昔のことに関心があらへんのや」

あるのは趣味の俳諧や茶の湯だ。気さくで人当たりが良いので、友人も多い。実家が薬種問屋だけあって、身体の不調の相談にまで乗っている。口入屋という家業を考えるならば顔は広いのに越したことはなかった。

むしろ、祖父の弥平の方が、先祖の話に興味を持っていたようだ。舅《しゅうと》に当たる三代目の孝之助《こうのすけ》から、正右衛門のことをいろいろ聞いていたと言う。

お輪の記憶に残る弥平は、よく机に向かって書き物をしていた。

「お祖父《じい》はんが、何か書き残しているかも知れへんさかい、それを探してみる」

それから、お輪は徳次に尋ねた。

「この箱のこと、帰燕様は知ってはるの？」

徳次は不機嫌そうに眉根を寄せた。

「あのお人には、関わりはないやろ」

「せやけど、愛宕山の行者様やし……。何か秘図面について知ってはるかも知れんえ」

「正右衛門が会《お》うたのは、八十年も昔の行者や。あの人やあらへんし、それに昨日、今日『縁見屋』に来たばかりの人を、信用するには早すぎる」

「帰燕様を疑《うたご》うてはるの」

「当たり前やろ。誰かて行者の格好して、行者やて名乗れば行者になるんや。お輪ちゃんも呉兵衛さんも人が良すぎるわ」

徳次の言うことにも一理あった。今まで何もなく過ごしてきたのが幸運なだけなのかも知れない。

「あの人のことは、わてに任せたらええ」

徳次は自信たっぷりに言った。

「ほんまもんの行者か偽物か、きっちり見極めてやるさかい……」

なんだか、急に徳次が頼もしく見えた。

「お輪ちゃんは、正右衛門について調べてくれへんか。千賀、て女のことが分かれば、それでええ。後は……」

徳次は手元の秘図面を見る。

「これに、ほんまに絵図が現れるかどうか、もう一度試せたらええんやが」

徳次は秘図面によほど未練があるようだ。

その時、お輪の脳裏に島村冬吾の顔が浮かんだ。

昼間、お輪は島村に食事を出した。

――ろくに食事をしてへんようや。粥《かゆ》か雑炊がええ――

呉兵衛の見た通りだった。島村はここ二日ほどを水だけで過ごしていたらしい。

――急がんとゆっくり召し上がっておくれやす――

お輪の言葉に、島村は目を潤ませながら箸を取ったのだった。

お輪は食事が済むのを待って、口を開いた。

――京へは、士官の口を探しに来はったんどすか――

それならば近江屋は都合が良い。諸大名の京屋敷と取引があるので、主人の信用を得られれば、警護役ぐらいには就けるだろう。

だが、島村はお輪の淹れた茶を啜りながらこう言ったのだ。

――京へは、人を捜しに参りました――

――お国を離れて三年も旅をしてはったのも、そのためどすか――

武士が主家を離れるのだ。よほどの理由があるのだろうが……。

――いったい、誰をお捜しどすか？――

つい何気なく聞いてから、お輪は後悔していた。島村の顔に苦渋の色が浮かんだからだ。

――早う見つかるとよろしおすなあ――

取りあえず、言葉を濁《にご》して会話は終わった。

（この秘図面で、島村様の捜し人が分かるんやったら……）

心に重い荷物を背負いながら一人で旅をする孤独を思うと、お輪の胸もひどく痛んだ。

其の三

翌朝、朝餉を済ませた呉兵衛は、何やら用事があるとかで、そそくさと出掛けて行った。

今日は俳諧も茶の湯の会もなかった筈だ。不審に思って尋ねると、「いろいろとあってな」、と何やら言い訳めいた口ぶりで答えた。

妙に機嫌が良いところを見ると、悪い話ではないのだろう。今のお輪には、それよりも気にかかることがあった。

お輪は、納戸に仕舞ってあった弥平の遺品を取り出した。「縁見屋」というより、「岩倉屋」について書かれた物がないか調べようと思ったのだ。

筆まめな人だったのだろう。思ったよりも弥平の日記は多かった。しかし、そのどれもが日々の暮らしぶりを綴《つづ》った物で、正右衛門の時代に関わることは書かれてはいなかった。

それが却って不思議であった。弥平が孝之助から聞いたという正右衛門の話を、書き残していない筈はないのだ。

（もしかして、お父はんが持ってはるんやろか）

まさか留守中に、父親の私物を勝手に探す訳にもいかない。

店先で考えあぐねていると、「ごめんやす」と暖簾が動いた。

「おいでやす」

お輪は慌てて立ち上がった。

入って来たのは、東雲屋のお多加であった。

お多加は伏見の造り酒屋の娘だった。十八歳で忠右衛門の後妻に入り、二年後に富蔵を産んだ。そろそろ四十代に差しかかろうというのに、四、五歳は若く見える。優しげな面長で、いつも笑みを絶やさない。そんなお多加を、お輪は日頃から好もしく思っていた。

「お父はんは、留守どすねん」

お輪は茶菓子を用意しながら言った。お多加は店先に腰を下ろしたまま、勧めても座敷に上がろうとはしなかった。

「呉兵衛さんがいてはらへんのは知ってます。せやから、こちらをお訪ねしたんどす」

その顔からはいつもの笑みが消えている。お輪は茶菓子の盆をそっと置いた。

「お輪さんにお願いがありましてなあ」

お多加は真剣な眼差しを向けてきた。

「うちは、あんさんがどないええ娘さんか、よう知ってます」

いきなり褒められて、お輪はすっかり面食らってしまった。啞然としているお輪の手を取ると、お多加は縋るように言った。

「せやけど、縁組となると話は違うてきます。お輪さん、お願いや。お輪さんの方から、富蔵との婚姻《こんいん》を断って貰えしまへんやろか」

お輪は返答に困ってしまった。父親同士で、そのような話が出ていることは知っていた。

今すぐ決めるという訳ではないし、何よりも、未だに呉兵衛からはっきりした話も聞かされてはいない。

「うちは何も知りまへん」

お輪には、まだ誰かと所帯を持つ気持ちはない。だが、十八歳という年齢を考えると、すでに夫がいてもおかしくはなかった。

「今日、呉兵衛さんとうちの人が、富蔵とお輪さんの縁組の段取りをしてはるんどす」

「お父はんの用事て、そのことやったんどすか」

いつかは決まることだとは思っていた。お輪には跡取りとしての役目がある。けれど、今考えたい話ではない。

「富蔵には、幸せになって貰いたいて思うてます」

お多加はしみじみとした口ぶりで言った。

「お輪さんが悪いんやあらへんのどす。ただ、富蔵には、呉兵衛さんのような思いはさせとうないんどす」

お輪は無言になった。

母の亡くなった日のことが、まざまざと脳裏に蘇《よみがえ》ってきたのだ。

――縁見屋の娘は祟りつきや。せやさかい、二十六の年に死ぬ――

「お多加さん、安心しておくれやす。うちには富蔵さんと一緒になる気はあらへんさかい」

お輪は精一杯の笑顔を、お多加に向けた。

「富蔵さんはええ人や。けど、なんや兄《あに》さんみたいで、夫婦になるなんて考えたこともあらへん。お父はんもお父はんや。うちの考えも聞かんと、勝手に決めるやなんて」

わざと怒って見せてから、お輪はきっぱりと言い切った。

「お父はんには、うちがきっちり言うておきます。せやさかい、もう心配はせんといておくれやす」

「堪忍しとおくれやす。えらいきついことを言うてしもうて……」

「ええんどす。ほんまのことやさかい……」

「堪忍なあ」と何度も詫びながら、お多加は帰って行った。

呉兵衛は昼前に戻って来た。やはり機嫌が良い。お多加の様子では、お輪の縁組の話はかなり進んでいるようだった。お多加が自らお輪を訪ねて来たところをみると、富蔵の方は乗り気なのかも知れない。

お多加の立場からすれば、むしろ徳次がお輪と一緒になる方が望ましいのだろう。徳次が縁見屋の入り婿になれば、当然、富蔵が東雲屋を継ぐ。徳次に継がせることに拘《こだわ》っているのは忠右衛門だけなのだ。

お多加が来たことを、お輪は呉兵衛に話さなかった。呉兵衛の方から縁組を切り出された時に、はっきり断ろう、と考えたからだ。

「お父はん、ちょっと火伏堂へ行って来るさかい」

お輪は握り飯を用意すると、呉兵衛に声をかけた。

「ついでに、徳次の仕事ぶりをよう見ときや。真面目にやっとるかどうか……」

蛇小路を抜けて火伏堂に着くと、帰燕の姿はなかった。一瞬、何も言わずに出て行ってしまったのかと不安に駆られたが、竈には鍋が掛かっていて、火も熾《おこ》してある。

徳次は料理など、間違ってもやらない。

鍋では雑炊が煮えていた。わずかの米に刻んだ野菜が躍っている。

「来ていたのですか」

帰燕の声がして、勝手口に大きな影が現れた。お輪は慌てて蓋を閉じた。

「お昼ご飯を作って来たんやけど……」

お輪はちらりと視線を鍋に向けた。

「ご自分で用意してはるんどすなあ」

「米や麦と野草を煮ただけです。料理というほどのものではありません」

帰燕は抱えていた薪の束を竈の横に置いた。

「野草、どすか。青菜やのうて？」

「山の草を干したものです」

「お出汁《だし》は？」

「あれば昆布を少し使います。米も麦も昆布も、里で祈禱《きとう》した折に、布施としていただいたものです」

「味つけは？」

「塩を少々。味噌がある時は、それを使います」

恐ろしいほどの粗食であった。

「食べてみますか」、と帰燕は椀《わん》に雑炊を注ぐ。お輪は一口啜って、思わず顔を顰《しか》めた。

「なんや、青臭い。それに苦い」

「山では御馳走《ごちそう》です。それに、野草は薬になる物を選んでいます。身体にも良い」

「お父はんなら、喜んで食べはるわ」

お輪の言葉に、帰燕は声を上げて笑った。

屈託《くったく》のない笑顔であった。邪気など微塵も感じられない。職業柄、呉兵衛の人を見る目は確かだとお輪は思っていた。その父と同じ印象を受けるなら、帰燕は徳次の言うような怪しい男ではないだろう。

「ところで、違う道を通られましたね」

帰燕はお輪から椀を受け取ると、残っていた雑炊を啜る。

蛇小路のことは、まだ帰燕には教えていなかった。

「井戸の側の木戸を通れば、縁見屋の裏庭に続いてます。一本道ですさかい、ずっと近《ちこ》うなる。縁見屋に来はる時は、その道を使《つこ》うて下さい。夏は蛇が出ることもありますけど」

もっとも、山暮らしの身で蛇を恐れることはあるまい。

「私を信用していただけるのですね」

帰燕の顔から笑みが消えた。真剣な眼差しがお輪を見下ろしていた。

お輪は、しだいに激しくなってくる胸の動悸に戸惑いを覚えた。

帰燕は何も言わない。お輪も言うべき言葉が見あたらなかった。

なぜ、自分がそんなことをしたのかは分からない。お輪は両手で帰燕の右手を握っていた。大きな手であった。指も長い。節《ふし》はごつごつとして荒れていた。この手で岩を摑《つか》み、土を掻《か》いてきたのだ。

二十代半ばなのか、三十代なのか、年齢のよく分からない男だったが、その苛酷な人生が帰燕の手には映し出されていた。

ふいにお輪の目頭が熱くなった。涙が溢《あふ》れ、帰燕の手を濡らした。

「苦労しはったんどすなあ」

お輪は呟くように言った。なんだか自分の言葉ではないような気がした。

次の瞬間、お輪は帰燕に抱きしめられていた。帰燕が腕に力を込めるので、お輪は今にも呼吸が止まりそうになった。

突然、戸が激しい音を立てた。

「あんた、何をしてるんやっ」

怒鳴り声と共に飛び込んで来たのは、徳次だった。

徳次は力任せに、帰燕の身体をお輪から引き離していた。

「やっぱり、初めからそれが目的やったんやな。お輪ちゃんを誑《たら》し込んで、縁見屋を乗っ取るつもりやったんやろっ」

帰燕に殴《なぐ》りかかろうとする徳次の拳に、お輪は必死でしがみつく。

「違う、違うんや、やめて、徳次さんっ」

「何が違うんや。こいつは、お輪ちゃんを……」

お輪はかぶりを振った。

「うちが泣いていたから、帰燕様は慰めてくれただけや。うちの方から縋ったんや。帰燕様と違う」

「せやから、この男が泣かせたんやろっ」

「違う、うちが泣いたのは……」

言いかけて、お輪は愕然《がくぜん》とした。理由が全く分からなかったからだ。

「東雲屋の若旦那、荷はここに降ろしてよろしゅうおすか」

表で急かすように誰かが言った。

「おう、境内に積んどいてくれ」

振り返りもせず、帰燕を睨みつけたまま徳次は応じる。

「修繕に使う材木を仕入れてきたんや。ちょっと目を離すとこの様《ざま》や。ええか、この際やから、はっきり言うとくわ。お輪ちゃんはわての許嫁《いいなずけ》や。今度ちょっかい出したら、わてが黙ってへん」

帰燕が静かに口を開いた。

「あなた方の仲を邪魔するつもりはありません。私が不用意でした。許して下さい」

下手に出られて、徳次は当てが外れたようだ。握っていた拳をやっと緩めると、「分かれば、そんでええ」と頷いた。

帰燕は厨を出て行った。御堂に向かったのだろう。

「うち、いつからあんたの許嫁になったんや」

お輪は語気を強めて徳次に言った。

「あぁでも言わんと、あの男が図に乗るやろ」

お輪が怒っているのが分かって、徳次はたちまち弱腰になる。

「うちと帰燕様のことは、徳次さんに関わりないやろ」

「お輪ちゃんは、あいつが好きなんか？」

「そんなこと、まだ分からへん」

お輪も負けずに応じる。

「うちが誰を好きになって、誰と一緒になるのか、そんなこと、うちにも分からへんし、他の誰にも決められとうない」

一瞬、徳次は目を剝《む》いた。何かを言いかけたが、すぐに言葉を飲み込んだ。ごくりと喉が上下する。

「ほんまに、わての気持ちが分からへんのか?」

しばらく睨み合った後、徳次の口からはそんな言葉が漏れてきた。乾いた土に滴り落ちた雨粒のように、それがお輪の胸にじわりと黒い滲みを作る。

「わてがお輪ちゃんのことを、どない思うてるか、ほんまに……」

「言わんといてっ」

お輪は鋭い声で、徳次を制していた。

「知らん筈ないやろ。店を継ぎとうない理由も……。東雲屋の主人になってしもうたら、うちをお嫁さんにできへんからや」

「それだけやない」、とお輪は強くかぶりを振る。

「縁見屋の娘は祟られてる。せやさかい、男児は産めへんし早死にする。そないな女は嫁の貰い手がないし、婿を捜すしかない……。陰でそない言われていることぐらい、うちかて知ってる」

今になって、お多加に面と向かって言われた言葉が、胸に深く突き刺さっているのに気がついた。

――富蔵に、呉兵衛さんのような思いはさせとうない……――

それは若くして妻に先立たれることであった。代々縁見屋の娘は、なぜか、皆、早世している。それがさらに噂に拍車を掛ける。

お輪の母、志麻と、徳次の母親のお吉は幼い頃から仲が良かった。お吉の方が二歳年上で、まるで姉妹のようだったと聞いたことがある。そのお吉が二十歳そこそこで亡くなってしまった。

――縁見屋の娘の悪縁を貰うたんや――

心無い噂が世間に飛び交った。それを撥《は》ね除《の》けたのは、忠右衛門と呉兵衛の交流である。

二人が親しく付き合うことで、噂話は瞬く間に消えた。忠右衛門自身が信じていないのだ。世間があれこれ言うことでもないだろう。

しかし、一度でも囁かれた噂というものは、全く無くなる訳ではないようだ。志麻がこの世を去ると、再び蒸し返す者が現れ、巡り巡ってお輪の耳にも届いていた。

呉兵衛は人が良い。元々能天気な性格もあって、噂話は良い事しか聞かないようにしているらしい。正右衛門の代からの善行も手伝って、誰一人「縁見屋」を悪く言う者はいない。

だから、それらの噂は、悪口ではなく憐《あわ》れみなのだ。

――縁見屋の嬢はんは、ほんまに気の毒な運命《さだめ》のお人どすなあ――

噂話の後は、大抵、そう言った憐憫《れんびん》の言葉で締めくくられる。

「頼むから、うちに同情なんかせんといて」

お輪は徳次に懇願した。

「悪ぶって、父親にわざと嫌われて、うちと一緒になろうやなんて。そないなこと、うちは頼んでへんし、望んでもいいひん」

徳次の顔は苦しげに歪《ゆが》んでいた。お輪は戸口に向かおうとして、そこに帰燕の姿があるのに気がついた。

「今日はこれで帰ります」

頭を下げ、お輪は帰燕の脇をすり抜けようとした。話を聞かれた、と思った。帰燕はどこか物哀しげな目でお輪を見ていた。帰燕にまで同情されるのは、とても耐えられなかった。

「あなたは悪くはありません」

帰燕がぽつりと言った。

「あなたに罪はない。あるのは……」

帰燕はそこで言い淀《よど》む。

「あんた」、と、いきなり徳次が帰燕の腕を摑んだ。

「あんたがほんまに行者やったら、祈禱《きとう》かてできるやろ」

帰燕は無言で頷いた。

「せやったら、縁見屋の娘に憑《つ》いてるていう祟りを祓《はら》えるんやないか」

帰燕に対してすごんで見せた姿が、まるで嘘《うそ》のようだ。

「お輪ちゃんの不安を取り除いてやりたいんや。わては、ほんまにお輪ちゃんを好いとる。それを憐れみやて言われたら、男として立つ瀬がない」

帰燕はしばらくの間沈黙していたが、やがてお輪に向かってこう言った。

「あなたの頼みならば引き受けます。ただし、その時は、知りたくもない事を知らねばならぬし、聞きたくもない話も聞かねばならなくなる。その覚悟があるのなら、いつでも言って下さい」

（なんで、あんなことを言うてしもうたんやろ）

縁見屋に戻ったお輪は、ひたすら後悔していた。

徳次の自分への想いは、すでに知っていた。自分のために東雲屋を継ぎたくないのだとしたら、忠右衛門に対しても申し訳なく思う。

「縁見屋の娘は祟られている」という話を、お輪が初めて意識したのは、呉服問屋のお美乃《みの》の家に行った時であった。お輪が十三歳の頃のことだ。

お美乃とは、琴の稽古《けいこ》で知り合った。二人は年齢も同じだった。

初めて顔を合わせた日から話も弾み、すぐに仲良くなった。お美乃は三月の雛《ひな》の節句に、お輪を家に招いてくれた。

呉服を扱うだけあって、お美乃は桃の花を散らせた御所車の柄の、それは綺麗な着物を着せられていた。訪れた娘たちともすぐに打ち解けて、何段にも重なる豪勢な雛飾りの前で、たわいのないおしゃべりを楽しんだ。

お美乃の母親も、気さくで優しそうな女だった。お輪は八歳の頃に母親を亡くしている。お美乃の母と生前の志麻の姿が重なり、微笑《ほほえ》みかけてくれるのが、ただ嬉しかった。

それは、お輪が手水《ちょうず》に立った時のことだった。廊下で、一人の女中がお美乃の母と立ち話をしていた。

――縁見屋の娘が来てはりますえ――

と言う女中の声が、かすかに聞こえた。

――御寮はん、祟り憑きの縁見屋の娘を、節句の席に呼んでは縁起が悪うおす。嬢はんの将来に、何かあったら……――

――せやけど、無下《むげ》に追い返す訳には行かしまへん。後で祈禱師を呼びますさかい、今日のところは目を瞑《つむ》るしかあらへんやろ――

お輪の前では優しげだったお美乃の母親は、眉間に不機嫌そうな皺を寄せていた。お輪はその足で玄関先に向かった。草履をつっかけると、逃げるようにしてお美乃の家から飛び出したのだ。

琴の稽古に通うのはやめた。呉兵衛がどんなに理由を尋ねても、「琴はうちの性に合わんさかい……」、としか言わなかった。

お美乃とは、町内が違っていたせいもあって、あれきり会うことはなかった。もっとも、お美乃の噂は聞いている。

三年前、お美乃は十五歳で、二条通りの呉服問屋に縁づいていた。禁裏御用達の大店だ。

すぐに男児にも恵まれている。その子も今年で三歳になった。

その話を聞いた時、お輪は心から安堵していた。お美乃のことは嫌いではなかった。心根の優しい素直な娘だった。だからこそ、「祟り憑き」の自分と関わったために、何か大きな不幸に見舞われるのではないかと、そればかりを案じていたのだ。

(縁見屋の娘は、ほんまに二十六歳で死ぬんやろか)

――……確か、志麻はんのお母はんも……――

母の通夜の日に、誰かが言った言葉だ。

母の志麻は、十歳の時に、祖母の登志と死別している。登志は十六歳で志麻を産んだ。享年は二十六歳だったと言う。

背筋がぞっとした。こうなると、曽祖母の登美や、その母親の登喜の享年も知りたくなった。だが、それを知るのも恐ろしい。

（縁見屋の娘に取り憑いている祟りて、いったいなんやろう）

まず、それを知らなければならない。

（帰燕様なら、分かるんやないやろか）

帰燕ならば、どんな恐ろしい祟りでも、祓ってくれるかも知れない。だが……。

――その時は、知りたくもない事を知らねばならぬし、聞きたくもない話も聞かねばならない――

帰燕のその言葉を思い出した時、お輪はあることに気がついた。

（帰燕様は、何か知ってはるんかも知れん）

だから、縁見屋に現れたのではないだろうか……。

「お輪、お輪はいてるか」

呉兵衛が呼んでいた。慌ててお輪は部屋を出た。

廊下に立った時、ふいに甘い匂いが鼻先を掠《かす》めた。庭に視線を移すと、金木犀が目に入った。蜜柑《みかん》色の小花を無数につけている。

縁見屋が岩倉屋だった頃にはすでにあったという古い木だった。秋が終わる頃、落ちた小花を集めては、母の所へ持って行った。母は金木犀の花を綺麗な端切れに詰めて、匂い袋を作ってくれたものだ。

金木犀の香りは、同時に母の匂いでもあった。

――坊や、ごらん。金色の雨や――

突然、お輪の目の前に幼児の姿が現れた。幼子は金木犀の下に立っている。

金木犀は今ほど丈も高くはない。一人の女が木の枝を揺すっていた。濃い黄色の花房から、小花がちらちらと散っていく。その様は、確かに雨のようにも見え、幼子の小さな髷《まげ》に降り注いでいた。

子供は嬉しそうに声を上げて笑った。穏やかな秋の日差しが、母と子を暖かく包み込んでいる。長閑《のどか》で、穏やかな秋の日の情景だ。それなのに……。

お輪はひどく悲しくなった。胸が引き裂かれるように痛み、目から涙が溢れて止まらなくなった。理由が分からないまま、お輪はひっそりと泣いていた。

第二章

其の一

四日が経った。八月も終わり、暑さもすっかり和らいだ。秋の気配も、其処此処《そここ》に漂い始めていた。

庭先の小菊の葉も、濃さを増している。そろそろ花芽がつく頃だ。

あれ以来、お輪は火伏堂には行っていない。帰燕も徳次も縁見屋に姿を見せなかった。

帰燕はともかく、徳次ぐらいはお輪の顔を見に来てもよさそうなものだ。不満はあったが、火伏堂での徳次との会話を思い出すと、やはり顔を見るのは気詰まりだった。

帰燕はどう思っているのだろうか……。別れ際に言ったように、お輪が心を決めるのを待つつもりなのだろうか。

火伏堂が気になるのか、その夜、お輪は妙な夢を見た。思えば、奇妙な夢ならば度々見ていた。子供の頃の火事の夢もそうであったし、このところ見るようになった、母と子の夢もそうだった。

眠っている時ばかりではなく、起きていても、ふっと意識が遠のき、一瞬、幻のようなものが見えることもある。

（あれこれと、考えることが多すぎるからや）

こんな時ばかりは、呉兵衛の、あまり深く詮索《せんさく》しない、能天気な性格を真似《まね》ることにしていた。

夜、寝床に入ってからふと気がつくと、お輪は大抵火伏堂にいた。

宿坊では、徳次が布団の中で大いびきで寝ている。夜具は二つ用意されているが、帰燕の姿はそこにはなかった。

（全く、徳次さんときたら……）

お輪は呆れて徳次の寝顔を見た。徳次は帰燕のために用意した、ふかふかの客布団に寝ているのだ。

お輪はふわりと移動し、御堂に向かった。これが夢だという証拠に、ひどく身体が軽く感じるのだ。御堂には灯明が揺れている。格子戸を開いて中に入ると、帰燕の祈る姿が見えた。

夜もほとんど眠らないのだろう。帰燕は真剣に祈り続けている。なんだか、お輪のために祈っているような気もしたが、そんなことを思っている自分がおかしく思えた。

（夢やのに……）

お輪は自分の夢の中で、帰燕に祈らせているのだ。

（帰燕様なら、きっとうちを助けてくれる）

お輪自身が、心のどこかでそう信じているからだろう。

ふいに帰燕が読経をやめた。顔を上げ、ゆっくりと背後を振り返った。視線がわずかに上がり、お輪のいる辺りに向けられた。

訝しそうな帰燕の目が、お輪を見つめている。帰燕が何かを言ったような気がした。

その途端、お輪はハッと目覚めていた。慌てて周囲を見た。紛れもなく自分の部屋だ。

まだ胸がどきどきしていた。ただの夢の筈なのに、なんだか妙な感覚だった。

起き上がって厨へ行った。水を飲むと、やっと心が落ち着いた。

母と祖母の亡くなった年齢が、同じ二十六歳だったことは、お輪に大きな不安を与えていた。

曽祖母まで享年が同じであれば、もはや偶然では済ませられなくなる。

お輪には、縁見屋の娘に取り憑いた祟りの正体を、どうしても確かめる必要があった。

帰燕ならば助けてくれる。先ほど見たばかりの夢も、それを暗示しているように思えた。

しかし、なぜか、お輪は一歩踏み出せない自分を感じていた。

――知りたくもない事を知らねばならぬし、聞きたくもない話も聞かねばならない
……――

帰燕の言葉が、呪文のように、いつまでもお輪に纏《まと》わりついていた。


翌朝、呉兵衛は茶漬けを搔き込むと、慌ただしく家を出て行った。

お輪の心とは裏腹に、呉兵衛には、お輪の身を案じているような暗い影は微塵も見えなかった。元々の性分なのか、何事も良い方へ考える性格は、それだけでお輪を安心させてくれる。

だからこそ、自分から騒ぎ立てて事を大きくしなくても、と思いもする。

呉兵衛の実家が薬種問屋だったこともあり、若い頃は蘭学の本も読んでいたと聞く。

平賀《ひらが》源内《げんない》の本に感銘を受け、江戸に出ようとまで考えたこともあったらしい。

そんな呉兵衛のことだ。「祟り」などというものは、「ただの気の迷い」ぐらいにしか考えていないのだろう。

現に今の呉兵衛は、九月九日の重陽《ちょうよう》の節句で頭が一杯だった。毎年、この日には、俳諧仲間が集まって、「菊花会」が催される。

今年、呉兵衛は世話役に当たっていた。不作が続き、米も野菜も値上がりしている。贅沢《ぜいたく》はできないが、ささやかでも賑やかにやりたい、と、場所やら料理を決めるのに忙しい。

今日も朝から、会の打ち合わせがあるのだと言う。

東雲屋の忠右衛門の所へ行ったのだが、果たして話が「菊花会」なのか、お輪と富蔵の縁組のことなのかは疑わしいところであった。

その時、店の戸口の暖簾が揺らいだ。よほど寒くならない限りは、店の戸を開けておくのが呉兵衛の信条だ。

——人に入って来て貰うてなんぼの商売や。戸を閉め切っとったら、人に「来るな」て言うてるのんと同じことや——

客は、あの島村冬吾《おんな》であった。

数日前に初めて会った時とは打って変わって、身なりは小ざっぱりとしていた。髪に乱れもなく、月代も綺麗に剃《そ》られている。長旅で日に焼けた顔からは疲れた様子も消え、はにかむような笑みにも、以前の硬さはなかった。

「お陰様で、近江屋に雇うて貰うことができました」

座敷に上がると、島村はそう言って深々と頭を下げた。

「お輪さんにもお力添えをいただき、ありがたく思うております」

「うちは何もしてしまへん」

お輪は恐縮してしまう。

「今日は、お父はんがいてへんのどす。せっかく来てくれはったのに……」

すると、島村は懐から小さな紙包みを出して、お輪の前に置いた。

「近江屋さんに事情を話しましたところ、給金の前借りをすることができました。これは先日お借りした金です。一日も早くお返ししたくて、こちらへ参上したしだいです」

「そないに急がんかて、ええのに」

お輪は呆れる。

「いえ、借りた物はできるだけ早くお返ししないと、落ち着かない性分なので」

よほど律儀な性格のようだ。

お輪は「ほな、これは預かっておきます」と紙包みを懐に納め、改めて島村の顔に目をやった。

父親のいない今日という日に、会いたいと思っていた島村冬吾が現れたのだ。この機会を逃す手はない、とお輪は考えていた。

「この前、人を捜してるて言うてはりましたなあ」

島村は恥ずかしそうに俯《うつむ》いた。

「私の事情です。初めて会った方に、話すようなことではありませんでした」

「見つからはったんどすか？」

お輪はさらに問いかける。

「いえ、まだです。仕事は夜なので、昼間に出歩くことはなかなか叶《かな》いません」

店や米蔵の警護は夜間が主だった。昼間は眠っておかないと身体が持たないのだ。

「京にいてはるのんは、確かなんどすか」

「分かりません。もし見つからなければ、大坂《おおさか》へでも行ってみます」

自信のない様子で島村は口ごもる。

「見つかるまで、日本中を捜し回るおつもりどすか」

驚くお輪に、島村は実直さの見える顔で「はい」と頷いた。

「お力になれるかも知れまへん」

お輪は島村を待たせたまま、急いで天狗の秘図面を取りに行った。

秘図面は、お輪の部屋の簞笥《たんす》の小引き出しの奥に仕舞ってあった。千賀という女の遺髪の方は気味が悪いので、仏壇の観音菩薩の後ろに隠してある。仏様の許にあるなら、化けて出ることもないだろう。

「これを見ておくれやす」

お輪は島村の前に秘図面を広げた。とは言っても、何も書かれていないただの古紙だ。

島村は困惑したようにお輪を見た。

「縁見屋に代々伝わる、天狗の秘図面どす。御覧のように何も書かれてしまへん。せやけど、何かを探してはるお人が強う念じれば、想いが通じて道が見えてくるんやそうどす」

「道、ですか？」

「行きたい所とか、会いたい人のいてはる所、とか……」

言いながら、お輪の口ぶりはしだいに弱くなっていた。自信がないからではない。島村冬吾の想いを利用して、秘図面に本当に不思議な力があるかどうか試そうとしていることに、後ろめたさがあったからだ。

「本当に見えるのですか」

島村は身を乗り出した。反対に、お輪の方が躊躇《ためら》ってしまった。

「ただの言い伝えどす。阿呆どした。島村様のお力になれれば、と思うて……」

秘図面を仕舞おうとしたお輪の手を、島村が押さえた。

「やらせてみて下さい」

島村は真剣な顔で言った。

「この紙を見つめて、念じればよいのですね」

「多分」、とお輪は頷いた。詳しいことはお輪にも分からないのだ。

「やってみます。ですが、私を一人にしておいてくれませんか」

どうやら、誰にも知られたくないらしい。

「じっくり見ておくれやす。うちは奥へ行ってますさかい……」

お輪は小半刻（約三十分）ほど、家の奥で過ごした。待っている間、何をするにも手につかなかった。

夕餉の支度をしようと厨に入っても、青菜を手に取ったり、下ろしたり……。庭掃除をしても、箒《ほうき》で辺りを掃き散らしてしまうだけだ。

「よろしゅうおすか」

もう待てないとばかり、お輪はついに座敷に顔を出していた。島村の前には、巻かれた秘図面が置かれていた。

「どうどした？」

遠慮勝ちに、お輪は島村に声をかける。島村の顔はやや強張っていたが、すぐに表情を和らげてこう言った。

「何も見えませんでした」

「ほんまに、何も？」

「どれほど目を凝らしても、何も見えません。とても古い紙なのは分かりました。それに丈夫です。よほど腕の良い職人の漉《す》いた物なのでしょうね」

（そんなことが知りたいんやない）

お輪は失望していた。

「これは、お返しします」

島村はお輪に秘図面を渡した。

「御先祖の物ならば、どうぞ大切にして下さい。私のことを案じて下さったお輪さんのお気持ちは、よく分かりました。礼を言います」

島村はお輪の前に頭を下げる。

「すんまへん」、とお輪は島村に詫びていた。

「なんや、余計な期待をさせてしもうたようで……」

「いえ、私がお願いしたのです。お気になさらずに。それから、家宝はやたらと他人の目に晒《さら》さない方が良いと思います」

島村は諭《さと》すように言った。お輪は己の軽はずみを恥じるしかなかった。

「ところで……」、と島村は話を替える。

「この辺りに、御堂のような建物はありますか？」

「ありますえ。この近所どす」

この町内で御堂といえば「火伏地蔵堂」しかない。

「せっかくですから、お参りさせていただきたいのですが」

「お武家様も信心してはるんどすか」

何気なくお輪は尋ねていた。信仰心は誰にでもある。武士だからといって、神仏に祈らぬ筈はない。

「いえ、信心しているという訳ではありませんが、縁見屋さんのお陰で今の私があるのです。これも神仏の計らいと思えば、感謝を捧《ささ》げたく思いまして……」

「それやったら、すぐにでも御案内いたします」

お輪は喜々として答えていた。火伏堂へ行く口実ができたのだ。

「しかし、店を留守にされるのは……。道が分かれば一人で参ります」

「かましまへん」

お輪はさっさと暖簾をしまうと、戸口を閉じていた。

「じきにお父はんも戻るやろし、それに、火伏堂へ行く近道があるんどす」

お輪は、さっそく島村を家の奥へと案内していた。

裏庭から木戸を出て蛇小路へ入る。

「ここが近道なのですか」

家々の生垣や土塀の間を進みながら、周囲を見回して島村が尋ねた。

途中、大きな柿の木の枝が、生垣を越えて張り出していた。子供の頃、徳次が実った柿を盗んだことがあった。一口齧《かじ》って渋柿だと分かった時の、老人みたいな皺だらけの顔を今でも覚えている。

改めて思うと、徳次はいつもお輪の側にいた。妙な噂が広まって、お輪の周りから友達と呼べる者がいなくなった後も、ずっと徳次は寄り添ってくれていたのだ。

「本当に近所なのですね」

火伏堂に着くと、島村は驚いたように言った。

裏木戸を抜けて井戸端を回り込み、境内の方へ出ようとして、いつもと様子が違うのに気がついた。普段は静かな火伏堂に、珍しく人の気配があるのだ。

御堂の前に、町内の人が数人たむろしている。門の所には徳次がいて、何やら参拝者に言っているのが聞こえた。

「今日の御祈禱は終わりどす。また日を改めておいで下さい」

そこで帰って行く者もいれば、御堂の前で拝んで行く者もいる。賽銭箱に投げ入れられた銭が、ちゃりんと音を立てていた。

御堂の格子戸が開いて、四十代半ばの女が出て来た。すると順番を待っていたらしい初老の男が、入れ替わるように入って行った。

「どうも腰が痛うて、夜も眠れしまへん」、と訴える声が聞こえる。

その時、「東雲屋の若旦那さん」、と女が徳次に声をかけてきた。

「ほんに験力のある行者様どすなあ。ここ二、三日続いていた頭の痛みがすうっと無《の》うなりました」

「それはよろしゅうおした」

「御礼はいらんそうやさかい、喜捨をさせて貰います」

そう言って、女は懐紙に包んだ物を徳次に手渡す。

「徳次さん、いったいどないなってんの」

お輪はすっかり困惑していた。徳次はお輪に気づいたが、すぐに島村に目を向けた。

「お輪ちゃん、このお侍は誰や」

「島村冬吾様、いうて、うちで仕事を世話したお人なんや。火伏堂にお参りしたいて言わはるんで、お連れしたんやけど……」

視線を再び御堂に向けてから、お輪はさらに尋ねた。

「どうして、こないに人がいてはるの」

徳次は島村に軽く頭を下げると、「徳次てもんどす」と言ってから、すぐにお輪の耳元でこう囁いた。

「美衣野のお園さんや」

なんでも、お園の口から、火伏堂に愛宕山の行者様が来た、という話が広まったらしい。

せっかくやから、と祈禱を頼んできた者がいて、その人物の口から次々と伝わっていったのだ。

――話を聞いていただいて、ありがたい御経を唱えて貰うたら、何やら塞いでいた気分がすっかり楽になって……――

しかも、謝礼などは一切受け取らない。

「最初は一人、二人ぐらいやったんが、ここ三日ほどはひっきりなしや。それで、お昼までの間、五、六人だけ、ちゅうことにしたんや」

「帰燕様がそう言わはったの？」

「あの人は来るもん拒《こば》まずや。そうそう人に来られたんでは、建物の修繕もはかどらんよって、わてがそないに決めた」

「毎日来られると、帰燕様も疲れはるやろ」

お輪は帰燕の身を案じる。

「なんも心配いらん。あのお人は、なんでも修行やて思えば耐えられるらしい」

けろりとした口調で言う徳次が、お輪は少々腹立たしい。

「そないなこと言うて、ほんまはお喜捨が目当てなんやないの」

お輪が睨むと、徳次は「ちゃうちゃう」とかぶりを振った。

「くれるもんは貰うておけ、て帰燕様が言わはったんや。御堂の修繕の足しにすれば、出したもんの供養になる、て」

「さすがは、帰燕様やな」

「それにな、これであのお人がほんまもんの行者かどうか、分かるやろ」

徳次は自信有り気に言った。

「安心せえ。あの人はほんまもんや。祈禱して貰うたもんは、皆、喜んで帰らはる。間違いあらへん」

「初めから、うちは疑うてへんかったんやけど……」

お輪は自分が褒められたようで、なんだか嬉しい。

その時、黙って二人の話を聞いていた島村が口を開いた。

「私も祈禱を受けたいのですが、よろしいでしょうか」

遠慮気味に言いながらも、その眼差しには、どこか有無を言わせぬものがある。

「せやったら、明日にして下さい。今日はもうじき仕舞いどっさかい……」

「休みはなかなか取れぬ身です。なにとぞ是非に……」

島村冬吾が、ここまで強い態度に出るのは意外だったが、よほど捜し人のことが気にかかっているのだろう、と思い直した。お輪には、天狗の秘図面が役に立たなかった負い目もある。

「うちからも頼むさかいに……」

お輪は両手を合わせて、徳次を拝んでみせる。

「帰燕様に聞いてみるわ」

しゃあないなあ、と呟いてから、徳次は御堂の扉に向かう。その時、戸が開いて、祈禱を終えた初老の男が現れた。

「おかげで腰の痛みがすっかりようなりましたわ。喜捨させて貰いますよって」

男は徳次に懐紙の包みを渡した。

「へえ、毎度おおきに」、と徳次は商売人のような挨拶で応じた。

まだ三人ほどが順番を待っていた。徳次は「ごめんやす」、と次の者に声をかけてから中に入る。しばらくして出て来て、「最後でよかったら、かまへんそうどす」と言った。

「かたじけない」、と島村は列に加わった。

「話があるんや。今夜、縁見屋に寄るつもりやったんやけど、丁度ええわ」

島村がお輪の側から離れるのを待って、徳次が小声で言った。

お輪は徳次の後について、宿坊に向かった。

中に入ると、厨の板の間から続く六畳ほどの座敷に、二組の夜具が畳んである。

「徳次さん、客布団で寝てんと違う?」

夢を思い出して、お輪は軽口のつもりで言った。徳次はどきりとしたような顔になる。

「なんで分かったんや」

「なぜ」と言われても、「夢で見た」としか答えられない。

「徳次さんのことやさかい、多分、そうやないか、と……」

「言うとくけどな。帰燕様には布団なんぞいらんのや」

呆れたような口ぶりで徳次は言った。

「あの人は、夜も御堂に籠っとる。起きてる時はずっと明りがついとるし、寝てる時は灯明が消えとる。寝る、言うても、板の間に横になるぐらいや。せやったら、せっかくの客布団が無駄になるやろ」

それが、徳次なりの理屈のようだ。

「夜は御堂にいてはるの？」

お輪は念を押すように尋ねた。

(夢と同じや)

そう思うと、なんだか怖くなる。

「帰燕様のことはどないでもええ」

多少苛立った様子で、徳次は上がり框に腰を下ろした。お輪も並んで座る。

「話て、なんやの」

「わてとお輪ちゃんのことや」

徳次は真剣な口調で言った。

「親父は富蔵とお輪ちゃんの縁組を考えとる。呉兵衛さんもすっかり乗り気や。縁見屋は代々婿取りやし、いずれは誰かが婿養子になる」

徳次は気難しそうな顔で、視線を開いたままの勝手口に向けた。中が薄暗いので、縦長の、四角に区切られたそこだけが白く眩《まぶ》しい。裏木戸の生垣に沿って、鶏頭の緑の穂がずらりと並んでいる。花穂が目に染みるような夕日の色に染まるのも、もうじきだった。

帰燕が粟でも撒《ま》いたのか、井戸端で五、六羽の雀《すずめ》が遊んでいる。

（あの光の中にいたいのに……）

ふとそう思った。悩みも不安もなく、明るい日差しの中に、お輪はいたいだけなのだ。

それなのに、訳の分からない「縁見屋の娘に取り憑いた祟り」が、お輪を闇の中へと引きずり込もうとしている。

「せやさかい、わてと一緒にならへんか」

唐突に徳次が言った。ぼんやりと表を眺めていたお輪は、思わず徳次の顔を見た。

「わてが縁見屋の婿養子になる。東雲屋は富蔵に継がせたらええ。お輪ちゃんさえ承知してくれるんやったら、わては親父ときっちり話をつける」

「徳次さんのお父はんは、店は長子が継ぐもんやて考えてはるんやろ」

忠右衛門は生真面目で頑固な性格だった。だからこそ、誠実で人から信用されるのだ。

「わてはお輪ちゃんと夫婦になりたい。お輪ちゃんも、そう望んでくれるんやったら、親父も呉兵衛さんも説得してみせる」

徳次はひどく強気だった。

(徳次さんの頑固なところは、忠右衛門さんに似てるんやな)

お輪は微笑ましく思った。

お輪は徳次が好きだった。これまでの二人の付き合いを思えば、このまま夫婦になるのが自然であるような気がした。だが……。

お多加の言葉が、お輪の胸の内に影を落としている。

——富蔵に、呉兵衛さんのような思いはさせとうない——

それは息子の行く末を思う、母親の強い願いであった。

呉兵衛が志麻を亡くした時のことを、お輪はよく覚えている。母を失った自分も辛《つら》かったが、呉兵衛の悲しみの深さは、到底計り知れないものだった。心の繋がりが強ければ強いほど、連れ合いを失うことは、鳥が片翼を無理やり引き千切られるようなものだ。

徳次にもそんな思いはさせられない。

「うちは、誰とも一緒にはなられへん」

やがて、お輪は答えた。

「縁見屋に憑いとるっちゅう、『祟り』のせいか」

少しも動じる様子もなく、徳次は言った。

「そんなもんは帰燕様が必ず祓うてくれる。さっきも言うたやろ。あの人はほんまもんの行者様や、て」

(今のままのうちでは、あかんのや)

おぼろげにそう思う。幾ら帰燕に祟りを祓う力があったとしても、まずは「祟りの正体」を見極める必要があった。それは、「知りたくない事を知り、聞きたくない話を聞く」ことだ。決して良いことではないのは、お輪にも分かる。

「もしかして、帰燕様のことが好きなんか」

徳次は声音《こわね》を落とした。

「好きか」、と正面切って尋ねられて、お輪は戸惑いを覚えていた。

徳次と一緒にいると、気が楽になれた。一方、帰燕は、理由もなくお輪の胸を騒がせる。

まるで、心の中に嵐が一つ生まれたような気分だった。これが恋なのかどうかは分からない。いずれ収まるものならば収まって欲しい、そうお輪は心から願っている。

「帰燕様のことなら、諦めた方がええで」

徳次がひそりと言った。

「帰燕様は修行中の行者様や。うちのことなんぞ、相手にする筈はあらへん」

怒ったように言ってみせたが、胸の動悸は激しくなった。

「せやない。あの人、女がいてる」

「冗談《てんご》は言わんといて」

お輪は本気で怒った。

「帰燕様のこと、よう知りもせんと、そないなでたらめを言うやなんて」

「でたらめやない」

徳次は真顔になる。

「二、三日前のことや。夜更けに、帰燕様はおなごを御堂に引き入れとった」

夜間、帰燕は御堂に籠る。おかげで徳次は客布団で伸び伸びと眠れた。それはそれで良かったが、深夜に明りが灯っていると、さすがに気になってくる。帰燕が明りを灯したまま寝入ってしまうと、火事になる恐れもあった。

たまたま夜中に目覚めた徳次は、様子を見に御堂へ向かった。格子戸越しに、蠟燭の明りが漏れていた。中を覗こうとした時、帰燕の声が聞こえた。

――戻りなさい。あなたはここへ来てはいけない――

「本当に、女の人やったの」

念を押すと、徳次は困惑したように首を傾げた。

「幾らなんでも、男と女がいてるところを覗き見できるかいな」

「女とは限らへんやろ」

「ええ匂いがしたんや。どこかで嗅いだ覚えがあるんやが……」

「お園さんやないの。あの人やったら、香袋を付けていそうや」

「沈香《じんこう》とか伽羅《きやら》とか、そないな匂いとは違う。花の匂いや。懐かしいような……」

そう言ってから、徳次はかぶりを振った。

「行者やからいうたかて、所詮《しよせん》は男や。祈禱をした後になりゆきで……、ちゅうこともあるやろ」

「徳次さん」

お輪は徳次を思い切り睨んだ。帰燕に限って、そんなことがある筈はない、と信じたい。

「まあ、わてが勝手にそう思うただけや。生臭やったら、あないに人が喜ぶほどの験力なんぞあらへんやろ」

少なくとも、本物の行者だということは徳次も認めているようだ。

「富蔵さんとの縁組なら、はっきりと断るつもりやさかい、安心して。うちが『うん』て言わへんかったら、お父はんも忠右衛門さんも無理強いはせんさかい」

それが、お多加との約束でもあった。

「それで、わてとのことは……」

徳次の顔には焦りが見えた。帰燕の存在がよほど気になっているのだろう。

「もう少し待って。うちには、まだやらなならんことがある」

「千賀、て女のことやな」

「御先祖の正右衛門と千賀て人の間に何があったんか、どうしても知りたいんや」

二人はただの関係でないことは分かっていた。何しろ、遺髪を火伏堂の天井裏に隠していたのだ。それも、天狗の秘図面と一緒に……。

「妾やないんやったら、いったい何やろ。使用人の一人やったら、わざわざ大事に髪を取っとく理由が分からへん」

お輪は首を捻る。

「呉兵衛さんに聞いてもあかんやろな」

徳次は小さくかぶりを振った。

「あの人は、昔のことには関心がないさかい……」

よく知っている、とお輪は思わず感心していた。

「『過ぎたことは、気にするんやない。終わったことは、二度とは起きん。ええことも悪いことも。せやさかい、今を大事にせなあかん。今を大事にして、きちんと生きておったら、悪いことなんぞ起きんさかい』、て言うのんが口癖やしな」

それから徳次は、少しばかり不服そうな顔をした。

「そのくせ、わてのしでかしたことはしっかり覚えてはって、何かある度に持ち出しては叱るんや」

徳次の口ぶりがあまりにも子供じみていたので、お輪はぷっと噴き出していた。

徳次は気まずそうな顔で、すぐにこう言った。

「縁見屋に詳しいもんて、他にいてへんのやろか」

「お父はんには、親しゅう付き合《お》うている人が仰山《ぎょうさん》いてはるけど……」

お輪は考え込んだ。

「わての親父様もその一人やけど、正右衛門さんの関わりやと、まず何も知らんやろ。使用人はどうや」

「使用人て言われても……」

思い当たるのは、母親の志麻が亡くなった後、お輪の面倒を見てくれていたお勝だけだ。

お勝は、祖母の代にも志麻の子守をしていた。母より十二歳年上だった。母の死後、お輪は十四歳になるまでの六年間を、お勝を母親代わりにして育ったのだ。

お勝は千本通りにある小料理屋に嫁いでいたが、弥平に頼まれて、縁見屋に通って来てくれた。先年、夫に先立たれたが、息子夫婦と今でも元気に店をやっている。

「お勝さんを訪ねてみる」

徳次はすぐに「それがええ」と頷いた。徳次もお勝のことは知っていた。

勝手口の辺りが暗く陰った。帰燕だった。お輪は立ち上がり、帰燕の側へ寄った。顔を上げると、帰燕の目が間近にあった。一瞬、抱きしめられた時のことが頭をよぎり、お輪は慌てて口を開いた。

「島村様の御祈禱は、終わらはったんどすか」

「祈禱はしていません」

帰燕は淡々と答えた。

「せやったら、何か話でも聞かはったんどすか」

なおも尋ねようとした時、徳次が止めた。

「お輪ちゃん、やめとき。帰燕様は、相談事の内容を他人に話したりはせえへん。せやかい、皆、安心して帰燕様を頼れるんやないか」

——人に言えぬから秘密と言う。秘密があるから人は悩む。その悩みが人の身体を傷つけて、病が起こる——

子供の頃、呉兵衛の実家の薬種問屋を訪ねた時、祖父から聞いた話を、お輪は思い出していた。言葉を返せば、秘密がなくなれば病は癒《い》える、ということだ。秘密を口にできる相手は、決してそれを他人に漏らさない人物でなければならない。

確かに、帰燕ならばなんでも話せるだろう。

「話など聞いてはおりません。島村という方は、終始、私のことを尋ねておられました」

帰燕はわずかに首を傾げた。

「行者というものが、よほど珍しかったようですね。どこの生まれだとか、身分はどうか、とか……」

「なんて答えはったんどすか」

帰燕についてならば、お輪も知りたい。

「親の顔は覚えていません。物心ついた時から愛宕山の白雲寺にいて、師匠について修行していた、とそう答えました」

実にあっさりしたものであった。

「島村様は、人を捜してはった筈なんやけど……」

てっきりそれを聞くものだと思っていた。

行者ならば祈禱だけでなく、占術もするだろう。何か手掛かりを得たくて、無理にでも帰燕に会おうとしたのではないか、と……。

「人捜しやったら、あの天狗の秘図面がある……」

徳次が言いかけて、慌てたように言葉を飲み込んだ。徳次は視線をさっと帰燕の顔に向けた。秘図面を見つけたことは、お輪と徳次の間の秘密だったのだ。

「天狗の秘図面、とはなんですか」

「うちの家の御先祖に関わるもんどす」

いずれは話すべきだと思っていたので、お輪は素直に答えていた。帰燕が本物の行者かどうか疑っていた徳次も、すでに納得している。

「その秘図面を広げて見れば、自分の望んだ所へ行く道が現れるんやそうどす。せやったら捜し人の居所も分かるんやないか、て……」

「それを使ったのですか？」

「島村様にお見せしました。せやけど、何も見えへんて言わはって……。島村様が帰燕様に会いたがってはったのは人捜しのためやて思うてました」

「天狗の秘図面はどこにあったのですか」

今度は徳次が口を開いた。

「御堂の天井の穴を塞ごうとして、見つけました。火伏堂のことは縁見屋に知らせる方がええて思うて、それでお輪ちゃんに渡したんどす。別に帰燕様をないがしろにした訳やあらしまへん。ただ、火伏堂を建てたんは縁見屋の御先祖の正右衛門やし、他人に見せるもんやないて思うたもんやさかい……」

「その判断は正しいと思います。ですが、それを島村という人に見せたのですね」

帰燕は咎《とが》めるようにお輪を見た。

「御先祖が愛宕山の天狗に貰うたもんやて言い伝えがあります。本当に不思議な力があるのかどうか、どうしても知りとうなって……」

不用意であったのは、お輪にもよく分かっている。

「それは私が預かった方が良いでしょうね」

帰燕は声音を和らげた。

「元々、火伏堂にあった物ならば、ここに置いた方が良いでしょう」

「帰燕様にお任せします」

「さっそく渡して貰います。縁見屋まで送りましょう」

帰燕はお輪を促した。

「ほな、わても」、と徳次がついて来ようとした時だ。帰燕がすかさずこう言った。

「あなたは留守番をしていて下さい」

断固としたその口ぶりに、徳次は戸惑いを隠せないでいる。

「留守番、て、盗られるような物は何もあらへんやないか」

徳次の言葉など耳に入らないと言った態度で、帰燕はさっさと歩き出していた。


蛇小路は確かに近道であったが、帰燕と一緒だとますます縁見屋への道のりが近く感じられた。道すがら、帰燕は無言でお輪の先を歩いていた。お輪も黙ったまま、帰燕の背中を見つめていた。

ずっとこうしていたい、と思った。隣に並ぶことが叶わないならば、せめて背中だけでも見ていたい。たとえ声をかけられることがなくても、振り返って貰えなくても、このわずかな距離を保ちながら、共に歩いていたい……。

なぜかそんな風に思う自分が、お輪はただただ不思議で仕方がなかった。

縁見屋の裏木戸にはすぐに着いた。お輪は帰燕を座敷に待たせると、箪笥の小引き出しから、秘図面の入った桐箱を取り出した。それから仏壇の奥に隠しておいた、千賀の遺髪を持ち出して来る。

お輪はその二つを、帰燕の前に並べて置いた。

帰燕は箱の蓋を取り、中の秘図面を手に取った。ばらりと広げて、しばらくの間見入っていたが、やがて手早く巻き取って、「御預かりします」と言った。

続いて、帰燕は千賀の遺髪に触れる。その瞬間、帰燕の身体が固まったように見え、その顔が苦しげに歪んだ。

「どうかしはりました？」

怪訝な思いで、お輪は尋ねた。

「その髪も、一緒に箱の中に入れられていました。徳次さんの話では、あの御堂の天井裏は、出入りできないようになっていたんやそうどす。せやさかい、その二つは、正右衛門が御堂を建てた時に置いたもんやないか、て……。その千賀ていう人が、正右衛門とどないな関わりがあるのかは分からしまへん。それを調べたいて思うてますんやけど……」

お輪は帰燕の顔をまっすぐに見た。

「帰燕様は、すべてを知る覚悟ができたなら、うちに取り憑いた祟りを祓うてくれるて、そない言わはりましたなあ」

「あなたが望むなら、と……」

「それは千賀さんのことと違いますやろか」

帰燕は何も言わない。ただじっとお輪の顔を見つめている。いつしか日差しが傾いていた。帰燕の顔も陰りを見せ始めている。

「ほんまは、帰燕様は何か知ってはるんと違いますか。知っていて、うちのところへ来はったのでは……」

「今は、私の口からは何も言えません」

帰燕はきっぱりと言った。

「あなたが自ら知らねばならぬことです。それが『祟り』を、いえ、『呪縛』を解く鍵《かぎ》になります」

「『呪縛』、どすか」

　思わずお輪は問い返していた。

「そうです」と帰燕は頷いた。

「縁見屋の娘に憑いているのは、『祟り』ではなく『呪縛』なのです」

「『祟り』と『呪縛』と、どこが違うのどすか」

　お輪には同じに思える。どちらにしても、縁見屋の娘を苦しめていることに変わりはない。

「夜はよく眠れていますか」

　突然、帰燕は話題を変えた。戸惑いながらも、お輪は頷いた。

「へえ、よう寝てますえ」

「夢など見ることは……」

　さらに問われて、お輪は返事に困ってしまった。

「見てはいると思いますけど、覚えてしまへん」

　本当はよく覚えている。夢の中のお輪は、必ず火伏堂にいる。帰燕の姿を求めて、御堂に入って行く……。

昨晩、その夢を見たばかりだ。だが改めて考えてみると、その一度だけではないような気もする。

――戻りなさい。あなたはここへ来てはいけない――

帰燕の言葉が脳裏に蘇ってきた。

（あれは絶対、ただの夢や……）

胸の内で自分に言い聞かせていた時、玄関先から「今、帰ったで」という呉兵衛の声が聞こえてきた。

帰燕がすっと立ち上がった。

「帰らはるんどすか。お父はんも戻って来たことやし、うちで夕飯でも……」

押し留めようとするお輪に、かぶりを振って帰燕は言った。

「天狗の秘図面と千賀の遺髪がここにあることを、呉兵衛さんに知られたくはないのでしょう」

確かに、その通りであった。

「お輪、話があるんやけど」

親子二人で夕餉を済ませた後、妙に改まった様子で、呉兵衛がお輪を呼んだ。厨にいたお輪は、襷《たすき》をほどきながら座敷に向かう。

呉兵衛は茶を啜りながら、お輪を待っていた。

「徳次の様子はどうや。ちゃんとやってるか」

「珍しゅう熱心に働いてはるわ」

呉兵衛は、ほうか、と言ったきり黙っている。別に徳次の様子が知りたい訳ではないらしい。話をどう切り出したらよいか迷っているようだ。

「うちの縁組のことやないの」

ついにお輪の方から水を向けていた。

「富蔵さんとのことやったら、うちの方から断るよって、そう忠右衛門さんに伝えておくれやす」

「ほうか」、と呉兵衛は再び湯呑みを口に持っていく。呉兵衛は夏の盛りでも、食事の後の茶は淹れたての熱い物を好む。その方が身体に良いらしい。秋口とはいえ、まだ暑い日が続く折には、茶を一杯飲むにも時間がかかる。

「それに、うちはまだお婿さんを貰う気はないんや。しばらくは縁組の話は持って来んといて欲しい」

はっきりとお輪は父親に言った。縁見屋に婿養子の話はそうそう来ない。早死にするかも知れぬ娘を妻にしたい男などいないし、息子の嫁に望む親もいない。

「実は徳次に縁談があるんや」

呉兵衛はやっと本題に入った。

「東雲屋の親戚に、十六歳になる娘さんがいてな。これがめっぽう気立てが良い上に、なかなかのしっかりもんや。徳次の性根を直すには身を固めさせるんがええやろ、てことになってな」

徳次に焦りが見えたのは、そのせいなのだ。

「ところが、徳次の奴《やつ》は、お前を嫁にするて言い張るんや。『お輪さんは婿取りや』て忠右衛門はんが言うたら、『せやったら、わてが縁見屋へ入る』て譲らへん」

一方、富蔵は、徳次のお輪への気持ちを汲《く》んでいたようだ。

――お輪さんのことは好きやけど、兄さんがそう言うなら、わては無理に一緒になろうとは思わへん――

「そこへ、お多加さんまでが加勢してな。ここはお輪さんの気持ちしだい、てことにしたら、どないでっしゃろ、と……」

（ああ、それで）、とお輪は胸の内に呟いていた。お多加は、お輪の口から断って欲しい、とわざわざ言いに来た。徳次は徳次で、お輪の気持ちを聞こうとしていた。

その上、呉兵衛は……。きっと心のどこかで怯《おび》えているのではないか、とお輪は思う。

志麻も祖母も二十六歳で亡くなっている。お輪もまた同じ年齢でこの世を去らねばならないのだとしたら、せめて子供の一人でも残して貰いたいと考えるのが人情というものだ。

「お父はん、もう少し待って。うちもちゃんと答えられるようにするさかい……」

今はそれだけを言うのが、精一杯だった。

（またや）とお輪は思った。

（また、うちは夢を見ている）

やはり、お輪は火伏堂にいた。まださほど夜も更けてはいない。徳次は厨で酒を飲んでいた。目の前には重箱が置いてある。蓋が開いていて、豪勢な料理が詰められているのが見えた。

　黒の漆塗りで、金の蒔絵《まきえ》の入った立派な重箱だ。美衣野の物だとすぐに分かった。季節ごとに花の意匠が変わる。蓋には萩《はぎ》の枝が描かれていた。白い花の部分が、行灯《あんどん》の明りできらきらしている。螺鈿《らでん》をはめ込んでいるらしい。

　徳次は美味そうに料理をつつきながら酒を飲んでいる。きっと一人で平らげる気なのだろう。

　帰燕は美衣野の料理には手をつけない。お園の好意も無駄になる、そう思うと、なんだか小気味が良かった。

　お輪は御堂の前に立った。宿坊からここまでどうやって来たのかは覚えてはいない。気がついたら格子戸を覗いていた。

　帰燕はお園と共にそこにいた。二人の前には、一枚の紙が広げられている。

　やがて、お園は縋るように帰燕の右の手を握りしめた。

――どうか、お願いどす。うちの気持ちも考えておくれやす――

　お園は涙を流しながら、帰燕に訴えた。

　帰燕は気難しそうに眉根を寄せ、左手をお園の肩に置いた。

――やめた方が良いと思います。それがお互いのためだと……――

帰燕は、お園から想いを寄せられているようだ。

(これは、うちの夢やのに、なんでお園さんがいてはるの)

急に腹が立ってきた。

「早うここから出て行って。これは、うちの夢なんやさかい……」

そう叫ぼうとした時、帰燕の視線がすっとお輪を捉えた。

――ここにいてはいけない。戻りなさい――

帰燕の声がはっきりと聞こえた。

お輪は弾かれたように飛び起きていた。周囲を見渡して、自分の部屋なのが分かった。

廊下に出ると、目の前は黒い沼のような庭だった。虫が鳴いている。今になって、これまで一切の音が途絶えていたことに気がついた。

「どないしたんや、お輪」

呉兵衛の声が聞こえた。廊下の端に、呉兵衛が風呂上がりの格好で立っている。

「ええ湯やったで。お前も早うお入り」

夕食を済ませ、徳次の縁組の話が出た後、呉兵衛は風呂へ行った。呉兵衛は風呂好きだが、今の時節だと、だいたい小半刻ほどで済ませる。厨の片付けを終えて部屋に入ってから、幾らも時は経っていない。

少し疲れを感じて、畳に横になったところまでは覚えている。眠くなって目を閉じた。

気がつくと火伏堂の夢を見ていた。

（ほんまに、夢なんやろか）

何もかも、はっきりと覚えている。ただ、行き来した記憶がないだけだ。

（お園さんは、帰燕様を慕っているんやろうか……）

どう考えても、そうとしか思えない光景であった。

ふと、床に広げられていた紙が気になった。

（あれは、天狗の秘図面のようやった）

だが、お輪はすぐにその考えを打ち消していた。秘図面は縁見屋にとって大切な物だ。帰燕が、みだりに他人の前に晒すとも思えなかった。

「どないしたんや、お輪。気分でも悪いんか」

呉兵衛が案じるように顔を覗き込んできた。

「なんでもあらへん」

笑おうとしたが、頰が引きつるのを感じただけだった。

其の二

翌日、お輪はお勝を訪ねることにした。呉兵衛には、「久しぶりにお勝さんの顔が見とうなったんや」と言った。

「どこぞで菓子でも買《こ》うて行き。お勝さんによろしゅうな」

縁見屋を出て、堀川通りを少し上がった所に、「亀甲堂《きっこうどう》」という菓子屋があった。「柳羊羹《ようかん》」が有名だ。白餡《しろあん》に抹茶を練り込んだ羊羹で、柳の若葉の色に似せてある。淡い緑色が美しく、食べれば長生きできるとかで、土産物にすると喜ばれた。

亀甲堂で柳羊羹を二棹《さお》包んで貰ってから、天狗橋を渡った。

四条通りを西へと流れる川沿いを行き、壬生村《みぶむら》に入ると南北に走る千本通りがある。この辺りまで来ると、さすがに材木問屋が多くなった。

千本通りを、北の三条通りへ向かって上がると、「すずめ屋」の看板が見えてくる。近くに「更雀寺《きょうじゃくじ》」という寺があり、「雀の森」とも呼ばれていることから、お勝の亭主がつけた名前だった。

「すずめ飯」が評判で、木場人足等がよく利用する。

「すずめ飯」とはいっても、別に雀を食べる訳ではない。昨今の米の値上がりで、どうしても、米に雑穀や麦を混ぜることになる。力仕事の人足には、それでは物足りない。精をつけるには山の芋だが、とろろ汁だと腹に流れ込んで食べた気がしない。ならばと、お勝の息子の松吉《まつきち》が考えて、賽《さい》の目に切った山芋を一緒に炊き込んだのだ。

刻んだ油揚げも入れてある。味は濃い目の醤油《しょうゆ》味だ。毎日汗を流す人足には、上品な料亭の薄味では満足できないのだ。味噌汁をつけて八文。今では「八文飯」で通っている。

店の横の木戸から、お輪は裏に回った。お勝は生まれて半年になる孫の与一《よいち》を背負って、井戸端で洗濯をしていた。

息子の松吉と嫁のお静《しず》は店にいるのだろう。

「あれ、嬢はん」

お輪の姿に、お勝は驚いたように声を上げると、井戸の縁に片手をかけて立ち上がった。

縁見屋の使用人だった頃の口癖で、お勝は未だにお輪を「嬢はん」と呼んでいた。

「お勝さん、お久しゅう」

お輪が挨拶をすると、お勝は背中の与一をあやしながら、お輪の方へとやって来た。

菓子の包みを渡すと、お勝はひどく恐縮した様子で受け取った。

「亀甲堂はんどすな。懐かしゅうおす」

縁見屋では、茶菓子は大抵「亀甲堂」だったのだ、と顔を綻《ほころ》ばせた。

「元気そうやなあ。与一ちゃんも大きゅうなって」

お輪はお勝の背で機嫌良くしている赤子の手を取った。小さくてふっくらとした手だ。丸々とした頬が、つきたての餅《もち》を思わせる。

「この頃はずいぶんと重とうなって、なかなか用事も思うように行かしまへん」

働き者のお勝のことだ。店でくるくると動きまわっている方が性に合っているのだろう。

「せやけど、お静さんは助かってはるんやろ」

「それは、まあ」、とお勝は年齢の割には皺の少ない顔をにこりと崩した。

近所でも、嫁と姑《しゅうとめ》の仲の良さは評判なのだ。

「縁見屋さんへも、ご挨拶に行きたいところなんどすけど、与一が生まれてから、なかなか出て行けへんようになって……」

お勝は申し訳なさそうに言った。

「こちらこそ、あないに世話になったのに顔も出さんと、うちの方こそ堪忍え」

それから、お輪はすぐに話を切り出していた。

「今日は、どうしてもお勝さんに聞きたいことがあって来たんや。忙しいやろうから、うちも手伝うわ」

「あきまへん。嬢はんに孫のおしめを洗わせるやなんて……」

慌てて止めようとするお勝に、お輪はさらに言った。

「うちかて、いずれは子供を持つようになるやろ。赤子のおしめを洗うくらいどうってことはあらへん」

ふとお勝の顔から表情が消えた。じっとお輪の顔を見つめてから、お勝は、ゆっくりと言葉を切るようにしてこう言った。

「婿に来てくれる、ええお人が、見つからはったんどすか？」

お輪は着物の裾を絡《から》げると、井戸端にしゃがみ込んだ。与一のおしめを取ると、桶につけてざぶざぶと洗い始める。

お勝に背を向けたまま、お輪は話し続けた。

「うちがお嫁に行かれへん理由、お勝さんは知ってはるんやろ」

お勝は黙り込んだ。

「せやなかったら、なんで婿取りやて決めつけるの」

「嬢はんは縁見屋の一人娘やさかい、お婿さんが来るのが当たり前や、そう思うて」

「『縁見屋の娘は祟り憑きや。男児も産まへんし、若死にする』。せやから、お婿さんの来手かて少ない。そないに思うてはるんやろ」

「嬢はん……」

憐れむような声だった。お輪は立ち上がると、お勝に向き直った。

「千賀、て女の人のこと、知ってるんやったら教えて。それに縁見屋の娘が祟られている訳も……」

「そないなこと、あらしまへん」

　お勝は強くかぶりを振った。

「旦那様も大旦那様も、信心深い立派なええお人どす。町内のもんかて、それはよう知ってはります。その娘さんが誰ぞに恨まれるやなんて、ある筈がおへん」

「せやったら、なんでうちのお母はんは二十六歳で亡《の》うなったんや。お祖母はんかて、同じ二十六歳で亡うなった。うちは知りたいんや。うちもお母はんと同じ二十六歳になったら、死ぬんやろか」

　それが怖かった。徳次の自分に対する気持ちも、帰燕への想いも、それらすべてを消し去ってしまう「死」というものが、お輪は心底恐ろしかったのだ。

「嬢はん……」

　お勝は両手で口を覆った。何かを察したように、お勝の背で与一が激しく泣き出した。

　泣き声を聞きつけたのか、厨の勝手口からお静が現れた。

「お義母はん、すんまへん。今、お乳をやりますよって……」

赤と紺の縦縞の前垂れを外して、お静はお勝の背から赤子を抱き取った。

「わては嬢はんと話があるさかい、しばらく与一を頼むえ」

お勝は孫を渡すと、お輪に言った。

「中に入っておくれやす。お渡しするもんがありますさかい……」

お静がお輪に頭を下げる。愛嬌《あいきょう》のある丸顔がさらにふっくらとしている。幸せそうな笑みが口元にくぼみを作っていた。

それを羨ましげに見ている自分がいる。この女のような幸福が、自分にも訪れるのだろうか。お輪はふとそんなことを考えていた。


「旦那様から、預かってたもんどす」

お勝はお輪の前に一冊の日誌を置いた。

表紙には「縁見屋覚書」と書かれている。筆跡は祖父の弥平のものだ。

「婿入りした縁見屋の主人に、伝えられてきた話やそうどす」

お勝は改まった様子で言った。

「四代目の弥平さんが、三代目の孝之助さんから聞いた話を覚書として残さはったとか。口伝えやと、どうしても話が違うてくるて、そない思わはったようどすな。学のあるお人やったさかい、こうして書いておけば、この後の縁見屋の主人に伝えられるやろう、て」

「せやったら、お父はんが持ってなあかんもんやろ。なんでお勝さんの所にあるんや」

お勝は「覚書」を手に取ると、そっとその表紙を撫でた。肩を落とし、ほうっとため息をつくと、「旦那様は信じとうなかったんどす」と言った。

「わては十二歳の時に、縁見屋の子守奉公に雇われました」

弥平の妻の登志に子が生まれた時だ。それがお輪の母親の志麻だった。

「大旦那様は優しいお人で、登志様をそれは大切にしてはりました」

別に登志の身体が弱いという訳ではなかった。赤子の面倒もよく見ていたし、乳もやっていた。実際、お勝の仕事は楽だった。子守奉公とは言うものの、登志が疲れて休んでいる時に、赤子を見ていればよかったのだ。

ただ、登志は十五歳で婿を取り、十六歳で母親になった。不慣れなこともあるだろうし、話し相手も欲しいだろうと、父親の孝之助がお勝を側に置いたのだ。

そうして十年の歳月を、お勝は登志の側で過ごした。

「それは楽しゅうおましたえ」

当時を思い出したのか、お勝の頰がほんのりと桃色に染まった。

「登志様は、まるで妹のようにわてを可愛がってくれはりましてなあ。着る物ばかりか、髪を飾るもんにまで気を配ってくれはりました」

「そのお祖母はんが、急に亡うならはったんやな」

お輪の言葉に、お勝はその顔を曇らせた。

「秋の頃どした。その日は清水《きよみず》さんへ紅葉を見に行こうて話になってました。嬢はんのお母はんの志麻様も、十歳になってはった。女三人で、お弁当を持って。帰りは茶店で甘い物でも食べようて……」

その朝、登志は目覚めなかった。眠っている間に心の臓が止まったらしい。苦痛はなかったようだ。隣で寝ていた弥平すら、全く気づかなかったぐらいだ。

「ほんまに眠ってはるようどした」

お勝は着物の袖を目元に当てた。

「このまんま待ってたら、目を覚まさはるんやないか、て、そないに思えるほど安らかな顔どした。志麻様も信じられなかったらしゅうて、いつまでも側を離れようとはしはらへんかった」

　あの初雪の朝、志麻もまた眠るように逝った。医者は心の臓が止まったのだとしか言わなかった。まるで、蠟燭の炎を何者かがそっと吹き消したかのように……。

　登志は二十六歳で亡くなった。それから二年、お勝は志麻の世話をした後に、「すずめ屋」に嫁いだのだ。

　娘である志麻の葬儀の夜、弥平が呉兵衛に話していた言葉を、お勝は覚えていた。

　――これは千賀の祟りや――

　弥平の言葉に、呉兵衛は頑強にそれを否定していた。

　――お義父はん、それは違います。『祟り』なんてもんを、わては信じまへん――

　――妻の登志も娘の志麻も、二十六歳の年齢で亡うなった。二十六歳は千賀の享年や。病で亡うなった訳やない。千賀は、正右衛門に殺されたんや――

　「千賀」という名前をお勝の口から聞いた時、お輪の脳裏に、あの髪の毛の束が浮かんだ。それには「千賀女之遺髪」、と確かに書かれてあったのだ。

「ほな、正右衛門て人は、人殺しなんやろか」

　天狗の秘図面を使い、町内の人々を大火事から守り、皆のために尽くすことで生涯を終えた、あの正右衛門が……。

「その辺りのことが、きっとこの覚書には書いてあるんどっしゃろ。わては読んでしまへん。主人の家に関わるもんやからていうだけやのうて、なんや恐ろしゅうて、そないな気持ちが起こらへんかったんどす。ただ……」

と、お勝は戸惑うような目でお輪を見る。

「これを嬢はんにお見せして、ええもんかどうか。旦那様は嬢はんの目に触れるのを恐れてはったさかい……」

「せやさかい、お勝さんに預けたんやな」

「こないな話、信じるからほんまになるんや、て旦那様は言うてはりました。登志様と志麻様が同じ年齢で、同じような死に方をしたのは、ただ悪運が重なっただけや、て。『わては絶対信じたりせえへん。強う願えば、きっと悪運かて逃げて行く』。そない言わはって。せやないと……」

お勝はそこで言葉を飲み込んだが、お輪には何を言おうとしたのかすぐに分かった。

登志や志麻を襲った運命は、やがてお輪にも訪れるのだ。

呉兵衛の、あの呆れるほどの信心ぶりの理由がやっと分かった。すべては娘を想う一心から来ていた。あの能天気なまでの朗らかさも、暗い運命を吹き飛ばそうとする呉兵衛なりの気遣いだったのだ。

　お輪は、呉兵衛がよく実家から薬種を持って来ては、毎日のように母に飲ませていたことを思い出した。

——朝鮮の人参が手に入ったんや。滋養になるさかい、飲んでみ——

——うちは、どこも悪うないさかい——

　母は笑って取り合わない。だが、あまりにも呉兵衛が熱心に勧めるので飲まない訳にはいかなくなった。

——お父はんのお薬は、美味しいの？——

　尋ねると、母は困ったような顔をした。

——苦《にご》うて、臭《くそ》うて、美味しゅうない——

——せやったら、飲まんかったらええのに——

　すると、母はお輪の耳元でそっと囁いた。

——お父はんの気持ちが嬉しいんや。それに、申し訳ないさかい……——

　何が「申し訳ない」のか、幼いお輪には分からなかった。

きっと母は知っていたのだ、とお輪はこの時はっきりと悟った。

「縁見屋の娘の祟り」が現実になることを、どれほど夫が恐れているか……。それを思って、母は密かに胸を痛めていたに違いない。

お輪はちらりとお勝を見てから、すぐに目を伏せた。

「うちにこれを見せたことが分かったら、お父はんに叱られるんやないの」

お勝に迷惑がかかることは、できればやりたくない。

「嬢はんのお母はんが、きっと望んではるんやて思います。せやったら、旦那様にお叱りを受けても、わてはかましまへん」

「お母はんから、何か聞いてはるの？」

お輪は顔を上げた。

「あれは、嬢はんがまだ小さい頃のことどした」

ある日、志麻が「すずめ屋」を訪れた。お勝は店を開ける準備に忙しかったが、気を利かした夫の安蔵《やすぞう》が、「後は一人でやれるさかいに」、とお勝に奥へ行くよう勧めてくれた。お勝と同様、安蔵も志麻の様子がおかしいのに気づいていたのだ。

――お輪が、怖い夢を見た言うて泣きますのや――

志麻はお勝の淹れた茶に手もつけずに、話し始めた。

――京の町が燃える、大火事の夢やて言うんや――

お勝には、すぐに志麻の不安が分かった。志麻もまた、幼い頃に、京が燃える夢を見ていたからだ。

志麻だけではない。姉のように慕っていた志麻の母親の登志からも、その夢の話を聞いたことがあった。

――旦那様は、どない言わはったんどす？――

――大人の誰かが、火事の話でもしてるのを聞いたんやろ、て――

「幼子の見る夢や。すぐに忘れるやろ」、と呉兵衛は相手にもしなかったのだと言う。

「お母はんも、あの夢を見たんやな」

お輪の初めて耳にする話であった。

「お母はんは、うちには何も言うてへんかった」

「嬢はんを、よけい怖がらせるて思わはったんと違いますやろか」

「お祖母はんも、火事の夢を？」

問うと、お勝はすぐに頷いた。

「『縁見屋』に生まれた娘たちは、皆、同じ夢を見るようどすな。不思議に思うて、志麻様も大旦那様に尋ねたようやけど、『夢は夢やさかい、気にせんでええ』て言わはるだけやったとか……」

おそらく、お輪が呉兵衛に聞いたところで、同じ答えが返ってくるに違いない。つまり、それは……。

「お父はんもお祖父はんも曽祖父はんも、きっと理由を知っていたんや」

知っていても決して口にはできない秘密……。それが、正右衛門が殺した「千賀」という女のことなのだろう。

「うちは大火事の夢を何度も見たんや。せやけど、火事を見ているのは、うちやなかった。小さな子供がいてる女の人やったんや」

夢の中で、お輪は全くの別人になっていた。それとも、将来の自分の姿だったのかも知れない。だが、そのことを話すと、お勝はわずかに小首を傾げた。

「志麻様も、そないなことを言うてはりました。登志様も同じことを……。『もしかしたら、男の子が生まれる、ていうお告げやないやろか』、て」

女三代が同じ夢を見ている。

いや、登志の母親の登美までも同じ夢を見ていたとしたら……。

登美の母親の登喜は、正右衛門の娘に当たる。その登喜が二十六歳の若さでこの世を去っているのなら、正右衛門が材木商「岩倉屋」を閉めたのも、その辺りに事情があるのかも知れなかった。

――誰も何も教えてくれへん。お父はんも、呉兵衛も……――

それを志麻は嘆いていたのだ、とお勝は言った。

「自分に課せられた運命を、知らされないままあの世に逝くのと、知って逝くのとでは違います」

お勝はゆっくりと首を左右に振った。

「嬢はんに何も起こらんのやったら、それでええんどす。せやけど、今日、こうして訪ねて来はった嬢はんを見た時、志麻様の思い詰めた顔を思い出しましてなあ。あの時のわてには、どないすることもできひんかったけど、今は旦那様から預かったこの『覚書』がある。せやったら、これは志麻様も望んではることとやないやろか、そない思いましてなあ」

お勝の声は、しだいに涙声に変わっていた。

そろそろ夕餉の支度をしなければならない。分かってはいても、お輪はその場から動くことができないでいた。

わずかに開いた障子の間から、柔らかな日差しが長く伸びている。庭には、黄色や臙脂《えんじ》色の小菊が咲き始めていた。

清涼な菊花の香りに、金木犀の甘く濃厚な匂いが混じり、お輪は目眩《めまい》に似たものを感じていた。頭の中は混乱し、胸は嵐の海を行く小舟のように激しく揺さぶられ、今にも波に飲み込まれてしまいそうだった。

お輪の手元には、あの弥平の書いた「縁見屋覚書」なるものがあった。さほど長い物ではない。「すずめ屋」から戻るとすぐに読み始めたが、一刻（約二時間）ほどで終わっていた。

それから、どれくらい経ったのだろうか……。

正右衛門が千賀を殺した、と言うのは正しい言い方ではなかった。正右衛門の取った行動のせいで、千賀が亡くなった、と言うのが正しい。

千賀の死がきっかけで、正右衛門は岩倉屋を閉めた。「火伏地蔵堂」は、千賀の霊を弔う意味も込めて、建てられたものだった。正右衛門はその余生を、火伏堂の堂守として過ごした。

それほどまでして千賀を弔わねばならないほど、正右衛門の罪は大きかったのだ。だが、千賀の霊は「縁見屋」の娘に祟った。正右衛門は嫡男の長松《ちょうまつ》を失い、姉であった娘の登喜も、二十六歳の若さであの世へ旅立った。

お輪の知っている正右衛門は、心根のまっすぐな、立派な先祖であった。貧しい人々のために私財を投げ打ち、町内に貢献し、人々からは慕われた。その行いは婿養子であった縁見屋の主人に受けつがれ、呉兵衛の代になってもなお、皆に一目置かれている。

何よりも、正右衛門は天狗の秘図面を使い、あの宝永の大火から町内の人々を救った。

しかし、その秘図面こそが、正右衛門の罪の根源であったのだ。

衣笠山から愛宕山へと迷い込んだ正右衛門は、一人の行者に助けられた。秘図面を渡され、その絵図を頼りに京へ戻ることができた。

秘図面は確かに正右衛門を救ったが、それには大きな代償が伴っていた。

ある日、岩倉屋に行者が現れた。愛宕山で正右衛門を助けた行者だった。礼を尽くしてもてなした正右衛門に、行者はあることを要求した。それは……。

——男の子をいただきたい——

行者が欲しがったのは、正右衛門の大事な一人息子、長松であったのだ。長松はまだ三歳だ。正右衛門は咄嗟に猶予が欲しいと言った。

——七歳まで育て上げてから、あなた様に差し上げます。今はまだ手もかかる。母親の乳房も恋しい年頃では、あなた様もお困りになる筈——

行者はその言葉に納得し、長松が七歳になった年に、愛宕山に連れて来るよう言い置いて帰って行った。

だが、正右衛門には、とても承服できる話ではなかった。長松が七つになるまでには四年ある。それまでには、なんとか手を打たねばならない。

そんな折、一人の女を雇い入れることになった。その女が千賀であった。

木場人足だった夫は、倒れてきた木材の下敷きになって亡くなっていた。幼子を抱えて路頭に迷っていたところを正右衛門が引き取ったのだ。

千賀は岩倉屋で住み込みの女中として働くことになった。主人夫婦は千賀に親切だった。子供は長松と同じ年齢だ。正右衛門は長松の遊び相手に望み、まるで我が子のように可愛がった。

長松に着物を作れば、同じ物を着せ、節句をすれば、二人一緒に祝ってやった。千賀は、正右衛門夫婦に感謝し、息子の将来に安堵していた。

長松と千賀の子が七つになった、ある日のことだ。正右衛門は二人を連れて、愛宕山詣でに出かけた。

穏やかな秋の日だった。紅葉見物を兼ねた遊山に、子供等も喜んだ。愛宕山は急な登り道の続く山であったが、皿駕籠《かご》を頼めば、女子供でも悠々と行ける。

豪勢な弁当を用意し、店の者たちも連れだって、それは楽しい一日になる筈であった。

ただ、千賀は、具合が悪いと言う正右衛門の妻と共に家に残された。

夕暮れになって戻って来た一行の中に、千賀の子供の姿はなかった。正右衛門は千賀の前で涙を流しながら言った。

――大人たちが目を離した隙に、あんたの子が行方知れずになってしもうた――

景色は美しく、皆、振舞われた料理と酒を存分に楽しんでいた。気がついた時、千賀の子供の姿だけが消えていた。

実際は、正右衛門が皆の目を盗んで、自ら子供を連れ出していたのだ。子の手を引き、山の奥深くへ入って行くと、待ちかねたように行者が現れた。

——これが、わての子の長松や。約束通り七つになったので連れて来た——

行者はいったい何者であったのだろうか……。行者は、正右衛門が子供をすり替えたことなど、すでに見通していたのかも知れない。最初から正右衛門の実子でなくてもよかったのかも知れない。

——子供をどないする気や——

正右衛門は問いかけた。

——……を、喰らう……——

次の瞬間、行者の姿は、深山の闇に飲まれるように正右衛門の眼前から消え失せていた。

正右衛門は行者の正体を知った。愛宕山には天狗が棲む。都の北西の鎮護を司ってはいても、愛宕権現は魔界の主であった。

息子を失った千賀は悲しみのあまり食を絶ち、ついに力尽きるように亡くなってしまった。

——こんな筈やなかった——

正右衛門は悔やんだ。

千賀の子を長松の身代りにしたのは、確かに酷い行為ではあった。

しかし、彼としては他に取る術《すべ》はなく、千賀のことは、生涯不自由のないよう面倒を見るつもりでいたのだ。

翌年、長松が突然の高熱に襲われ、呆気なく亡くなった。大事な跡取りを失った正右衛門は、登喜に婿を取った。だが、その登喜も、数年後には一人娘を残してこの世を去ってしまった。千賀と同じ、二十六歳だった。

正右衛門は材木問屋をやめた。どれほどの富に恵まれても、子の命を引き換えにしたのでは、ただ空しいだけであった。

彼は「火伏地蔵堂」を建て、天井裏に密かに祭壇を設けて、天狗の秘図面と共に千賀の遺髪を安置した。岩倉屋を襲った悲劇が、千賀の祟りなのか、子供をすり替えたことへの、天狗の怒りなのかは分からない。正右衛門は、おそらくその両方だと考えたのだろう。

縁見屋が行者に尽くすことも、時に私財を使ってでも、人々に救いの手を差し伸べるのも、正右衛門の高潔な人柄によるものではなく、ひとえに贖罪《しょくざい》であったのだ。いつまで続くのだろう。お輪はその長さを思った。あれから八十年近く時が経っていた。

それでも縁見屋には女児しか生まれなかったし、娘たちは二十六歳という若さで命を奪われ続けている。

(うちは知ってしもうた)

正右衛門に対する、決して消えることない千賀の恨みと、深い悲しみを……。

(うちは、どないしたらええんやろ)

今すぐ帰燕の許へ駆けて行き、「祟り」の正体が分かったさかい、千賀さんの恨みを祓うて欲しい、と、頼めばよいのだろうか……。

心を決めかねていたのは、やはり悪いのは正右衛門だと思えるからだ。何も知らない千賀を騙《だま》し、子供を奪った。その報いを、縁見屋の娘たちは受けているのだ。

死への恐怖よりも、千賀への憐れみの方がどうしても勝ってしまう。

千賀の無念が縁見屋の娘たちの中に宿り続け、その辛さや苦しさを夢で訴え続けている。

それを思えば、ただ祓えば済む、というものではないような気がした。

其の三

心に蟠《わだかま》りを抱えるようになってから、お輪は、夜、あまり寝つけなくなった。いろいろ考えていると、どんどん頭が冴《さ》えてくる。気がつけば眠っているが、目覚めても身体が重く、なんだか気分がすっきりしなかった。

それに毎晩のように夢を見る。火事の夢でも、子供のいる夢でもない。

目を開けると、そこは、お輪の寝ている部屋だった。お輪は起き上がると、庭先に出る。

締め切っていた筈の障子も雨戸も、いつしか開いていた。

（夢なんや）、とお輪は思う。身体が妙にふわふわして実感がないからだ。

それから、お輪は走り出す。裸足で裏木戸を抜け、火伏堂へ向かう道をひた走る。

夜露を含んだ草の葉が足首に触れる。足の裏には小石や土の感触もあるのに、それが自分の物ではないように感じた。

それらが夢だと思う証拠に、お輪は自分の走る姿を間近で見ているのだ。浴衣の胸もはだけ、乳房も露わになり、髪も振り乱した狂女の姿そのままに、お輪はひたすら走り続ける。(会いたい)、ただ、その一心で……。

蛇小路を駆け抜けたお輪は、火伏堂に行った。御堂には明りが灯り、何を祈っているのか、帰燕は大抵そこにいた。

扉を開け、お輪は御堂の中に入る。そうして帰燕の胸に飛び込むと、その身体にしっかりと腕を回して抱きしめた。

頬を寄せ合い、互いの吐息を感じながら、お輪は誰かの名前を何度も呼んだ。その名前が思い出せなかった。無理に思い出そうとすると頭が重くなり、じわじわと痛んでくる。

夢だというのに、両腕で抱きしめた帰燕の身体の温もりも、頬に感じた吐息も生々しい。そのことを思うだけで、お輪の身体が熱くなる。

本当は帰燕に相談したかった。帰燕ならば、答えを持っているような気がした。そう考えて火伏堂を訪ねてみた。二日前のことだ。

徳次が御堂の板壁に開いた穴の修繕をしていた。九月になり、幾分涼しくなってきたとはいえ、さすがに額に汗を滲ませている。鉢巻きをし、着物を肩脱ぎにして、徳次はいっぱしの職人に見えた。

――今日は祈禱はしてはらへんの――

境内に人はいない。不思議に思って尋ねると、徳次は手ぬぐいで汗を拭いながらこう言った。

――帰燕様はいてはらへん。お陰でわての仕事もはかどるわ――

――どこに行ってはるの――

徳次は、一瞬、顔を顰めた。

――よう知らん。いちいち行き先を言うて行かはる人やないさかい。それよりも――

と、徳次は仕事の手を休めてお輪に向き直った。

――なんや、顔色がようないな。どないしたんや――

心配そうな声だ。

──なんでもあらへん。朝が涼しゅうなってきたさかい、風邪でも引いたんやろ──

お輪は無理やり笑おうとした。その時、下駄の音がして、門から続く石畳を誰かがやって来るのが見えた。

──徳次さん、気張ってはりますなあ──

亀甲堂の女将のお栄《えい》だった。年の頃は四十代半ば。やや小太りで愛嬌《あいきょう》がある。亭主は腕の良い菓子職人だが、生真面目な性格だった。反対に色町の茶屋育ちのお栄は、話好きでしゃべりも上手い。緑色の羊羹を作るという考えは、お栄が出したものだ。

大納言小豆の餡に拘っていた亀甲堂だったが、お栄が嫁に来てからは、随分華やかな菓子を売り出すようになっている。

──帰燕様は留守どす。今日は祈禱はやってまへんえ──

お栄も祈禱に通っているらしい。

──知ってます。このところ、帰燕様は『美衣野』のお園さんと、なんやよう出掛けてはりますなあ。昨日、寺町通《てらまちどお》りで、一緒にいてはるのを見ましたわ──

それから、お栄はお輪に向かって会釈をした。

──いつも御贔屓に、ありがとうさんどす──

お栄は御堂の正面に回ると、格子戸に向かって両手を合わせた。

商売も上手く行っているのか、賽銭箱に投げ入れた銭の音が、やけに景気良く響く。

──あのお栄さんにも、何か悩みがあるんやろか──

お輪が何気なく呟くと、徳次が即座に答えた。

──ないやろ──

──ないのに、わざわざ祈禱をして貰うたはんの──

──商売繁盛の祈願やて言うてはるけど、ただ帰燕様の顔が見たいだけや──

徳次は辛辣《しんらつ》な口ぶりになると、帰って行くお栄に視線を走らせた。

──そういう女子衆《おなごし》も結構いてる。何しろ、帰燕様はあの男ぶりやさかいな。大抵は

わてが門前で追い払うんやが……──

──お園さんは、そないよう来てはるの？──

お輪の胸の中で、お栄の残していった言葉が小さく渦を巻いている。

ふと夢で見た光景が思い出された。深夜、二人は御堂にいて、帰燕は泣き崩れるお

園の肩に親しげに手を置いていた。

（あれが夢ではなかったとしたら……）

自分がその場にいたことよりも、二人の関わりの方がひどく気にかかる。

——お園さんには、何か大きな悩みがあるようや。帰燕様と一緒にいたかて、色恋とは違うやろ——

徳次の言葉も、お輪の慰めにはならなかった。お園に嫉妬している自分を知って、お輪はただ困惑するばかりだ。

その時、以前、徳次の言っていた言葉を思い出した。帰燕が、夜中に御堂に女を引き入れていた、と言う話だ。お園では、と問われた徳次は、匂いが違うと答えた。

——あれから花の匂いのする女の人は、帰燕様に会いに来てはらへんの——

思い切って尋ねてみる。だが、徳次は小さくかぶりを振って、「分からへん」と答えた。

——帰燕様を見張ってる訳やなし、夜は東雲屋に戻ることもあるしな——

——せやな。徳次さんは、東雲屋の跡取りやさかい……——

そう言って帰ろうとした時、徳次がお輪の手を摑んだ。

——髪に何かついてるえ——

徳次はお輪の髷から何かをつまみ上げた。差し出された掌《てのひら》を見ると、蜜柑色をした小さな花粒が幾つかのっている。

(金色の雨や)と咄嗟に思った。

——金木犀や。なんや、夜中に御堂に来てた女の匂いに似てる——

——ここへ来る途中に、金木犀の枝の伸びた家があったさかい、下を通った時にでもついたんやろ——

そう答えながらも、お輪の胸は何やら騒がしくなっていた。

金木犀の枝を揺らしながら、子供の上に雨のように花を振りかけていた女の姿が、脳裏に浮かんだのだ。

(あれは、きっと千賀さんや)

千賀が帰燕を訪ねていたのだ……。なぜかそう思えた。

(なんや、よう分からんようになった)

何が現実で、何が夢で、そして何が幻なのか……。

(帰燕様のことも、夢やないやろか)

そう思うと、自分がどんどんおかしくなっていくような気がした。不安もすでに恐怖の顔をしている。それがしだいに追い縋って来て、今にもお輪を捕えようとしていた。

「お輪、いてるんか」

呉兵衛が顔を覗かせた。

「なんや、部屋が暗いまんまやないか」

我に返ると、日もすっかり落ちていた。

「すぐに晩の仕度をするさかい……」

お輪は急いで立ち上がろうとして、目眩を覚えた。全身から力が抜けて、身体がゆっくりと傾いていくのを感じた。

「お輪、どないしたんや」

呉兵衛の慌ただしい声が、どこか遠くで聞こえていた。

菊が一面に咲いていた。枝別れした細い茎に、幾つもの小ぶりの花をつけている。黄色や白、臙脂色の小菊が咲き乱れ、遙《はる》かなその先までずっと続いている。

気分がとても涼やかだった。どんな不安も感じない。そこがいったいどこなのか分からなかったが、これほどの心の穏やかさは、実に久しぶりであった。

(きっと、これも夢なのだろう)

ならば一生この夢の中にいたい。そう願ってはいても、頭の一点が急に冴え渡るのを感じて、お輪は仕方なく目を開いたのだった。

怯えたような呉兵衛の顔が真っ先に目に入った。夜なのだろう。蠟燭の炎に照らされて、その顔は泣いているようにも見えた。

寝床の脇に火鉢が置いてあり、五徳の上に鍋が掛かっていた。鍋には湯が沸き立ち、菊の香りに混じって、強い匂いが漂っている。その匂いに覚えがあった。肉桂《にっけい》とドクダミだ。

「気がついたようですね」

帰燕の声が枕元で聞こえた。視線を動かすと、火鉢の横に帰燕の姿がある。

「さあ、これを飲むんや」

呉兵衛が盆の上の湯呑みを勧める。起き上がろうとするお輪の身体を、帰燕が支えてくれた。

「人参や。苦いけどな、我慢しいや」

お輪は、昔、生前の母に、呉兵衛が同じことを言っていたのを思い出した。

「帰燕様が、身体がえろう弱っとるて言わはるんでな。滋養には人参が一番や」

朝鮮人参は高価であったが、呉兵衛の生家が薬種問屋なので、手に入り易いのだ。

「うち、いったいどれくらい眠っていたんやろか」

「丸一昼夜、眠りっぱなしやったんや」

呉兵衛は鼻を啜った。やはり泣いていたようだ。

「お父はん、もう大丈夫やさかい」

お輪は笑顔を作る。そんなお輪を、帰燕が眉根に皺を寄せ、どこか思案するように見つめていた。

「笑いごとやない。お前が急に倒れるもんやさかい、わてはもう心の臓が止まるかと思うたわ」

本当に止まりかけたのかも知れない、とお輪はぼうっとした頭で考えていた。「縁見屋の娘の祟り」のことを思えば、正体を失って倒れている娘の姿が、志麻と重なっても不思議はなかった。

「ええ若い娘がおでこに瘤《こぶ》をこさえて、みっともないこっちゃ」

叱るつもりの呉兵衛の声音も、どこか弱々しい。

「倒れた時に、敷居で打ったようですね」

帰燕が静かに言った。

お輪は額に触れてみた。確かに少し腫《は》れているようだ。青痣《あおあざ》ができているかも知れない。

帰燕にひどい顔を見られたと思うと、恥ずかしさで胸が一杯になった。

「私がついていますから、呉兵衛さんは休んで下さい」

帰燕が労《いたわ》るように言った。あれから丸一日、呉兵衛はほとんど寝ていないようだ。

「ほな、そうさせて貰います。わてまで倒れたらどうもならんさかい」

「娘をよろしゅうに」と帰燕に頼んで、呉兵衛は部屋を出て行った。

「帰燕様も、もう引き取っていただいてもよろしゅうおす」

お輪は改めて帰燕に頭を下げた。

「面倒をおかけしました。ほんまにすんまへん」

だが、帰燕は何やら考え込んでいる様子だ。

「帰燕様は、千賀という人のことを知ってはるんやないどすか」

お輪は思い切って尋ねてみた。もしかしたら、という思いがあったのだ。

「千賀さんは、縁見屋の初代正右衛門と関わりのある女人どした。正右衛門は、その人の子供を、自分の息子の身代りにして天狗に差し出したんやそうどす」

「あなたは、すべてを知ってしまったのですね」

「へえ、知りたくもない事も、聞きたくもない話も……」

お輪は帰燕の口振りをまねて笑おうとしたが、顔が引きつるばかりで上手くいかなかった。

「祖父の弥平が、正右衛門の代からの言い伝えを、『覚書』にして残してはったんどす。お父はんはそれを隠してはった。うちは、その覚書を読んでしもうた」

「これのことですね」

帰燕は懐から本を取り出してお輪に見せた。表紙に「縁見屋覚書」と書かれている。

「どうして、それを……」

「呉兵衛さんが、あなたの部屋で見つけたのです。『すずめ屋』のお勝さんという人に預けていたものだ、と聞きました」

――帰燕様、お輪は何もかも知ってしもうた。わしに何も言わんと、一人で苦しんどるんや。どうか助けてやって欲しい。あんさんも愛宕山の行者やったら、何か手立てがあるんと違いますか――

「呉兵衛さんは、あなたに知られることを何よりも恐れていたのです」

「天狗の秘図面を正右衛門が手に入れたことが、そもそもの始まりやったんどす」

正右衛門は秘図面によって助けられた。そればかりか、あの宝永の大火から町の人々を守ることができた。皆は正右衛門に心から感謝し、その思いは、八十年も経つというのに今も人々の記憶に残っている。

それと共に、縁見屋の娘たちが、わずか二十六歳の若さでこの世を去ってしまうことも、延々と伝えられてきたのだ。

「縁見屋」に取り憑いた祟りの真実を知る者は、正右衛門と、その後に続く縁見屋の婿たちだけであった。

「正右衛門が出会ったのは、ただの行者ではありません。『天行者《てんぎょうしゃ》』なのです」

「天行者……」

初めて耳にする言葉であった。

「『天行者』は、『天鬼《てんぎ》』とも言います。人が『天狗』と呼んでいるものです」

「正右衛門を助けたのは、ほんまに天狗やったんどすな」

お輪は思わず声を上げていた。

「天行者から秘術を授かった者は、返礼を求められる。それが正右衛門の子供であったのです」

「天狗は子供を食べるのどすか？」

お輪は帰燕ににじり寄った。やはり、千賀の子は正右衛門の子の身代りに天狗に喰われてしまったのだろうか。それではあまりにも酷すぎる。

「そうではありません」

小さく笑って帰燕はかぶりを振った。

「天狗は人を超えた力を持つ。けれど、この世にある限り、器となる『人』の身体が必要なのです」

「身体がないのどすか？」

「この世の万物には形がある。だが、天地の神霊には形となる身体がない。だから人の身体に宿ることで、この世に在《あ》ろうとする。それを『鬼霊《きみ》』というのです」

人の身体はやがて衰える。常人よりは長命で丈夫な肉体となっていても、死を免れることはできない。

「時が来れば、再び鬼霊を新しい入れ物に移すのです」

それを繰り返すことで、神霊は人の形を得て「天鬼」となり、この世に生き続けるのだ、と帰燕は語った。

「そのために人の子供がいるのどすか」

「幼い頃から厳しい修行を積ませなければ、鬼霊の器にはなれません。人の身体が耐えられないのです」

「鬼霊の器になった子供の魂は、どないなるんどす。追い出されてしまえば、行き場が無うなりますやろ」

「追い出すのではありません。一つになるのです。つまり、鬼霊が子の魂を取り込んでしまう。『天狗が子供を喰らう』とは、そう言うことです」

「せやったら……」

お輪はほっと安堵していた。

「千賀さんの子供は殺されたのではなく、生きてはったてことやろか。千賀さんのことを忘れたりはせんと……」

　帰燕は無言で聞いている。

「天狗かて神さんどすやろ。正右衛門は信仰の篤い人やった。せやさかい、愛宕山の天狗は助けてくれはったんと違いますか」

　帰燕の顔は蠟燭の灯に照らされて、どこかこの世の者ではないように見える。

　やがて、再び帰燕は語り始めた。その声は低く、まるで地の底から湧いてくるようだ。

「この世には山野があり、川がある。森も湖も海もある。それらすべてに神霊は宿っています」

　それを人は「神」と呼びます、と帰燕は言った。

「神霊は人のような心は持たない。しかし、『天鬼』となった時、心が生まれる。心を持つことで、天狗は、天地と人とを繋ぐ力を持つのです」

「正右衛門は、その天狗を怒らせたんどすなあ」

　お輪は小さくため息をついた。人の心があるから、天狗は山中で迷った正右衛門を助けた。人の心があるがゆえに、天狗は秘図面と引き換えに子供を求めた。そして、人である正右衛門は、我が子を助けたい一心で、他人の子供を身代りにしたのだ。

「それで、長松の命を奪《うば》うたんどすか。正右衛門では無うて、子供の方を……」

「天行者は無理やり人の運命を変えたりはしません。子供が亡くなったのならば、それは天命であったということです。正右衛門は、千賀の子とすり替えてまで手放さなかった我が子の命が、目の前で消えていくのを見ていなければならなかった。それは、己が死ぬよりも辛かった筈です」

お輪の胸は押し潰されそうになった。正右衛門にとって、我が子は可愛い。手放せる筈はない。だが、何も知らないまま、子供を奪われた千賀の身になれば……。

「恨まれても、仕方おへんなあ」

お輪は思わず笑っていた。

本当は泣きたかったのだ。

千賀があまりにも哀れで、我が身があまりにも悲しくて……。

「火事の夢も子供を奪われる夢も、千賀さんの記憶やて思います。縁見屋の娘に繰り返しその夢を見せて、自分の無念さ辛さを訴え続けてはるんや」

正右衛門の親心が、一人の女人と幼子を犠牲にしてしまった。そのことを今のお輪は知っていた。女の名前が「千賀」であることも、彼女の正右衛門に対する恨みは、八十年が経とうという今になっても、消えないでいることも……。

縁見屋に男児が生まれないのも、千賀の恨みが籠っているからなのだろう。

「子供を失った悲しみで、千賀さんは亡うなってしもうた。正右衛門は罪を償おうと、『火伏堂』を造り、御堂の天井裏に千賀さんの遺髪と秘図面を祀ったんどす」

それでもなお、千賀の祟りは今も続いている。

「縁見屋の娘には、男児を産むことはできしまへん。婿を取れば娘には恵まれる。せやけど、皆、二十六歳になると死んでしまう。千賀さんが亡うなったのと同じ年齢どす」

我が子を奪われる辛さは、幼くして母の死を目《ま》の当たりにするのと同じなのかも知れない、とお輪は思った。

今まで側にいた者が、突然いなくなる恐怖。母から引き離された子供にとっても、それは何よりも恐ろしい筈だった。

正右衛門は千賀から子供を奪っただけではない。子供から母親をもぎ取ったのだ。

それは二重の罪だった。おそらく、この後も縁見屋が祟られ、呪われ続ければならないほどの……。

千賀の恨みが縁見屋の娘に祟っても仕方がない、と思った。もし、自分が千賀ならば、それほど深い恨みを抱いても当然のような気がした。

「うちは二十六歳になると死ぬんどすやろ。そないな宿命を背負って、誰かと所帯を持つことなど考えられしまへん」

お輪を見つめる帰燕の顔が辛そうに歪んだ。

「うちは、お母はんが死んだ後の、お父はんの姿を見て育ちましたんや。昼間は明るう振る舞うていても、夜になると仏間に籠って、お母はんの名前を呼んでは泣いてますのや。縁見屋の娘の祟りのことを、お母はんが初めから知っていたら、きっと所帯は持たはらへんかったやろ。せやから、お祖父はんも曽祖父はんも、ずっと妻にも娘にも話さんと、秘密にしてきはったんやろて思います」

やや躊躇う様子を見せながら、帰燕はお輪の手を取った。

「私があなたを救います」

「うちの宿命を祓うてくれはるんどすか」

「前にも言ったように、これは祟りではなく呪縛です。千賀の魂が地上に留まり続けるために、縁見屋の娘たちの身体を器にしているのです」

「うちの、この身体の中に千賀さんがいてるて言うんどすか」

「そうやって、千賀は我が子が自分の許へ帰って来るのを、待っているのです」

子の帰りを待ち続ける母親の姿を、お輪は思った。その女は、何度もお輪の夢に現れていた。夢に見るだけではなく、時には自分自身が千賀であるような気がした。

「夢を見ました。うちは火伏堂にいて、帰燕様の姿を捜していました。帰燕様に会いとうて、会いとうて……。徳次さんが、帰燕様が夜中に、御堂に女を入れていたと言うてました。女の姿は見てへんけど、金木犀の花の匂いがしていた、と……」

一つ一つの場面を思い出すように、お輪は語った。帰燕の顔に浮んだ悲しげな表情が、お輪に、彼が縁見屋に来た翌朝の出来事を思い起こさせていた。

井戸端で帰燕は泣いていた。お輪は駆け寄りたい衝動を必死に抑えていたのだ。

「あんさんは、誰どす？　ほんまの名前は、なんと言わはるのどすか」

お輪は帰燕の顔を覗き込んだ。

「以前、お尋ねした時は、教えてくれはらへんかった。山の者に本当の名を聞くな、てそう言わはった。せやけど、うちはどうしても知りたい」

「私は愛宕山の行者です。山に入るには本来の名を捨てねばなりません。名を捨てることで、俗世のしがらみを断ち切るのです。一度捨てた名は、二度とは口にしません」

帰燕のお輪を見つめる目には、複雑なものがあった。

「ここ数日、夜ごと、あなたは私の許へやって来た。私をその腕で抱きしめ、何度も何度も名前を呼んだ」

「あれは、夢だとばかり……」

思わずお輪は言葉を飲み込んでいた。

帰燕の身体を抱きしめて、頬を寄せ、彼の名前を呼び続けた……。その後の記憶はない。

だが、お輪は自分の部屋で目覚めていた筈なのだ。

「気を失っているあなたを、ここまで運んでいたのは私です」

帰燕は強い眼差しをお輪に向けた。

「汚れた足を拭い、着物を整えて、夜具に寝かせていました」

帰燕の言葉に嘘はないようだった。本当にお輪は帰燕の許へ行っていたのだ。

「あなたは千賀の器です。千賀があなたを操っているのです」

「せやけど」、と、お輪は帰燕の顔を見つめる。

「なんで千賀さんは帰燕様の許へ……」

お輪は自分の中にある帰燕への想いに気づいていた。だから、帰燕の所へ行く夢を見たのだと思っていた。

「初めの頃、あなたの魂はその身体を抜け出して、私の許へ飛んで来た。私は戻るようにと言いました」

――戻りなさい。あなたはここへ来てはいけない――

帰燕がその言葉を口にした時、確かにお輪はその場にいたのだろう。徳次の言う、帰燕が御堂に引き入れた女とは、お輪のことだった。いいや、金木犀の花の匂いを漂わせていたのは、やはり千賀だったのだ。

それを肯定するように帰燕は言った。

「あなたでもあり、千賀の魂でもありました。そうして、やがて、あなた自身が私の許を訪れるようになったのです」

髪を振り乱し、悲愴《ひそう》な面持ちで蛇小路を駆けていた自分の姿が頭に浮かんだ。

「今のあなたは千賀でもある。ですから、あなたには千賀の子供の名が分かる筈です」

帰燕は声音を強めた。

「思い出して下さい。これも、あなたが知らねばならぬことなのです」

「それが、うちが助かるための『鍵』になるのどすか」

「あなた自身がすべての真実を知り、それに向き合うことから始まるのです」

それが、どんなに辛く、苦しいことであっても……、と帰燕はさらに言った。

「火事の夢を見ていた時……」

お輪は記憶を辿《たど》ろうとした。

「うちは堀川の対岸にいて、京の町が燃えるのを見ていました。小さな子供が側にいてた筈やのに、急に姿が見えんようになって……」

お輪はひたすら子供の名を呼んでいた。

「子供の名前は？」

「せ……、ろう」

お輪は必死で思い出そうとする。

「せ、たろう」と言ってから、はっと顔を上げた。

「せいたろう。せいたろう、と……」

突如、頭の中で、記憶が激しく渦を巻き始めた。

「清太郎、清太郎……」

お輪は何度もその名を口にした。名前を呼ぶ度に、夢だと思っていた出来事が、溢れるように蘇ってくる。

夜が来る度に、お輪は確かに帰燕の許へ行き、その身体を抱きしめた。「清太郎」と呼びながら涙を流す。やがて意識は遠のき、身体が重くなり、ひどい疲れを感じて眠ってしまうのだ。

「千賀の魂は、以前は、あなたの母の中にいた。その前は、あなたの祖母に……。最初は、正右衛門の娘に憑いていたのでしょう。以来、皆、千賀の魂を入れる器の役割をしていたのです」

「うちは、お母はんが生きてる時から火事の夢を見てました。うちは一度も火事を見たことがない。あれが千賀さんの記憶やとしたら……」

幼子をしっかりと腕に抱き、恐ろしい思いで京の町が燃える様を見ていた女……。今にも炎から腕が伸びてきて、子供を奪ってしまうのではないか、と、不安で胸を一杯にしていた、母親……。それが千賀であった。

「母と娘の結びつきは、思いの外強いものがあります。あなたは、きっと母親の心を、自分のもののように感じ取っていたのでしょう」

「だから、うちもお母はんと同じ運命を辿ると？」

それは、お輪が志麻と同じ年齢で死ぬことを意味していた。

「元々、人の身体に二つの魂は宿れぬもの。縁見屋の娘が短命なのは、異質なものを受け入れたがゆえに、身も心も弱ってしまったからなのです」

「千賀さんと同じ年齢で亡くなっているのは？」

「おそらく、千賀の運命が宿主と繋がっているからでしょう。二本の紐《ひも》を結びつければ、一本に火がつくと二本目も燃えてしまうように」

「縁見屋が男児に恵まれないのは……」

「千賀は息子を奪われたのです。縁見屋の娘に、男児を与えたくないのかも知れません」

「うちの中の千賀さんは……」

お輪は不思議な思いで帰燕を見た。

「帰燕様のことを、なぜ、自分の子供やて思うてはるんやろう」

二十代半ばか、あるいはそれ以上なのか。いずれにしても、間違っても子供と見間違う筈はないのだ。

「私が愛宕山から来たからではないか、と」

「八十年近く経つのに……」

お輪の胸は、千賀への憐れみで激しく痛んだ。

「ずっと待ってはるんどすか？」

清太郎が無事に生きていたとしても、もはやこの世にはいないというのに……。

お輪の目から涙が零れた。千賀の涙ではなかった。これは、お輪自身が流した涙であった。

「必ずあなたを助けます。ただ、今しばらく時が要る。それまで辛抱してもらえますか」

（うちの運命が変わる）

お輪は心の中で呟いた。

（『縁見屋の娘は祟り憑きや』、そない言われることも無うなる。何よりも……）

お輪は縋るような思いで帰燕を見つめた。

「うちは、生きていられるんどすな」

お輪はさらに言葉を続けた。

「夫となる人を残して、若《わこ》うして死ぬこともあらへんし、男の子かて産めるかも知れん。そない言わはるんどすなあ」

安堵と喜びで、胸がしめつけられるようだった。

「あなたを千賀の呪縛から解き放ちます。それが私に課せられた役行《やくぎょう》なのでしょう」

「役行」が分からず首を傾げるお輪に、帰燕は言った。

「行者が行う務めであり、修行です」

「つまり、人助け、どすか？」

お輪の物言いがあまりにも無邪気だったのか、帰燕はわずかに顔を綻ばせた。

その笑顔を見ていると、お輪はゆったりとした感覚に全身が包まれる気がした。

それでいて、心の一端がひりひりと熱い。

お輪は両腕を伸ばすと、帰燕の首にしっかりと巻きつけていた。なぜ、そうしたのか分からないまま、お輪は帰燕の陰りを秘めた双眸を間近に見ていた。

身体を押し付けるようにして、お輪は帰燕の首を抱いた。帰燕の両腕がお輪の身体に回される。互いの頬が触れ、唇が重なる……。その瞬間、頭の芯は冴え、まるで霧が晴れたような心持ちになった。

帰燕はお輪の身体を夜具の上に横たえた。お輪は男の重みを全身で受け止めながら、しっかりと両目を閉じていた。帰燕からは菊の花の匂いがした。

帰燕の指の感触を額に感じた。帰燕はその指先で、お輪の眉の辺りから閉じた瞼《まぶた》の上を辿り、鼻や頬に触れてくる。その手の温もりを感じていると、心がとても穏やかになった。

菊の香気に包まれて、お輪はゆっくりと眠りに落ちていった。耳元で、帰燕がずっと何かを囁いていた。それは子守唄のようでもあり、呪文か経文のようにも聞こえた。

其の四

目覚めた時には、すでに帰燕の姿はなかった。ただ、夜具には菊の匂いと帰燕の温もりが残っている。一晩中、お輪は帰燕の腕に抱かれて眠っていたのだ。

部屋が明るい。障子が白く光っていた。お輪は、夜着の胸元を直しながら障子を開けた。庭先には菊の花の匂いに混じって、甘く濃厚な香りが漂っていた。金木犀の匂いだ。小さな花はほとんど落ちていたが、それでも今年最後の芳香を放っていた。

朝の風がひやりと肌を刺す。お輪は羽織りを肩に掛けると廊下に出た。

帰燕は金木犀の下にいた。まるで木と言葉でも交わしているようだ。

——坊、ごらん。金色の雨や——

幼子の上に金木犀の花を降らせていた女は、千賀であった。

(子供の名前は、清太郎……)

幸福であった筈のあの母子を、引き裂いたのは正右衛門だった。幾ら自分の子が大事だとはいえ、犯してしまった、決して許されることのない二つの罪……。

(本当に、許されるのだろうか)

お輪は改めて思った。

(千賀さんは、許してくれるんやろうか。それよりも……)

お輪は、金木犀の傍らに立つ帰燕の姿に目をやった。

(清太郎さんは、許せるんやろうか)

あり得ないことだとは自分でも思う。でも、もしかしたらと、自分の中にいる千賀に問いかけてみる。

(ほんまは、帰燕様が清太郎なんやないの?)

きっとそうなのだ、とお輪は思った。

愛宕山の天狗の力で、清太郎は八十年の歳月を経た今でも、若い姿を保っているのだ。

千賀の魂が我が子の帰りを待ち続けて、縁見屋の娘たちに取り憑いていることを思えば、なんら不思議な話ではない。

思えば、帰燕が縁見屋に現れてから、お輪の奇行は始まった。帰燕もあの時、お輪の中に千賀の姿を見ていた筈だ。井戸端で泣いていたのは、自分を待ち続けていた母親の想いに触れたからだろう。

その姿を見たお輪は、すぐにでも帰燕の側に駆け寄りたくなった。

(あれは、うちの中にいる千賀さんの想いやったんや)

その時、帰燕が振り返った。お輪は慌てて頭を下げる。帰燕はお輪の方へやって来た。

「顔色が良くなりましたね。もう大丈夫でしょう」

帰燕は縁先に腰を下ろした。お輪は傍らに座った。

「帰燕様には、すっかりお世話になってしもうて」

お輪は改めて帰燕を見た。

「それで、千賀さんはどないなりました？」

「眠らせました。しばらくは、自分でも理由の分からない行動をすることはありませ
ん」

「夢やて思うてたことが、ほんまやったてことも？」

それが一番心配だったのだ。

今度こそ、帰燕の許に走ってしまえば、自分は何をするか分からない、そう思った
のだ。

昨晩、お輪の方から帰燕を求めた。帰燕は応えるように、お輪に唇を重ねてきたが、
ただ、それだけだ。帰燕の囁く声を聞いていると、お輪は無性に眠くなった。

思えば、安堵と共に眠りにつくことなど、母が亡くなってからは一度もなかった。

その心地良さが、お輪を訳の分からない恐怖から救い出してくれた。今、お輪が帰

燕に感じているのは、信頼以外の何ものでもなかった。

それは、確かに情を交わした男女の仲に似ているのかも知れない。

「うちは帰燕様が好きどす」

自分でも驚くほど自然に言葉が出た。帰燕の気持ちがどうであれ、ずっと心に溜《た》まっていた想いを出せたことで、心が随分楽になった気がした。

「私は、あなたの気持ちには応えられません」

帰燕はどこか済まなそうに言った。お輪にはその理由が分かるような気がした。

帰燕が清太郎であるなら、お輪は彼の母親の魂の器なのだ。

「どうか気にせんといておくれやす」

お輪は笑った。帰燕の答えなど分かっていた。ただ、自分の気持ちをはっきりさせたかっただけだ。

「それが、今のうちの素直な気持ちやさかい……」

「火伏堂に戻ります」

帰燕は立ち上がった。

「後で参ります」

お輪は立ち去ろうとする帰燕に声をかけた。

「お食事を用意しますよって、食べてくれはりますやろ」

帰燕はにこりと笑って「喜んでいただきます」と言った。

顔を洗い、着替えを済ませると、お輪は厨に入った。竈で米を炊いていると、呉兵衛の姿が現れた。

「起きてもええんか？」

案ずるように聞いてくる。お輪が「大丈夫や」と答えると、やっと「ほうか」と頷いた。

「帰燕様は？」

「さっき帰らはった。これから、朝ご飯を届けよう思うて」

棚から梅干しの壺《つぼ》を取り出しながら、お輪は言った。

梅干しは、毎年「すずめ屋」から届く。お勝が作ってくれるのだ。塩梅の甘煮もある。

塩干の梅を塩抜きしてから甘く煮たものだ。これはお輪の好物だった。塩の抜き加減が難しい。抜き過ぎると、しまりのないぼんやりとした甘さの味になる。

厨には青菜と里芋があった。そろそろ豆腐売りが来るので、油揚げが買える。煮物にすれば豪勢な一品だ。

釜《かま》が噴き出した頃、お輪は、父親がじっと自分を見つめていることに気がついた。

「お父はん、用意ができたら呼ぶさかい、座敷で待ってて」

お輪は笑った。子供みたいだと思ったのだ。

「お前に話があってな。元気になったようやさかい、言おうかどうしようか迷うてたんや」

お輪は青菜を刻む手を止めた。呉兵衛の口ぶりが妙に真剣だったからだ。

「お前、嫁に行く気はあるか?」

突然の父親の言葉に、お輪は思わず包丁を落としそうになった。

「うちは跡取り娘やで。お嫁には行かれへん」

「徳次の奴が……」と呉兵衛は言いかけてから、困ったようにかぶりを振る。

「徳次さん、また何かしでかしたの?」

「忠右衛門はんに、店を継ぐ代わりに、お前を嫁に迎えたいいて言うたそうや」

——俺の嫁は、お輪ちゃんや。昔からそう決めてたんや。俺に跡を継いで欲しかったら、お輪ちゃんを嫁に貰うてくれ。せやなかったら、店は富蔵に任せて俺が家を出る。家を出て、縁見屋の押しかけ婿になる——

——何を無茶苦茶なことを。そないなことをしたら、縁見屋はどないなる？——

忠右衛門は息子を叱りつけた。

——せやさかい、親父から呉兵衛さんを説得して欲しいんや。この際、縁見屋を潰してくれ、言うて——

「縁見屋を、わてで最後にしてくれ、てそない言うんや」

「ひどい」、とお輪は思わず声を上げていた。

「お父はんが、いいえ、お祖父はんかて、どないな思いで縁見屋を守ってきたか、徳次さんもよう分かってる筈やろうに……」

婿養子として縁見屋に入り、妻に先立たれても守り通してきた家だった。「縁見屋」は、妻の残した遺産であり、続けることが遺言であったのだ。

「昨日、忠右衛門はんから使いが来てな。お前のことも心配やったが、帰燕様がいてくれたんで、東雲屋を訪ねたんや」

忠右衛門は、お輪を徳次の嫁に迎えたいと呉兵衛に言った。

「ええかも知れん、て思うたんや」

消え入るような声で、呉兵衛は言った。

「もしかしたら、同じことを繰り返しているから、同じ運命に見舞われるんかも知れん。違うことをした方が、悪縁が切れるんやないやろか。なんや、そないな気になってな。お前かて、東雲屋に嫁いだら男児が産めるかも知れんやろ」

お輪には、もはや何も言えなかった。呉兵衛にとっては、代々引き継いできた家よりも、娘の身を守ることがすべてだったのだ。

「帰燕様にも相談してみたんや」

呉兵衛は縁見屋に戻ると、さっそく帰燕にその話をした。

「帰燕様も、それがええて言うて下さった」

「うちが東雲屋に嫁いだ方がええ、て、帰燕様がそない言わはったの？　徳次さんと夫婦になれ、て……」

呉兵衛は「そうや」と頷いた。

「お前が生まれる時のことや。弥平さんが、突然おらんようになってな」

それはお輪が初めて耳にする話であった。

「志麻が陣痛で苦しんでるいう時に、気がついたら弥平さんの姿がない。せやけど、捜すあてもなければ、今はそれどころやない」

とにかく、子が無事に生まれることだけを考えようと言うことになった。

「お前が生まれて、皆がほっとしてた時や。弥平さんがひょっこり帰って来はった」

「お祖父はんは、いったいどこへ行ってはったの」

「愛宕山や」、と呉兵衛はぽつりと言った。

「年も明けて十日ばかり経った、それは寒い日やった。愛宕山には雪かて積もっとった。弥平さんは、愛宕権現に志麻が無事に出産するよう祈願に行ってたそうや」

「それやったら、誰かに言うてから行っても……」

言いかけたお輪を、呉兵衛はすぐに遮っていた。

「冬の最中に愛宕山に行くて聞いたら、誰かて止めるやろ」

真冬に愛宕山へ登るのは、修験道の行者くらいなものだ。弥平はそれこそ命がけであったのだろう。お輪の脳裏に、生前の弥平の姿が浮かんだ。凛として厳しく、そして愛情の深い人だった。

「それに何かを願う時は、おいそれと人には話さんもんや」

呉兵衛は一つ頷くと、さらにこう続けた。

「お前の名前は、弥平さんが決めた」

娘に男児は生まれない。女児の名前として、愛宕山から戻って来た弥平は、孫娘に「輪」と名付けた。

「わては、『志麻』の『志』を取って、『志津』にするつもりやった。縁見屋の娘は、代々母親から名前の一字を継いでたさかいな」

「それがあかんかったのかも知れん」、と呉兵衛は顔を歪めた。

「継ぐからあかんのや。『祟り』まで受け継いでしまう。それを断ち切るためには、止めなあかんのや」

「『輪』は、止めるための名前なん?」

「弥平さんは、名前は『呪文』のようなもんやて言うてはった。せやけど、わては、そこまでは思うてへんかった。人を呼ぶ時に困らんようにするために名前がある、ぐらいにしか……」

呉兵衛ならばそうであろう。もし、子供が多ければ、「一」とか「二」とか、「三」

とか、数字にちなんだ名前をつけていたに違いない。

「お前の名前は、弥平さんが愛宕山で出会うた行者様から貰うてきたもんなんや」

雪のちらつく中、境内で一心不乱に祈り続ける弥平の姿に、一人の行者が声をかけてきたのだと言う。

行者は弥平からおおよその話を聞くと、生まれた娘に「輪」と名付けるように言った。

「『輪』ていう名前には、どないな意味があるの？」

お輪は首を傾げる。止めるならば、「とめ」だろうに……。

「一本の長い紐を考えてみ」

呉兵衛は、お輪に幼子でも見るような目を向けた。

「そのままにしておくと、どこまでも紐は伸びていくんや。せやさかい、始めと終わりの端を結びつけて輪にする」

輪にしたことで、紐はもう伸びなくなる。だから「止まる」のだと呉兵衛は言った。

登喜、登美、登志、志麻、そして、お輪……。縁見屋の娘たちは、こうして一つの輪となったのだ。

「縁見屋の娘に取り憑いた祟りは、お前の代で終わる。わしは、帰燕様は、そのためにここへ来はったんやないかて、今はそない思うてるんや」

お輪と同じことを、呉兵衛も感じていたようだ。けれど……。

「うちは徳次さんのところへ、お嫁に行かなならんの？」

話は結局、そこへ戻るのだ。

「縁見屋を潰して、うちが徳次さんと一緒になれば、千賀さんの祟りは消えるて言うの」

呉兵衛は無言になった。正右衛門の犯した罪が、そんなことで本当に消えるのだろうか。

（千賀さんの想いを無下にして、うちが本当に幸せになれるんやろうか）

正右衛門の罪の償《つぐな》いをしない限り、千賀には永遠に安らぎは来ない。

（それで、ええ筈はないんや）

今のお輪には、千賀の心が痛いほど分かった。帰燕は、縁見屋の娘に掛けられているのは、「祟り」ではなく「呪縛」だと言っていた。

千賀には、娘たちを恨む気持ちは微塵もない。ただ、奪われた子を取り戻したいだけなのだ。生き別れになった息子に会いたいだけなのだ。

「清太郎」という名前は、弥平の「覚書」にはなかった。おそらく正右衛門には、その名前を口にするのも憚《はばか》られて、語ることができなかったのだろう。

名前を消され、存在を消された上に、母親から引き離された子供の想いは……？

「身勝手すぎる」、とお輪は呟いた。

「そんなん、勝手すぎるわ」

怒りが胸の内にたぎっていた。

「うち、帰燕様のところへ行ってくる」

お輪は前掛けを外すと、くるくると丸めて上がり框に置いた。

「お父はん、火の番をしてて」

勝手口から飛び出した時、出会い頭に徳次とぶつかりそうになった。

「元気になったんか？」

徳次は不安そうに、お輪の顔を覗き込んだ。

「昨日訪ねたら、なんや、具合が悪いて聞いたんで……」

いつもの徳次らしい図々しさはなく、遠慮気味に手にした布包みを差し出した。

「卵を買うてきたんや。滋養がつくやろう思うて」

黙って徳次を見つめるお輪の様子から、徳次は何かを悟ったようだ。

「呉兵衛さんから、話を聞いてくれたんやな」

徳次は真顔になった。

「わては本気や。お輪ちゃんを嫁にする。呉兵衛さんも縁見屋のことは諦めてくれた。せやさかい……」

「堪忍」、とお輪は徳次の言葉を遮った。

「うち、今はあんたと一緒になる気も、お嫁に行く気もないんや。どうするかは、うちが決めるさかい……」

徳次の胸を軽く押すと、お輪は駆け出していた。

「お輪ちゃん」

背後で徳次が呼んでいた。お輪は振り返らず、ただ一心に蛇小路を走り抜けて行った。


火伏堂の裏木戸を抜けると、宿坊に駆け込んだ。しかし、そこに帰燕の姿はない。

表に出て、御堂へ向かおうとした時、いきなり腕を摑まれた。徳次だった。

徳次は荒い息を吐きながら、お輪を井戸端へ連れて行った。

「帰燕様のせいなんか?」

徳次は険しい顔でお輪に言った。

「あの人のせいで、わてとは一緒にはなれんて言うてんのか。お輪ちゃんは、帰燕様のことが好きなんか」

徳次は続けざまに聞いてくる。お輪は強くかぶりを振った。

「好きや。せやけど、そないなことやない」

この気持ちは、どう言えば徳次に伝わるのだろう。それがもどかしかった。

帰燕はお輪を助けてくれると言った。きっと、縁見屋の娘たちが辿る運命から逃れられるように、ありとあらゆる手を尽くしてくれるだろう。

それが弥平や呉兵衛だけではなく、二十六歳という若さの妻を見送らねばならなかった縁見屋の婿たちの、悲願でもあったのだ。

だが、本当にお輪が救われれば、それで良いのだろうか?

正右衛門に騙され、子供を奪われた千賀の無念は、どうなるのだ? 何よりも、幼くして母親と引き離され、愛宕山の天狗の許へやられた清太郎の想いは……？

長い時をかけて、清太郎は戻って来た。その間、千賀は子の帰りをひたすら待ち続けていたのだ。

「うちだけが助かったかて、あかんのや」

まずは千賀の無念を晴らしてやらねばならない。

「分かった」

やがて徳次は頷いた。随分長い間、お輪は徳次を睨みつけていたようだ。

徳次は桶を取って水を汲み上げると、お輪に言った。

「とりあえず、水を飲んで落ち着くんや。そないな顔してると、まるで伏見稲荷のお狐《きつね》様でも憑いたかと思うわ」

徳次は冗談めかして言う。

お輪は水を両手に受けてごくりと飲んだ。少しだけ気分が軽くなった気がした。

「お輪ちゃんの気の済むようにしたらええ」

徳次は声音を緩めた。

「ただ、お輪ちゃんを嫁に欲しいていう、わての気持ちは変わらへん。それに……」

徳次は躊躇うように言いかけて、ちらりと視線を御堂へ向けた。

「わてに、お輪ちゃんを嫁に迎えるよう勧めてくれたんは、帰燕様なんや。お輪ちゃんが、あの人をどれだけ想うていても、帰燕様には、お輪ちゃんと一緒になる気はない。そのことだけは、知っておいた方がええて思う」

「言われんでも、分かってる」

お輪は大きく息を吐いた。

「徳次さんを困らせているのも、よう分かってる。ただ、今は先のことを考えてる余裕があらへんのや」

「そない思うてんのやったら……」

徳次はお輪の両肩を摑んで、顔を覗き込んだ。

「ほんまのことをわてにも話して欲しいんや。お輪ちゃんが何を思うて、何に悩んでいるのんか、わても知りたい」

「縁見屋の娘が呪われてるのは、徳次さんかて知ってるやろ。男児は産めへんし、若死にする、言うて……」

「ただの噂話やないか」

徳次は吐き捨てるように言った。

「そんなもん、わては信じてへん」

「千賀さんのことが分かったんや」

お輪は徳次の顔を見上げた。

「千賀さんが何者で、正右衛門が千賀さんに何をしたのか、うちは全部知ってしもうた」

ふいに目頭が熱くなった。徳次に、縁見屋に残されていた覚書について語りながら、お輪の目から涙が溢れて止まらなくなった。

徳次はお輪を宿坊の縁先に座らせた。自分も隣に腰を下ろすと、お輪の肩に片腕を回した。そうして、徳次はお輪が落ち着くのを待ってくれたのだ。

やがてお輪は顔を上げた。

「おおきに。もう大丈夫やさかい……」

徳次に打ち明けたことで、胸がすっきりしていた。お輪には、正右衛門の行動を恥じる気持ちがあった。「正右衛門の立派な行い」のみが、未だに世間では語られている。だからこそ、正右衛門の真実は、皆に対しての裏切りに等しかったのだ。

「わてには、正右衛門のしたことを咎められへん」

徳次が声を落とすようにして言った。

「わてかて、正右衛門の立場やったら同じことをしていたかも知れん。いいや、何よりも」

徳次は強い眼差しをお輪に向けてきた。

「最初から、自分の子供を引き換えにせなあかんのやったら、秘図面なんぞ貰わずに、山で野垂れ死にしてた方がましや」

「徳次さん……」

お輪は思わず目を瞠《みは》る。

「せやろ」、と徳次は声音を強めた。

「天狗か何か知らんけど、その行者が全部仕組んだんやとしたら……」

「徳次さん、どういうこと？」

「そもそも、正右衛門が山で迷うのがおかしいんや。衣笠山にいてた筈が、気がついたら愛宕山やった？　命を助けられて感謝したら、今度は子供をよこせ、やて？」

「まさか、そんなこと」

考えもしなかった……。

「行者がほんまもんの天狗やったんなら、なおさらや。人を迷わせるのも、騙すのも容易《たやす》い。天狗は確かに神さんかも知れん。せやけど魔物でもあるんやで」

帰燕は「天行者」は人の心を持つ、と言っていた。人の心とは、決して善い面ばかりではない。彼らには彼らの欲がある。それを満たすためなら、人間を騙し、陥れることも平気でやるのかも知れない。

「帰燕様は、違う」

それでも、お輪は強い口ぶりで否定していた。

「帰燕様は、ほんまにうちを助けようとしてくれてはる」

徳次はじっと考え込んだ。だが、すでに帰燕に対して疑念を持っているようだ。

「うちを東雲屋の嫁にするよう言うてくれはったんや。徳次さんかて、帰燕様には感謝してるやろ」

「何か裏があるんかも知れん」

徳次は、まっすぐにお輪を見た。

「考えてみ。もし、ほんまに帰燕様が千賀の子やったら、お輪ちゃんの身体から母親の魂を追い出したりするもんやろか」

　お輪は思わず声を失っていた。

「わては産みの母親の顔を知らん」

　徳次はさらに言葉を続ける。

「ずっとお多加さんを母親やて思うて育った。せやけど、富蔵が生まれてからは、なんとのう違うことに気がついたんや」

　お多加が富蔵だけを可愛がって、徳次をないがしろにした訳ではなかった。むしろ、さらに徳次に対して気を配るようになった。兄弟喧嘩をしても、富蔵の方を叱った。

――徳次は兄さんや。弟やったら、兄さんを立てんとあきまへん――

　その後で、厨の片隅にこっそりと富蔵を呼び、飴玉《あめだま》をやって頭を撫でるのだ。

――よう我慢したなあ。えらいなあ。お前は賢い子や――

　その顔は徳次には見せたことがないほど、甘く優しかった。

　やがて、お多加が生母ではないことを知って、徳次は納得した。

「お多加さんは、東雲屋を出て縁見屋の婿になる、て言うてた、わての味方になってくれた。それもこれも富蔵に跡を継がせたいからや。わてがお輪ちゃんを嫁にして東雲屋を継ぐ、て言い出してからは、まともに目も合わせよらへん」

「別に恨んでるんやないで」、と徳次はすかさず言った。

「それが血の繋がった母と子の姿や。そう思うたら、わては無性に産んでくれたお母はんに会いとうなった。顔も覚えてへんのに……」

お輪にも、徳次の気持ちは痛いほど分かった。志麻が生きていて、今、ここにいたら、お輪は一人で悩むこともなく、心の想いをすべて話していただろう。

――お母はん、どないしょう。徳次さんがうちと一緒になりたい、て言うんや。せやけど、うちは帰燕様が気になってしかたがない。うちは帰燕様が好きなんやろか――

そんな他愛無い恋の話も、志麻にならば話せたのだ。

「帰燕様に、お輪ちゃんに取り憑いている千賀の魂を祓う力があるんやとしたら、反対に、お輪ちゃんの魂を追い出すことかてできるやろ」

「そうなったら、うちはどないなるの」

「お輪ちゃんの姿形をしていても、中身は千賀や。帰燕様がほんまに清太郎やったら、自分の母親を取り戻せる」

「帰燕様が、うちを消してしまう、てこと？」

「清太郎にとって正右衛門は仇《かたき》のようなもんやろ。自分と母親を引き離し、そのせいで、千賀は早死にした。千賀は正右衛門に殺されたのも同じや」

自分が帰燕に恨まれている？　お輪には思ってもみなかったことだ。

「せやけど、帰燕様が清太郎とは限らへん。なんとのう、そないな気がしただけや。それに、帰燕様も、千賀さんがうちの身体を借りて会いに来てたんは、自分が愛宕山の行者やったからやろう、てそない言うてはった」

「本人やから、認めとうないんと違うか。ますます怪しいわ」

徳次の中で、帰燕への疑いがさらに強くなっているようだった。

ふいに、ギギィと木戸が鳴った。思わず飛び上がりそうになって、お輪は木戸へと目を向けた。そこにいたのは島村冬吾であった。

其の五

「縁見屋をお訪ねしたら、こちらだ、と呉兵衛さんに言われたので」

島村はにこりと笑った。笑うと鋭い切れ長の目じりが下がり、優しそうな顔になる。再び不安に駆られていたお輪は、話題が途切れたことに安堵していた。もう絡み合った糸をほどくような話はしたくなかったのだ。

「お輪ちゃんに、なんの用事どすか」

徳次の声音には少しばかり棘がある。徳次は島村に対しても警戒しているようだ。

「いえ、これと言って用がある訳ではありませんが、京に知り合いがいないものですから」

そう言ってから、島村は案ずるようにお輪を見た。

「呉兵衛さんから、御加減がよくないとお聞きしたのですが……」

「もうすっかりようなりました。島村様にまで御心配をかけてしもうて、えらいすんまへん」

島村はちらりと視線を御堂の方へ走らせる。

「帰燕殿は、中におられるのでしょうか」

問われて、お輪は「多分」と答える。

「いてはると思います」

その時、格子戸がゆっくりと開いた。中から現れたのは、お園であった。

「お園さん、朝から来てはったんや」

お輪は、帰燕に縋って泣いていたお園の姿を思い出した。

（あれも、夢やないんやったら……）

お園は本気で帰燕を慕っているのだろうか。帰燕は、お輪の気持ちには応えられないと言った。それは、帰燕がお園の想いを受け入れたからなのだろうか……。

お園は三人には目もくれず、足早に去って行く。着物の袖口を目元に当てているところを見ると、泣いていたようだ。今日は帰燕も姿を現さない。

「あの女人はどなたですか？」

島村が尋ねた。一瞬躊躇っていると、徳次が代わりに答えた。

「『美衣野』て料亭の女主人どす。祈禱かなんか知らんが、やたらと帰燕様に会いに来てはります」

お園は、よほど頻繁に火伏堂を訪れているようだ。

「あの女人が、帰燕殿と御二人でいるところを何度かお見かけしたのですが……」

「それは、寺町の辺りどすか」

徳次が聞いた。亀甲堂のお栄の言葉を思い出したらしい。

「近江屋の近くです」

近江屋は四条橋近くの川原町通りにあった。側を高瀬川《たかせがわ》が流れている。大坂から運ばれて来た米を収める蔵も、この川沿いにあった。高瀬川に沿って、藩の京屋敷も並んでいる。近江屋はそれらの藩とも繋がりは深い。

寺町通りは、川原町通りの一筋西にある南北に走る通りだった。寺が多く、参拝客目当ての土産を売る店が並ぶ、賑やかな場所だ。

「四条橋を渡ると、すぐに宮川町やな」

徳次が声を潜めた。

「宮川町というのは？」

島村はきょとんとした顔になる。

「色街や。出合《であい》茶屋もある」

「お二人は、そういう仲なのですか」

島村がさらりと言った。お輪は思わず視線を落とす。徳次が小さく舌打ちをした。

御堂の格子戸が開く音が聞こえた。現れた帰燕は三人の姿に少しばかり驚いた様子で、「どうしました」と聞いてくる。

「ご無沙汰しております」

すぐに島村が頭を下げた。

「今日は休みなので、こうしてお訪ねしました」

島村は微塵も屈託のない顔で言った。一方、お輪の方は妙に落ち着かなくなっていた。

――帰燕様が清太郎ならば、母親が恋しい筈や――

その思いは、志麻を失ったお輪にもよく分かる。

――帰燕様にとって、正右衛門とその血縁者は仇みたいなもんや――

それもまた、嫌というほど理解できた。

「丁度良かった。あなたにお会いしたかったのです」

お輪の胸の内とは関わりなく、帰燕は島村との再会を望んでいたようだ。

「中に入って下さい」

それから、すぐにお輪と徳次に視線を走らせ、こう言った。

「お二人には遠慮していただきます」

まるで、袖についた埃でも振り払うような素っけなさだ。

「戻ろう、お輪ちゃん」

徳次が促した。

「ここにいても仕方がない。今のあの人の頭の中には、お輪ちゃんはいてへんのや」

そんなことは、言われんでも分かってる……。喉まで出かかった言葉を、お輪はぐっと飲み込んでいた。

縁見屋に戻ってみると、すでにご飯は炊けていて、呉兵衛が味噌汁を作ろうと奮闘しているところだった。

徳次はお輪の耳元で「あの話、考えといてや」、と小声で言ってから、呉兵衛に「おはようさんどす」、と声をかけた。

「火伏堂の修繕は終わりましたよって、もう家に帰らせて貰います」

「御苦労やった。今度は東雲屋でしっかり働きや」

呉兵衛はすでに覚悟を決めているのか、将来の娘婿を見るような眼差しを向けている。

徳次の方も、どこか凛として頼もしげになっていた。以前の坊々《ぼんぼん》育ちの甘えは微塵も見えない。

「忠右衛門はんも、これで一安心やな」

徳次が出て行くと、呉兵衛は大きくため息をついた。元々、徳次に対して知人の息子というだけではない、特別な思いがあったようだ。

「後はお前だけやな」

そう言って、にっこり笑った顔がどこか寂しそうに見える。やはり呉兵衛には、縁見屋が自分の代で終わることに未練があるのだろう。

お輪は朝食を整えると、帰燕の食事の用意を始めた。握り飯と、青菜と里芋の煮物、油揚げは買えなかったが、徳次の持って来てくれた卵で、卵焼きを作った。味噌汁は小鍋に移す。

再び火伏堂を訪ねたお輪は、宿坊の厨に重箱と鍋を置いた。それから御堂に向かう。

御堂の中から話し声は聞こえてこない。お輪は遠慮勝ちに声をかけた。

「帰燕様、いてはりますか」

すぐに戸が開いた。

「島村様は？」

「戻られました」

帰燕はじっとお輪を見つめていたが、やがて堂内に入るように言った。

「私とお園さんのことが、気にかかるようですね」

お輪が向かい合わせで座るのと同時に、帰燕が言った。

驚いたお輪はすぐに顔を上げた。帰燕は菩薩像を背にして座っていた。

「島村さんから聞きました」

――余計なことを言うようですが、お輪さんがお辛そうでした――

どうやら島村は、お輪の表情から心の内を察したようだ。

――私はお輪さんの明るさが好きなのです。どうか、お輪さんの気分を晴らしてあげて下さい――

去り際、島村は帰燕にそう頼んだ。

「うちには関わりがないことやて、よう分かってます。せやけど、帰燕様の心がお園さんにあるんやったら……」

「あの人は、心に大きな悩みを抱えているのです」

帰燕がお輪の言葉を遮った。

「あのお園さんに、悩みがあるんどすか……」

意外な話であった。女手一つで料亭を切り盛りし、多少強引だが、さっぱりとした気性の上に、愛想が良い。その上、美人ときている。そのお園に、どんな悩みがあるというのだろうか。

「およそ悩みのない者など、この世にはいません」

帰燕は小さく笑った。

「お園さんは強い女人です。周りの人は皆そう思っています。だからこそ、私のような者にしか、胸の内を明かせないのでしょう」

「いったい、どないな悩みなんどす?」、と、思わず問いかけそうになって、お輪は慌てて口を閉じていた。他人の秘密に関心を寄せる、はしたない女だと思われたくなかったのだ。

「あなたに、それを話します。いえ、私の口から話さずとも、あなたはすでに知っているのです」

帰燕の言葉に、お輪は戸惑うばかりだ。

「うちは何も知りまへん。誰からも、何も聞いてしまへん」

「あなたは見ていた筈です」

えっと小さく声を上げてから、お輪は胸元に手を当てた。

「あなたにとっては、すべて夢の中の出来事だったのでしょう。けれど、あなたは確かにここにいました」

お輪は、お園が帰燕に縋りつくようにして懇願しているのを見た。

――どうか、うちの気持ちを汲んでおくれやす……――

あの時、お園は帰燕に想いを寄せているのだ、とお輪は思った。

「お園さんには子供がいます」

帰燕は静かに話し始めた。

「大坂の米問屋に奉公していた折に、主人の息子と恋仲になったのだそうです。お園さんは十八歳だったとか……」

息子には許嫁がいた。身籠ったお園を、主人夫婦は他人の目を避けるように別宅に置き、子が生まれると、すぐに他家に養子に出したのだと言う。

「お園さんは承知したんどすか?」

「添い遂げられない男の子供を、一人で育てていくのは難しい。主人夫婦にとっても、生まれた子供は孫に当たる。『決して悪いようにはしない』。そう言われて承諾したのだ、と」

しかも、手切れ金はかなりの額であった。

「お園さんは、それを元手に小料理屋を開き、稼いだ金で今の店を持ったのだそうです」

これから嫁を貰うという時についてしまった息子の傷を、主人夫婦は精一杯隠そうとしたのだろう。後々のことも考えて、お園から子供を引き離すことにした。

「その相手の人は、お園さんと別れられたんどすか？」

強い意志を示せば、親の気持ちも変えられたかも知れない。お輪はふと徳次のことを思っていた。

「お園さんが身籠った途端、関わろうともしなくなったそうです」

――実の無い男やったと、うちも目が覚めました――

そうお園は帰燕に語った。だからこそ、子供を手放すことに躊躇いはなかった。

ところが店が繁盛してくると、お園の中で子供への未練が募り出した。

「手切れ金を貰う時、主人夫婦に、将来、子供には会わないと約束させられたそうです」

その方が子供のためだ。無理やりそう自分に言い聞かせたのだ、とお園は言ってから、すぐにその言葉を否定していた。

──そうやない。若旦那の無情さに、うちは怒ってましたんや。生まれた子までが憎《にく》かった。それやったら、お金を仰山貰う方がええ。これから、ええ人かてできるやろし、子供かて産める……──

涙を浮かべながら、お園はさらに言った。

──何も道端に捨てるんやない。貰われて行った先で幸せになるんやったら、うちに育てられるよりましや。そう思うたんどすけど……──

「結局は、子供を売ったのと同じだった、と自分を責めているのです」

お園は子供の行方を捜し始め、やっと、京にいることを突きとめた。

「せやから、京に店を持たはったんどすな」

お輪の胸の奥がちくちくと痛んだ。子供に会いたがる母親の気持ちは、そのまま千賀の想いと重なるような気がした。

「もしかして、あの秘図面を使わはったんどすか？」

御堂にいた帰燕とお園の前には、一枚の紙が広げられていた。確かに、それは秘図面のようにも見えた。

「使いました。秘図面のお陰で、子供の養子先はすぐに分かりました」

「それで、お園さんは子供に会おうとしてはったんどすな」

「最初は、子供がどうしているか、噂話の一つでも耳にできればそれでよい、そう思っていたそうです。火伏堂で、子供の無事を祈るだけで満足だったとか……」

お輪は帰燕の背後にある地蔵菩薩に目をやった。地蔵菩薩は子供の守り神でもある。

実際、お園は頻繁に火伏堂に通っていた。

「ところが……」、と帰燕はさらに言った。

「しだいに、子供に会いたいと願う気持ちが強くなってきた」

――一目でもええから、子供の顔を見たいんどす――

――見れば会いたくなります。会えば、抱きしめたくなる。やめた方が良い――

帰燕は止めた。それなら、とお園は言った。

――うちと一緒に来ておくれやす。帰燕様がうちを止めて下さい。遠くから眺めるだけでええんどす。どうか、うちの気持ちを汲んでおくれやす――

「その養子先ていうのんは……」

お輪は胸が苦しくなった。

「近江屋です」

お輪の目から、堪えていた涙がついに溢れ出した。泣いている自分に、お輪はすっかり慌ててしまう。

「泣いているのは、千賀です」

帰燕は静かに言って、お輪の涙を指先で拭ってくれた。

「あなたの中の千賀と、お園さんの想いが重なってしまったのです。今まで自分を抑えてきたお園さんが、それに耐え切れなくなったのも、千賀があなたの身体を奪ってでも、我が子を求めようとしているのも……」

それは二本の琴の弦が、互いに響き合っているようなものなのだ、と帰燕は言った。

「おそらく、きっかけは私なのでしょう」

愛宕山から来た男が、お輪の中の千賀を目覚めさせてしまった。子を思う母の想いは、千賀を眠らせた今も、お園の心に共鳴しているのだろう。

「それで、お園さんと近江屋さんへ行かはったんどすな」

お栄や島村が見たと言うのは、その時のことだったのだ。

「せやけど、なんでうちにその話をしはるんどす？　お園さんは他人には知られとうないと思います」

「あなただから話しました。今言ったように、あなたは、すでにお園さんに関わっているのです」

今のお輪は千賀でもある。正しくは「千賀の器」であったが……。

「島村さんから、『近江屋』のことは聞かせて貰いました」

「ああ、それで……」、とお輪は納得した。帰燕が島村を堂内に呼んだのは、そのためであったのだ。島村は近江屋の用心棒だ。家族の内実も、おおよそのことは分かる。

「近江屋さんには、十歳になる男児がいます」

それはお輪も知っていた。

「太吉《たきち》て名前やったて思います。せやけど、養子とは知りまへんどした」

「世間に知られぬよう、よほど気を遣ったようですね。妻女は早い内から大坂の実家で養生し、そこで出産したことになっています」

島村の話では、周りの者は使用人ですら知らないらしい。ただ、乳の出が悪いからと、大坂から乳母を伴っていた。その乳母も、太吉が乳離れする頃には大坂へ帰らせている。

京で真実を知る者は、おそらく近江屋夫婦とお園だけなのだろう。

「太吉ちゃんは、随分可愛がられて育ったように聞いてます。なかなか利発な子で、将来、跡を継がせるのが楽しみやと、近江屋さんも言うてはったそうどす」

呉兵衛も近江屋とは付き合いがある。お輪は、さらに言った。

「近江屋さんとしては、何よりも太吉ちゃんにだけは、知られとうないんどすやろな」

「それもあって、お園さんも自分の想いを抑えていたのです。同じ京で暮らせるならば、たとえ名乗れなくとも構わない、そう思って……」

ところが、千賀の目覚めと共に、会いたいという想いが心の奥底から湧き上がってきた。

お園の苦悩が、今のお輪にはよく分かった。一度溢れ出てしまった感情を、元に戻すのは難しい。

「島村さんは、すべて知ってはるんどすか？」

「先日、私に祈禱を頼んで来られた折に、近江屋の用心棒と聞いていたので……」

だからと言って、お園の秘密を語ってよいものだろうか。少し軽々しいのではないか、とお輪は思う。

「少々、術を使いました」

帰燕は困惑したように、わずかに首を傾げてみせた。

帰燕は、天狗像の前に置かれている香炉を指で示す。

「無意香《むいこう》を焚《た》きました。この香の中にいる間は、私の言霊《ことだま》が人の魂に届くのです」

お輪はぽかんとして、帰燕の顔を見つめていた。言葉の意味が全く分からなかったのだ。

帰燕はかすかに笑みを見せる。

「私の祈禱は、無意香の中で行います。人の魂はしっかりと鍵の掛かった箱の中に入っているようなもの。その鍵を開け、中の魂にじかに語りかけなければ、心を蝕《むしば》む病は治せません。身体の病も、元々は心が衰えることから始まります。目覚めたままでは、鍵は開けられない。そのため、この香を焚き、人の心に私の祈りが届くようにするのです」

「それで、病は治るんどすか？」

「この世に在れば、心に石を幾つも抱えることになる。誰もが、その重さに耐えられるとは限りません。それらが、頭や肩、腰や足の痛みなどを起こす原因になります。石を取り除くには、魂に触れ、傷を癒さなければなりません」

「それで、祈禱を受けられた人たちは、楽になったと喜んではったんどすなあ」

「それでも治せない病には薬種を使います。呉兵衛さんが得意とするところですね」

帰燕は真顔になる。

「無意香というのは、人を目覚めさせながら眠らせる香です。私は島村さんに、近江屋の事情を調べて欲しいと頼みました。あの方は、それを私に知らせに来たのですが、なぜ、自分がそうしたのかは、分かってはおられぬ筈です」

おそらく島村は、たまたま休みの日にお輪を訪ね、その足で火伏堂に来て帰燕に会った。会ったついでに依頼されたことを話した、ぐらいにしか考えてはいないのだろう。

「ですから、今日、話したことは、私とあなたの間の秘密です」

そう言って、帰燕は立てた右手の人差し指を自分の唇に当てる。

「内緒どすか」

「内緒です」、と帰燕は頷いた。

「うちにも、その香を使えば秘密は守れるのに……」

怪訝な思いで尋ねると、「あなたに、そのようなことはしません」、と帰燕はかぶりを振った。

「私は、あなたに信頼して貰いたいのです」

「うちが、帰燕様を疑うていると？」

胸がどきりとした。お輪は徳次との会話を思い出していた。

徳次は帰燕が信用できないと言った。お輪の身体から魂を追い出して、千賀に与えてしまうかも知れない……。その懸念は、確かにお輪の中にもあったのだ。

「どうか、ほんまのことを教えて下さい」

お輪は姿勢を正すと、まっすぐに帰燕を見た。

「帰燕様が、千賀さんの子の清太郎さんやないんどすか？　お母はんに会いに戻って来た、清太郎さんやないんどすか」

帰燕の顔に、戸惑うような色が流れた。しばらく沈黙した後、やや躊躇いを見せながら、帰燕は口を開いた。

「私は確かに清太郎でした。この身に鬼霊を勧請《かんじょう》してからは天行者となり、今は帰燕と名乗っております」

「やっぱり天狗様どしたんやな」

お輪は天狗像に視線を向けた。

「お姿が全然違います」

まるで幼子の言うようなことを、お輪は口走っていた。

「それは人の頭が勝手に作り出したもの。生身の天狗とはこのようなものですよ」

帰燕は笑った。

「せやったら、今、うちの目の前にいてはるのが、千賀さんの子供の清太郎さんなんどすな」

お輪はそっと片手を伸ばして、帰燕の顔に触れた。整った美しい顔は、千賀に似ているのだろうか。夢で見た女の顔を思い出そうとしていると、帰燕がお輪の手を握りしめた。

「今の私の身体は、清太郎のものではありません」

「また別の人の身体に入らはったんどすか」

帰燕は「はい」と頷いた。

「旅の途中に一人の男に出会いました。誰かに追われていたのか、ひどい手傷を負っていました」

帰燕はその男の最後に寄り添おうと思い、経文を唱え始めた。

「男は私に言ったのです。『このまま死ぬ訳にはいかない』と」

――このままでは死ねない。どうしても、会わねばならぬ者がいる――

「それで、帰燕様はその男を助けたんどすな」

「私は清太郎の身体を捨て、その男の身体を得ました。男の魂は私の中の鬼霊と一つになりました。私は清太郎でありながら、その男でもあるのです」

「その人の身体は、鬼霊を受け入れても大丈夫やったんどすか」

「幼い子供とは違って、この身体は心身共に鍛《きた》えられていました。鬼霊の器となるのには、申し分のないものでした」

「そのお人は、何と言われるのですか？　いったい誰に会いたがってはったんどすか」

「葛原騏一郎《くずはらきいちろう》という武家でした。会おうとしていたのは、彼の命を狙う刺客《しかく》でした」

「自分を殺そうとしている者を、待ってはったんどすか」

お輪は驚くよりも呆れてしまった。

「何やら事情があるのでしょうが、今、私に分かるのはそこまでです」

「それやったら、帰燕様のお命が狙われてる、てことやないんどすか」

「私は葛原の命を救う代わりに、この身体を貰い受けました。それは彼の宿命を背負うことでもあるのです。今となっては、葛原に降りかかる運命が、私の運命《さだめ》。いずれ私は命を奪われる身です」

「それは、帰燕様が『死ぬ』てことどすか？」

お輪の頭はすっかり混乱していた。

「帰燕様は何も悪うないのに、その人を助けたために、死ななあかんのどすか」

お輪は強くかぶりを振ると、帰燕の胸に顔を埋《うず》めた。

「天狗に『死』などありません。人の姿を離れて鬼霊となり、再び形を得て戻って来ます」

「また別の人になるてことどすやろ」

お輪は顔を上げた。

「うちのことも、忘れてしもうて……」

「あなたのことは、決して忘れません」

帰燕はお輪をしっかりと抱きしめた。

「それに、私はあなたを必ず助けると約束しました。その思いに嘘はありません」

「堪忍しとおくれやす」

お輪は帰燕に詫びていた。

「うちは帰燕様のことを疑うてました。千賀さんを取り戻すために、うちの魂を追い出すんやないか、て……」

「縁見屋の娘を、千賀の呪縛から引き離すことは容易ではありません。千賀の願いを叶えてやらねば……」

「うちもそう思うてます。千賀さんに清太郎さんを返してあげて欲しい。せやけど、そないなことが、本当にできるものかどうか……」

「天狗の秘術の中に、『時輪《ときわ》の呪法』というのがあります。私はその術を使うつもりです」

「時を戻せるんどすか」

お輪は驚いて声を上げた。

「戻すのではなく、繋ぐのです。ただそれには、天明八年の年が明けるまで待たねばなりません」

天明八年……。来年だ。

「私はあなたを救うために、京へ戻って来たのです。どうか私を信じて下さい」

帰って来た、燕……。

「せやから、帰燕と……」

なんだか胸が熱くなった。喉が詰まり、しばらくは言葉が思うように出てこなかった。

「うちが憎うはないんどすか？　千賀さんから清太郎を奪った正右衛門の子孫どすえ。千賀さんは、そのせいで亡くならはった。正右衛門は母親から子を奪っただけやない。子から母を奪ったんどす」

「迷いはありました」

帰燕はふとその顔を曇らせた。

――正右衛門は、清太郎の仇……――

お輪の脳裏に徳次の言葉が蘇る。初めて会ったあの日、家に招き入れようとしたお輪と呉兵衛の前で、帰燕は躊躇う様子を見せていた。お輪を助けるのが目的ならば、そんな態度は取らなかった筈だ。

「私の中の清太郎に、恨む気持ちがなかったとは言い切れません。けれど……」

帰燕は、一瞬、視線をそらせる。

「正右衛門自身が、すでに罰を受けています。幼い息子には死なれ、娘には先立たれ、そればかりか……」

帰燕はなぜか言葉を飲み込んだが、すぐにお輪の顔を覗き込んでこう言った。

「縁見屋の娘たちに代々続いた不幸は、千賀の子を想う念が強すぎて、魂がこの世に留まってしまったために起きたことです。私の中にいる清太郎をあなたの中の千賀に返してやれば、縁見屋の娘を縛る運命は終わります」

「それやったら、うちが東雲屋に嫁がんでも、縁見屋の祟りは終わる筈どす。うちが縁見屋の跡を継いでも、かまへんのと違いますか」

「あなたが徳次さんと夫婦になるのは良いことです。何も縁見屋に拘る必要はないと思ったのですが……」

「うちに縁見屋を捨てろ、て言うてはるんどすか」

お輪は煮え切らない思いで問いかける。

「あなたを『岩倉屋』の縁から切り離すには、それしかないと……」

やや間を置いてから、帰燕は声音を強めた。

「『時輪の呪法』は、必ず上手くいくとは限りません。私はあなたを守るために、できる限りの手を打っておきたかったのです」

お輪は急に不安になってきた。

「年が明けたら、何もかもようなるんと違うんどすか?」

帰燕はもはや何も言わなかった。お輪の中で、不安は益々募っていく。

「すべてが良い方向に行くとは限らぬのです。私にできるのは、最善の道を選ぶことだけ」

「年が明けたら何が起こるんどすか。帰燕様には見えてはるんと違いますか」

恐る恐る尋ねると、帰燕は、「その時が来れば分かります」とだけ言った。

なんだか帰燕らしくない答えだ。

「どうか私を信じて下さい。今はそれしか言えません」

「よう分かりました」

ほっと肩から力を抜いて、お輪は言った。

「うちはもう帰燕様を疑うたりはせえしまへん。せやさかい、徳次さんと一緒になれ、とは言わんといて欲しいんどす。いいえ、帰燕様の口からだけは、聞きとうないんどす」

すると、帰燕はどこか寂しそうな顔になった。

「徳次さんはええ人どす。うちは嫌いやない。せやけど、うちの心は帰燕様のことで一杯なんや。今は先のことは考えとうない」

「しかし、私の命は……」

「うちを助けるまでは、死ぬ訳にはいかしまへんのやろ」

お輪は帰燕の言葉を遮っていた。

年が明けてから何が起こるのかは分からなかったが、少なくとも、帰燕はそれまでは生きていられるのだ。

「うちが帰燕様を守りますよって……」

お輪はきっぱりと言った。

「命を狙《ねろ》うてはるてお人には絶対見つからんように、うちが隠しますさかい……」

「お気持ちはありがたいのですが」、と帰燕は小さくかぶりを振った。

「相手は、すでに私を見つけています」

お輪は一瞬呆然としたが、すぐに立ち上がっていた。

「せやったら、ここにいたらあきまへん」

逃げるよう促そうとした時、帰燕がお輪の手を取った。

「島村冬吾が、その人です」

お輪はぺたんとその場に座り込んだ。

「島村冬吾が葛原の刺客です」

さざ波一つ立っていない水面のように、平静な態度で帰燕が言った。

第三章

其の一

日の落ちるのが早くなった。縁見屋の庭を赤く染めていた鶏頭も、すでに薄闇に溶け込んでいる。

いつもならば賑やかな虫の声も、まるでお輪の想いを察したように、りん、とも聞こえてはこなかった。

火伏堂から戻ってからずっと、お輪は島村のことを考え続けていた。夕食の時も上の空だったので、呉兵衛が案ずるような目で見ていた。

帰燕がお園といた理由は分かった。しばらく時は掛かるだろうが、千賀が目覚めない限りは、いずれお園の心も落ち着くだろう、そう帰燕は言った。

——それまでは、あの人は私を訪ねて来るでしょう——

お園が帰燕と一緒にいたところで、もはや嫉妬に似た想いに、心がざわつくことはない。

はっきりとした言葉は聞かなくても、お輪にも帰燕の胸の内を察することはできた。

（帰燕様も、うちを想うてくれてはる）

だからと言って、お輪との将来がある訳ではなかった。

（帰燕様は、天狗様なんや）

いずれは愛宕山へ帰って行くだろう。

だが、それでもかまわなかった。帰燕が望むように、お輪は徳次と夫婦になり、子を産み、育てて、人としての一生を終える。二度と交わることのない道をそれぞれ歩んで行くことになっても、心の一端がしっかりと結びついているならば、それでもよかったのだ。

帰燕が島村に殺される、などということが、起こりさえしなければ……。

（島村様は、うちに嘘をつかはった）

お輪が秘図面を見せた時、島村は何も見えなかったと言った。そのすぐ後で、火伏堂の場所を尋ねたのだ。

祈禱を頼んだのは、帰燕を間近で確かめるためだった。

――せやけど、どうして、島村様が葛原を捜していることが分かったんどすか――

――無意香の中で、島村さんは私の出自などをいろいろ聞いてきました。その間、私はあの人の魂を見ていたのです――

――島村様が、葛原を追っている理由は……――

――それは、私の口から言うことではありません。何より、あなたには関わりがないことなのです――

帰燕は突き放すように言った。

――うちを助けた後、島村様に斬られるおつもりどすか――

さすがにお輪は腹が立った。幾ら天狗だからと言って、達観が過ぎる。

――鬼霊は人の言う『死』とは無縁です――

帰燕は淡々とした口ぶりで答えた。

――うちは、帰燕様が消えてしまうのが嫌なんどす――

必死に訴えてみても、帰燕は困惑したように首を傾げるばかりだ。

――山に戻ってしまえば、私の姿はあなたの前から消えて無くなります。同じことではありませんか――

帰燕はお輪を諭すように言った。これでは、まるでお輪が駄々をこねる子供のようだ。

――いずれにせよ、島村冬吾という男の手に掛かって死ぬことが、葛原騏一郎の望みなのです――

――せやから、その望みを叶えてやる、て、そう言わはるんどすか――

それはいつまでたっても、決して交わることのない会話であった。お輪は悲しくなり、そのまま火伏堂を後にしたのだ。

（島村さんに会うてみようか）

会って、本当のことを聞いてみようか。ふとそう思った。

だが、そうすれば、島村は誰からその話を聞いたのか、と疑問に思うだろう。帰燕の口から出たことが分かれば、帰燕が葛原騏一郎だと認めたことになる。

今の島村の様子から、彼自身も迷っているようにも思える。たとえ姿形は似ていても、何かが違うことを、おぼろげに感じているのだろう。事が事だけに人違いは許されない。

その時、戸締りを済ませた店の戸をドンドンと叩く音が聞こえた。呉兵衛が応対に出たようだ。

間もなく、廊下を急ぐ足音がして呉兵衛が現れた。

「二条の『朱音屋《あかねや》』さんからの使いや」

朱音屋は、お美乃の嫁ぎ先の呉服問屋だった。

「なんで朱音屋さんが……?」

急いで出てみると、店先に一人の男が立っていた。

「朱音屋の手代で、惣吉《そうきち》てもんどす」

三十代半ばの男は、お輪に向かって頭を下げた。

「芳松《よしまつ》ぼっちゃんのことで、お願いに上がりました」

「芳松」は、三歳になるお美乃の子であった。

「なんや高い熱を出して、えらいことなんやそうや」

呉兵衛が脇から口を挟んだ。

「幸い、医者の薬が効いて熱は下がったんどすけど……」

と、惣吉は早口になる。

「丸三日が経つていうのに、一向に目を覚まさはらへんのどす」

芳松はずっと眠ったままなのだと言う。

「その間、飲まず食わずで……。こうなったら、祈禱かお祓いを頼まなあかん、て話になった時に、若御寮さんが火伏堂の噂を思い出しまして……」

――火伏堂の新しい堂守が、えらい験力のある行者様やて評判になってはる……――

「それやったら、縁見屋さんに頼んで貰うたらどうやろ、てことになりまして、若御寮さんが、わてをこちらによこさはったんどす」

「そう言うこっちゃ。わては火伏堂に行ってくるさかい、お前は、ここで……」

「うちは、先に朱音屋へ行ってる」

お輪はすぐに呉兵衛の言葉を遮っていた。

「お美乃ちゃんは、きっと心細い筈や。うちが側についていてあげんと……」

「せやけど、お輪……」、と呉兵衛は何か言いたげだ。

(お父はん、気づいてはったんやな)

お輪がお美乃と疎遠になった理由を、やはり呉兵衛は知っていたのだ。

――祟り憑きの縁見屋の娘と付き合うたら、悪縁を貰う……――

だが、千賀の無念は、縁見屋の娘にのみ取り憑いているだけだ。決して、他者に飛び火するようなものではない。今のお輪はそう信じている。

「そうして貰えると、助かります」

惣吉は安堵したように言った。

「若御寮さんが、お輪さんにも来ていただければ、とそう願《ねご》うてはるんどす。今さら呼べた義理やないけど、お輪さんの顔が見られれば、きっと安心できるやろ、て、そない言うてはりました」

お美乃自ら頼みに来たかったらしい。だが、子供の側を離れる訳にはいかなかったのだ。

「朱音屋」の玄関先で、惣吉が「縁見屋のお輪さんをお連れしました」と声をかけた。

その途端、バタバタと慌ただしい足音が聞こえてきて、お美乃が姿を現した。

「お輪ちゃん……」

お美乃は素足のまま土間に下りると、いきなりお輪に抱きついてきた。

「おおきに、来てくれて……。うち、もう心細うて……」

お美乃はお輪に頰を寄せて、涙声で訴えた。

「今までのこと、堪忍してな。うちはずっとお輪ちゃんと仲良うしたかったんやけど、お母はんに止められてしもうて。ひどいことをしたて、ずっと悔やんでた。せやのに、こうして来てくれるやなんて……」

「おおきに。ほんまに堪忍なあ」、とお美乃は何度も繰り返した。

「うちはなんとも思うてへん。お琴は肌に合わんさかい、やめただけや。仲良うしようにも、家が遠いさかい、遊びに行けへんかったんや」

お輪は笑顔を作ると、お美乃の身体を引き離して、その顔を覗き込んだ。元々、目の大きなふっくらとした顔立ちの娘だった。それが今はすっかり頬がこけ、目も落ちくぼんでいる。髪も乱れ、十八歳という年齢よりも十歳は老《ふ》けて見えた。

よほど心労が重なっているようだ。

「ようおいで下さいました」

家の奥から、二十代半ばくらいの男が顔を出した。細面で柔和な顔立ちをしている。

「朱音屋の主人で、芳蔵《よしぞう》と申します」

穏やかに挨拶をするが、やはり目の下には隈《くま》ができている。ここ何日も、まともに寝てはいないのだろう。

「早う上がって貰いなさい」

芳蔵はお美乃を促した。

「行者の帰燕様は後から見えられます。安心して下さい」

お輪は芳蔵に言った。

案内された座敷には、小さな子供用の布団の中に、三歳になる芳松が寝かされていた。

一見、安らかな寝顔に見える。その傍らには、芳蔵の両親らしい老夫婦が座り、枕元には慈姑頭《くわいあたま》の初老の医者がいた。

お輪はお美乃の舅と姑に挨拶をした。舅は疲れ果てた顔で、「よう来てくれはりました」と言ったが、姑の方は険のある目を向けてきた。

「孫が生きるか死ぬかの大事な時に、選《よ》りに選って『縁見屋の娘』を呼ぶやなんて、ほんまに縁起でもない……」

不満の声は、明らかにお美乃に放たれたものだ。

「お母はん、言い過ぎやないか」

すぐさま芳蔵が制していた。お美乃は無言で俯いている。その顔が今にも泣き出しそうに歪んでいた。

お美乃は息子が病に罹《かか》ったことで、姑からずっと責められ続けていたらしい。

（これでは、お美乃ちゃんが可哀そうや）

強い憤りを感じていた時、廊下の障子が開いて惣吉が現れた。

「行者様がお着きになりました」

帰燕は一歩座敷に入るなり、眉を曇《くも》らせた。

「火伏堂の帰燕様どす」

お輪は帰燕を迎え入れると、一同を見回して言った。

「ほんまに、行者様なんどすか」

お美乃の姑が不審そうに見つめている。確かに、今の帰燕は着流し姿で、薄い羽織りを引っ掛けているだけだ。背に流した総髪といい、一見、ただの町医者に見えなくもない。

「熱はすでに下がってます」

医者が不満そうな顔で帰燕に言った。

「病は癒えた筈やのに、一向に目を覚まさはらへん。あんさんに、何か打つ手があるて言わはるんどすか？」

大店が呼んだのだ。京でも名のある医者なのだろう。それでも治せない病を、この行者とも見えない男が治すと言う。医者は帰燕に疑わしそうな目を向けている。

帰燕は気にする風もなく、眠っている芳松の側に寄った。そっと顔を覗き込み、首筋に軽く指を当てて脈を見る。

「高熱は、どれぐらい続いていたのですか」

帰燕はお美乃を振り返った。

「二日ほどどすやろか。苦しそうにはしていましたが、水を欲しがりましたし、粥を食べさせることもできました。医者様の煎じた薬湯も飲みましたさかい、熱も下がり、安心していたんどす」

ところが、その後の三日間は眠りっぱなしで、揺すっても呼びかけても全く起きようとはしない。父親の芳蔵などは、心を鬼にして、幼子の頬を手で叩きもした。

「わしも、これまでこのような病は見たことがあらへん」

医者は沈痛な面持ちで首を左右に振った。

「夜に薄着で寝かせたりするさかい、悪い風邪に罹りましたんや」

姑は、すべてお美乃が悪いと言わんばかりだ。

「お義母はん、堪忍しとおくれやす。芳松が、あんまり暑がるもんやさかい……」

お美乃には、もはや返す言葉もないようだった。お輪はお美乃の肩にそっと手を掛けた。

「お美乃ちゃんのせいやあらへん」

だが、お輪の慰めの言葉を、姑はぴしゃりと跳ねつけていた。

「芳松は大事な跡取りどす。最初から乳母に任せたらええのに、お美乃が自分の手で育てる言うて聞かしまへん。子供の言うなりになって甘やかすさかい、こないなことになるんどす」

「お勢《せい》、ええかげんにしや」

とうとう舅が妻を止めていた。

「お美乃ばかりを責めんといて下さい。わても悪いんどっさかい……」

芳蔵も妻を庇《かば》おうとする。

「皆さん、ここから出て行って下さい」

帰燕の凛とした声が響いた。

「お子さんを助けるのに、お輪さんとお美乃さん以外の方は不要です」

「いらん、て、どういうことどすか？」

姑のお勢が帰燕に詰め寄った。

「ここにあるのは、芳松の身体だけです。魂が抜けて、どこかをさ迷っている。幼い子供が三日もこのままでいては、身体も弱り、命も尽きてしまいます」

「ほな、どないしたら、芳松の魂を戻せるんどすか」

お美乃が帰燕に縋りついた。

「あほらし、とんだ似非《えせ》行者を連れて来たもんや」

お勢は声を荒らげた。

「祈禱で済むんやったら、真っ当なお寺さんを呼びます。さっさと帰って……」

帰燕の鋭い目が、一瞬お勢に向けられた。ふいに、お勢はぐっと喉を詰まらせると、ごほごほと咳《せ》き込み始めたのだ。こうなると言葉も話せない。

「その方は不安が大きくなると、人を貶《けな》さずにはおられぬ性質のようだ。騒ぎすぎるので声を消しました」

お勢の咳《せき》は止まったが、帰燕の言うように声が出なくなっている。

「お子さんは必ず助けます。他の方はこの場から出て下さい」

強い口ぶりで言い切ってから、帰燕は医者に目をやった。

「あなたもです」

お勢は夫と息子に支えられるようにして出て行った。医者もまた、しぶしぶ腰を上げた。立場上、成り行きを見届けたかったようだ。

帰燕はお美乃を傍らに呼んだ。

「魂が身体から抜けるやなんて、そないなことが起こるんやろか」

お美乃はそっとお輪に囁いた。どうやら帰燕に恐れを感じているようだ。直接、問うのは勇気がいるらしい。

「帰燕様に任せておいたら、大丈夫や。それに、あのお義母はん、ほんまに煩いわ。お美乃ちゃんもよう我慢してはったなあ」

「その分、お義父はんが優しゅうしてくれはるし、芳蔵さんもええ人や。お義母はんがきついくらいはどうってことあらへん」

お輪の言葉に安堵したのか、お美乃はやっと笑顔を見せた。

帰燕は蠟燭を近くに寄せると、懐から何かを取り出した。

「帰燕様、それは……」

お輪が問うより早く、帰燕が答える。

「あの秘図面です」

帰燕は天狗の秘図面をさっと広げると、お美乃の前に差し出した。

相変わらず、秘図面には何も描かれていない。薄い柿色の表面の粗い楮の筋が、やみくもに張られた蜘蛛《くも》の糸のようだった。

「心の中で、お子さんに呼びかけてみて下さい。母の声ならきっと届く筈です」

お美乃は怪訝そうな顔で、お輪を見る。お輪は頷いた。

「帰燕様の言う通りにして。きっと上手くいくさかい……」

お美乃はじっと両目を閉じた。

間もなく、蠟燭のほのかな明りに照らされた秘図面に変化が起こった。楮の繊維が、まるで虫か何かのように動き出したのだ。

お輪が源蔵の居場所を捜そうとした時と、全く同じだ。

やがて、表面に小さな社が浮び上がった。朱塗りの鳥居も見える。

あっと思った。お輪が見た時の物に似ているのだ。以前はぼやけていたが、今は建物の形もはっきりしている。

「愛宕社や」、とお輪は呟いた。その声にお美乃は目を開いた。さっきまで何もなかった秘図面に神社の姿が現れているのを見て、驚いたように息を飲んでいる。

愛宕社は、火伏堂のある錦小路から、二筋南に下がった所にある小さな神社であった。東西に走る綾小路通《あやのこうじどお》りと、南北の油小路通りが交わる辺りだ。

愛宕社というだけあって、やはり火の神が祀ってある。裏手には「天狗井戸」と呼ばれる空井戸があった。

火事になると、この井戸に水が湧くと言う。火を消すための水を愛宕山の天狗が与えてくれるのだ。ただし、みだりに立ち入って天狗の怒りを買うと、反対に火災が起きるとも言い伝えられていた。

――せやさかい、この井戸の周辺には入ったらあかん――

子供等は大人たちからそう厳しく言われていた。しかし、井戸の周辺は櫟《くぬぎ》の林であった。秋は団栗《どんぐり》の宝庫になる。子供たちにとっては、とても魅力的な場所だった。

お輪も幼い頃、一度だけ、徳次に連れられてここへ来たことがあったのだ。

(源蔵さんは、このお社にいてはるんやろか)

そう思った時、お美乃が口を開いた。

「ここに芳松がいてるんどすか。せやったら、すぐに迎えに行ってきます」

立ち上がりかけて、すぐに困惑したように座り込んだ。芳松は、今、お美乃の目の前で眠っているのだ。

「そこは、お子さんの魂の在る所です。生身の身体では行けません」

「いったい、どないしたらええんどす？」

お美乃はもどかしそうに帰燕を見る。

「お輪さん、ここがどこか分かりますね」

問われて、お輪は頷いた。

「あなたが迎えに行ってあげて下さい」

「せやけど、生身では行けへん所やて……」

だが、お輪にはすぐに帰燕の意図が分かった。お輪の魂は、これまでも幾度となく己の身体から抜け出している。その理由が、千賀の魂を抱えているせいなのか、元来離魂し易い性質なのかは分からなかったが……。

帰燕はお美乃に香炉を求めた。

「無意香どすか」

尋ねたお輪に、「いいえ」と帰燕はかぶりを振った。

「無明香《むみょうこう》です。あなたの魂を解き放った後、迷子にならぬよう、私の念で繋ぎ止めるために使います」

「迷子、て、なんや子供みたいやな」

笑うと、帰燕は真剣な顔になった。

「人の魂はほんの少しでも気にかかるものがあると、すぐにその方へ飛んで行ってしまいます。芳松の魂が、いつまでもその場所に在るかどうか分からないように、あなたの魂が迷ってしまうこともある」

「なんも案じることはあらしまへん」

お輪は明るい口ぶりで言った。

「帰燕様の念のあるところへ、うちは戻って来ますさかい……」

「そうして下さい。あなたの魂が抜けたままだと……」

「うちは死んでしまうのどすか」

あまりにも帰燕の顔が深刻そうだったので、お輪も少し不安になる。

「その時は、千賀の魂があなたの身体を奪ってしまいます」

お輪は一瞬息を飲んでいた。無言で自分を見つめる帰燕の顔に、複雑な表情が浮かんでいる。

（むしろそうなることを、帰燕様が望んでいるのだとしたら……）

お輪は帰燕に笑いかけた。

「それやったら、清太郎さんは、お母はんに会えてことどす。うちは、それでもかましまへんえ」

「私が嫌なのです」、と帰燕は即座に言った。

「ですから、必ず戻って来て下さい」

強い口ぶりで念を押すと、帰燕は懐から香の入った小袋を取り出していた。

しばらくすると、香炉からゆらりと煙が立ち上り始め、何やら甘く濃密な匂いがお輪の身体に纏わりついてきた。

帰燕はお美乃に、芳松の手をしっかりと握るように言った。

ほどなく、お輪は強い眠気に襲われた。首ががくりと下がり、身体がひっくり返るような感じを覚えた瞬間、天井で頭を打ちそうになって、お輪は思わず首を竦《すく》めてしまった。

自分の身体が眼下にあった。倒れかけたお輪を、帰燕が抱き止めている。帰燕の視線が上がり、お輪のいる方を見た。

——行きなさい——

帰燕の声が頭に響いた途端、お輪の身体は天井を突き破るようにして、空へと飛び上がっていた。

満天の星が視界でグルグル回っている。十五夜間近の月が、やたらと大きく見えた。お輪は肌寒さを感じて、身震いをする。

気がつくと林の中にいた。周囲が明るい。木の間を通して差し込む日差しが、柔らかく感じられた。吹き寄せる風が木々の葉を鳴らす。踏みしめる足元には、茶色や赤や黄色の落ち葉が、錦の敷物でも広げたようだった。林はすでに落葉の季節を迎えていた。

木々の枝を通して見える空が、ひどく青い。

(まだ秋が始まったばかりやったのに……)

つい先ほどまでは、夏の暑さも残っていたのだ。

林は奇妙な静けさに包まれていた。お輪が歩く度に、足元の葉がカサカサと鳴った。

間もなく井戸が見えてきた。周りを粗い石で筒状に囲ってある。井戸の縁に、誰かが腰を下ろしていた。最初は黒々と見えた人影は、お輪が近づくほどに鮮明になった。

「源蔵さんっ」

お輪は思わず声を上げていた。

人影は、持っていた杖《つえ》の先を地面に突き立てると、ゆっくりと立ち上がった。

「源蔵さん、どうしてここに……」

思わず駆け寄ってから、何やら奇妙な感覚に捉われた。

お輪は身体から離れて、芳松の魂を追ってここへ来たのだ。ここは愛宕社の裏手の椽の林だ。今、目の前にあるのは、紛れも無く天狗井戸の筈だ。そこに、なぜ源蔵がいる？

天狗の秘図面で源蔵を捜した時も、映し出されたのは愛宕社だった。

「うちの姿が、見えてはるの？」

お輪は問いかけた。もし、そうなら、源蔵はすでにこの世にはいないのかも知れない。

実際、源蔵の姿は五年前と全く変わっていなかった。白いひげを生やした顔も当時のままだ。幾分小さくなったように思えるのは、お輪が成長したからだろう。

「わしはこの世の者であって、この世の者ではないんや」

源蔵はにっこりと笑った。その皺だらけの笑顔が、お輪には懐かしい。

「わしには天狗の術が掛けられとる。それが解けぬ限りは、安らぎは得られへん」

お輪には全く訳が分からない。困惑していると、源蔵は急かすように言った。

「お前がここへ来たのは、わしを捜すためやないやろ」

お輪はハッとして周囲を見回した。

「早く芳松ちゃんを見つけへんと……」

すると、源蔵は橡の林の奥を指差した。

「幼子なら、あの辺りにおる。団栗を拾うのに夢中でのう。家に帰ることも忘れとる」

お輪は林の奥へ向かおうとして、源蔵を振り返った。礼を言おうと思ったのだ。だが、すでに源蔵の姿はそこにはなかった。

(源蔵さんは愛宕社にいてはる。それが分かっただけでもよかったんや)

お輪は自分を納得させると、芳松の名前を呼んだ。

間もなく、小さな芥子《けし》坊主頭が見えてきた。しゃがみ込むようにして、何やら地面から拾い上げている。

安堵して、お輪は芳松の側に近寄った。

「芳松ちゃん、お姉ちゃんと帰ろ。お母はんが心配してはるえ」

ところが、芳松にはそれが聞こえないらしい。よほど団栗を拾うことに熱中しているようだ。立ち上がってちょこちょこと進んでは、またしゃがみ込む。それを繰り返しながら、小さな手で団栗をつまんでは、もう片方の手の中に入れている。

とっくに掌の団栗は一杯になっていそうなものなのだが、拾った端から次々に零れ落ちていて、一向に溜まる様子はなかった。

お輪は、自分が同じように団栗を拾っていたことを思い出した。四歳ぐらいの頃だったろうか。

丸や細長い形の団栗が、可愛い頭巾を被って幾つも幾つも落ちている。それが宝物のように思えて、拾うのがただ面白かった。あの時は、徳次が巾着袋に溜めていた。後で、志麻が団栗をお手玉の中に入れてくれたのだ。

天狗井戸の側に入ったことが大人にばれて、徳次はかなり叱責されたらしい。五日ほど、愛宕社の境内の掃き掃除をさせられた、と、何年か経ってからお輪に語った。

――掃いても掃いても、すぐに境内は枯葉で一杯になるんや。そりゃあきつかった――

神さんには、逆らわんとこ……。そう子供心に悟ったのだと言う。

「なあ、芳松ちゃん。このままやったら、家に戻れんようになるえ」

しだいにお輪は心配になってきた。果たして、お輪の声は聞こえているのだろうか。

お輪は芳松を抱き上げようとした。小さな身体だ。軽々と持てるだろう。

しかし、お輪の手は芳松の身体をすり抜けるばかりで、着物の端も摑めないのだ。

お輪の中で焦りが募り始めた。せっかく見つけても、このままでは連れ戻すことができない。

突然、「坊や」と呼びかける声が、お輪のすぐ隣で聞こえた。その方へ顔を向けようとした時、女が芳松の方へ手を差し伸べるのが分かった。

一瞬、その横顔が見えた。おぼろげに知っているような気がした。着物の柄にも覚えがある。地味な紺の絣《かすり》だ。

すぐに千賀だと分かった。

「坊や、おいで」

千賀は芳松を呼んでいる。芳松は顔を上げて千賀を見た。

千賀は優しげな声でさらに言った。

「もう遅い。おうちに帰らんと……」

ふいに周囲の景色が変わった。昼間だった筈なのに、すでに日が暮れかかっている。黄昏《たそがれ》時を迎えた林の中は、大人でも怖い。

芳松は初めて、自分の置かれた状況に気づいたようだ。急に声を上げて泣き始めた芳松に、お輪は急いで両手を伸ばした。

ところが、お輪より早く、千賀が芳松を抱き上げたのだ。

「千賀さん、違う。その子は清太郎さんやない」

それまで一度も合うことがなかった千賀の視線が、お輪をまっすぐに捉えていた。

千賀はどこか悲しげな顔で小さく微笑んだ。優しい笑みだ。それは、子を心から想う母親の顔でもあった。

ふいに腕がずしんと重くなった。気がつくと、芳松はお輪の腕の中にいた。

千賀の姿はない。千賀は再びお輪の中に戻ったのだ。

千賀が芳松を清太郎の代わりに連れて行く筈はない、とお輪は思い直した。

帰燕は「母の声なら届く」とお美乃に言った。

芳松には、お輪が全く見えていないようだった。だが、同じ母親である千賀の姿は見え、その声は聞こえたのだ。

「おおきに、千賀さん……」

これでお美乃の許へ芳松の魂を連れて帰ることができる。ふっと意識を朱音屋に向けた時、すでにお輪は芳松と共に部屋の中にいた。

眠っている芳松の手を握りしめているお美乃がいる。一方、お輪の身体は、その傍らに寝かされていた。

芳松はすぐに母親に気づいたようだ。お輪の腕から飛び出して、お美乃の身体にしがみついた。

その瞬間、眠っていた芳松の目が開いた。

お美乃が芳松の名を呼び、小さな身体をしっかりと抱きしめている。後は、お輪が自分の身体に戻るだけだ。

ふと、誰かに手を握られた気がした。振り返ったそこには、千賀の顔があった。

千賀に強い力で引っ張られ、お輪の魂は再び部屋から飛び出していた。

突然、眼前が真っ赤になった。周囲を燃え盛る炎が渦巻いていた。風に翻る朱色の薄絹が、京の町を覆い尽くしている。逃げ惑う人々の姿が見えた。悲鳴や怒号が、まるで耳を塞がれたかのように、かすかに聞こえていた。

お輪は炎に囲まれ、呆然とその場に立っているだけだ。燃え落ちる建物が、激しく呼吸するように、火の粉を飛ばしていた。雨のように降り掛かる火の粉を全身に受けながら、お輪は驚きのあまり声も上げられないでいた。

(子供の頃に見ていた、大火事の夢や)

夢だから、熱も感じない。

(千賀さんが、うちに見せてるんや)

ふいに身体が軽くなり、お輪は空中に浮かんでいた。眼下に、燃える京の町が見える。何度も夢で見せられた光景だ。そう思った時、思わず身体に震えが走った。

千賀が縁見屋の娘たちに見せていた大火事は、八十年ほど昔の宝永の大火の筈だった。当時、炎は堀川の手前で止まった。堀川沿いにあった岩倉屋だけは被災を免れた。

今、お輪が目にしている大火事は、その堀川を越えて燃え広がっているのだ。

(これは、宝永の大火とは違う……)

お輪が昔話に聞いていた火事よりも、遥かに規模が大きい。

伸び上がった炎が夜空に届きそうだった。お輪は顔を上げ、天空に目をやった。

星が無数に飛び交っている。それらの星が集まり、やがて大きな輪を描いた。その輪が、ゆっくりと回り始め、突如、雷鳴にも似た轟音《ごうおん》が、お輪の耳をつんざいた。言い知れぬ恐怖が全身を貫き、お輪はついに悲鳴を上げていた。


「お輪さん、お輪さん……」

悲痛な声が聞こえた。お輪はハッと目を見開き、帰燕の腕の中にいるのを知った。

「帰燕様……」

帰燕は不安そうにお輪の顔を覗き込んでいた。

「大丈夫ですか」と問われて、「息が苦しい」と答えた。帰燕は、お輪の身体をあまりにも強く抱きしめていたのだ。

「お輪ちゃん」

案ずるようなお美乃の声がした。その方を見ると、芳松を抱き上げているお美乃の姿があった。芳松は丸い目をぱっちりと開き、不思議そうにお輪を見つめている。

「良かった。芳松ちゃん、無事に戻って来たんやな」

帰燕の腕が緩んだので、お輪は安堵と共に大きく息を吐いた。

「お輪ちゃんが一向に目を覚まさはらへんし、帰燕様もうちも心配してたんやで」

そう言ってから、お美乃は目元の涙を拭った。

「いきなり大きな声を上げて、飛び起きたもんやさかい、心の臓が潰れるかと思うた」

「何か恐ろしいものでも見たのですか」

お輪は大火事のことを言おうかと思ったが、口にするのはやめた。帰燕のこれほど不安そうな顔を見るのは初めてだったからだ。

「そうやない。それよりも、うちはなんや疲れてしもた」

嘘ではなかった。全身がひどく重だるい。今は家に帰って眠りたかった。

「お父はんは……」

そう言えば、父はどうしたのだろう？

「朱音屋の場所を聞いてから、呉兵衛さんには帰って貰いました。きっと家で案じておられることでしょう」

休んでいって、と言うお美乃の申し出を断って、お輪は帰燕に背負われて朱音屋を出た。

すでに夜明けだった。白い月が名残惜しそうに西の空に張りついている。

「帰燕様は、千賀さんが力を貸してくれる、て知ってはったんやろ」

帰燕の背中の温もりを感じながら、お輪は尋ねていた。

「はい」、と帰燕が返事をする。その言葉を待つ間も、お輪は眠くて堪らない。

「もう眠って下さい。あなたは本当によくやってくれました」

帰燕の言葉はお輪の耳に心地良く響き、ますます眠くなってくる。

火事の夢のことは後で考えよう、と思った。今は何もかもが安らかだった。

其の二

お輪が目覚めたのは、昼をかなり過ぎた頃だった。よく眠ったせいか、身体も随分と楽になっていた。身じまいを済ませ、鏡の前で髪を直す。少しやつれたようだ。

店に顔を出すと、呉兵衛が帳簿を付けていた。お輪の顔を見て、「もう起きてもええんか」、と案ずるように聞いてきた。

「よう寝たさかい、なんともあらへん。それより、帰燕様は?」

「しばらくいてはったんやが……」

お輪の眠りが深くなったのを確かめてから、帰燕は火伏堂に帰って行ったと言う。

「お前のお陰で何もかも上手くいった、言うて喜んではった。詳しいことは聞いてへんのやが、いったい何があったんや」

呉兵衛としても、気になるところだろう。

「とても一言で言えることやあらへん」

芳松の魂が身体から離れて迷子になっていた、とか、お輪が魂だけになって捜しに行ったとか、千賀が助けてくれたのだ、とか……。改めて考えてみると、どれもこれも夢のような話ばかりで、とても呉兵衛に納得できることではないような気がした。

「とにかく、帰燕様の祈禱が効いたんや。子供も助けられたし、お美乃ちゃんも喜んではった」

「一刻ほど前に、朱音屋さんから使いが来てな。子供さんが無事やったて話は聞かせて貰うた。礼に、お前の婚儀の折には、ぜひ花嫁衣装を用意させて貰いたい、て言うてくれてな。火伏堂への御布施を置いて行かはった」

さらには、後からお美乃が縁見屋を訪ねて来ると言う。

「お美乃ちゃんが来はるの？」

お輪は思わず念を押していた。それほど嬉しかったのだ。

午後、お美乃は下女を連れてやって来た。お輪はさっそく、お美乃を奥の座敷に招き入れた。

お美乃の持参した菓子にも手を付けず、二人は一刻ほどしゃべり続けた。話題は尽きぬほどあったが、お輪はふと気になっていたことを口にした。

「お美乃ちゃんのお姑さん、あれからどないならはったの？」

お勢の毒のある言葉は、帰燕を怒らせた。帰燕はお勢から声を奪ったのだ。

「今朝方、帰燕様が戻らはる時に言うてはった通りにしたんや」

――声を元に戻すには、生姜《しょうが》を絞った葛湯《くずゆ》を飲ませればよい――

「ただし、うちの手で飲ませるように、て」

お美乃はひと匙《さじ》ひと匙すくっては、お勢の口に運んだ。

「しばらくしてから声は出るようになったんやけど、妙に大人しゅうならはって……」

お美乃は少女のようにくすりと笑った。

「まるで借りてきた猫、みたいや」

――あなたのお陰で、声が戻ったと思わせることが大切なのです――

「お義母はん、うちに感謝してはるようや」

それから、お美乃は急に真顔になった。

「お輪ちゃんがなかなか目を覚まさへんさかい、ほんまに心配したんえ」

芳松が目覚めても、お輪は眠ったままだった。

そのお輪が、急に悲鳴を上げて飛び起きた。帰燕が腕に抱き止めて、何度も名前を呼んでいる内に、やっと正気に戻ったのだと言う。

「初めは、帰燕様は怖い人やて思うてた。あのお義母はんを一睨みで黙らせてしまうんやもの。せやけど、お輪ちゃんを案じている帰燕様を見て、この人は、心からお輪ちゃんを大事にしてはるんや、てそないな気がしたわ」

お美乃はそっと窺うようにお輪を見た。

「ほんまは、お輪ちゃんも帰燕様を慕《しと》うているのんと違う?」

「あの人は行者様や。うちだけやない。誰に対しても親切にしてはる」

それはそれで、間違ってはいない。

「ほんまにそれだけやろか」

お美乃は首を傾げた。

「今、徳次さんと縁組の話があるんや」

お輪は徳次の名を持ち出していた。

「東雲屋さんと？　お輪ちゃん、お嫁に行かはるの」

「まだ、分からへん」

「ええ話やないの」、お美乃は娘のようにはしゃいでいる。

「呉兵衛さんには伝えたんやけど、花嫁衣装は朱音屋で仕立てるさかい」

お美乃はまるで自分のことのように喜んでいる。お輪は複雑な気持ちになった。

「来てくれて嬉しかった。おおきに」

別れる時、お輪はお美乃に笑いかけた。本心から出た言葉だ。久しぶりに、琴の稽古で出会ったばかりの頃の二人に戻れたような気がした。

「芳松ちゃんが寂しがるさかい、早う帰って……」

お美乃は頷くと、お輪の手を取った。

「出かける言うても、お義母はんの機嫌が悪うならんようになった。今度は芳松も連れて来るさかい」

表でお美乃を見送った後、店に戻ると、「えらい嬉しそうやな」と呉兵衛が言った。

そう言えば、これほど何の屈託もなく、心が弾む思いをしたのは何年ぶりだろう。

ここしばらく、お輪の身には、あまりにも多くのことが起こり過ぎていた。お美乃との友情を確かめ合うことができたからといって、それらの懸念が消えてなくなる訳ではなかったが、立ち向かう勇気は湧いてくる気がした。

今、もっとも気にかかるのは、愛宕社にいた源蔵と、あの大火のことだ。

あの時、お輪は千賀に引っ張られるようにして、燃える京の町に連れて行かれた。

(千賀さんが、うちに知らせようとしてるんやろか……)

堀川を越えて広がるほどの火災など、聞いたことがない。

「火伏堂へ行って来る」

お輪は呉兵衛に言った。

いつもなら気軽に送り出してくれる呉兵衛が、その顔を曇らせている。

「あんまり火伏堂へ行くのは、やめた方がええ」

お輪は怪訝な思いで父親の顔を見た。

「お前もじきに嫁に行く身や。たびたび帰燕様と一緒にいるところを他人に見られるのは、ええことやあらへん」

「世間体がようない、て言うてるの？」

「最近、火伏堂に人の目が集まるようになってる。さっき来てはった朱音屋の女中まででも、帰燕様の話をしてはった。帰燕様のことが評判になればなるほど、側にお前がいたら、なんて言われるか……」

「うちは、他人にどう思われようが気にしてへん」

「縁見屋の娘は祟り憑きや」、と散々噂をされてきたのだ。今さら、どんな尾鰭《おひれ》が付こうが、お輪にとってはどうでもよいことだ。

「東雲屋の体面のことを言うてんのや」

呉兵衛は語調を強めた。

「お前が徳次と一緒になるなら、余計な噂が立っては、あちらさんが迷惑するやろ」

「うちは、まだ嫁に行くとは決めてへん」

お輪は頑強に突っぱねた。徳次にはっきりと返事はしていない。なのに、呉兵衛も徳次もすでにその気でいるようなのだ。それもこれも、勧めたのが帰燕だからだ。

「お前が帰燕様を慕うているのは、わてにかて分かる」

呉兵衛は辛そうに顔を顰めた。

「今朝方、帰燕様に背負われて戻って来たお前を見た時、わてはつくづく思うた。こないに安らかなお前の寝顔は、見たことがない、てなあ」

お輪は無言になった。言葉が何も浮かんでこなかったのだ。

「何もかも任せきって安心しとる顔や。お前が心から帰燕様を信頼しとるのは、よう分かった。わてかて、できたら帰燕様にこのまま残って貰いたい。お前と一緒になって縁見屋を継いで貰いたい、そう思う気持ちもある。せやけどな……」

呉兵衛はさらに諭すように、お輪に言った。

「帰燕様は愛宕山へ戻って行かはるお人や。帰って来たんやない。やがては帰って行かはる燕なんや。せやから、『帰燕』と名乗らはった。わてはそう思う」

「うちも、そない思うてる」

お輪はやっとの思いで口を開いた。

「せやさかい、帰燕様を困らせるようなことはせえへん。あの人は、縁見屋の娘に憑いた祟りを祓おうとしてくれてはる。徳次さんとのことは、その後で考えたいんや」

呉兵衛は「ほうか」とだけ言った。

蛇小路を抜けて、お輪は火伏堂に向かった。裏木戸を開けると、すぐに鶏頭の一群が目に入った。鶏頭の花は炎に似て、赤く静かに燃えている。お輪の心にも、そんな炎が揺らめいてるような気がした。

境内の隅には、白い小菊も咲いている。赤蜻蛉《とんぼ》が数匹、お輪の視界を泳いで行った。

帰燕は相変わらず宿坊にはいなかった。お輪は御堂を見た。表の格子戸が開いている。今日は誰も祈禱を頼む人がいないようだ。

お輪は御堂の中へ入った。一歩踏み込んだ途端、薄暗い堂内にぬっと立つ人影に、一瞬、身体が竦んだ。人影は島村であった。

島村は視線を床に落としていた。見ると帰燕が倒れている。

お輪は慌てて帰燕の身体に縋りついた。

「帰燕様、帰燕様……」

幾度か呼びかけてから、お輪は島村を見上げた。

「島村様、違います。帰燕様は、あなた様の捜してはるお人やあらしまへん」

お輪は帰燕を庇うように両腕を広げた。日の光を背にして立っている島村の顔は、暗い影に覆われていて、今まで知っている彼とは別人のような気がした。

今にも島村が刀を抜くのではないか、そんな恐怖にお輪は襲われていた。

「帰燕殿は、眠っておられるようです」

ふいに張り詰めていた糸が切れた。島村はお輪の側にしゃがみ込むと、掌を帰燕の額に当てた。

「熱はない。それに呼吸も穏やかだ。病ではなく、ただ眠っているだけですよ」

お輪は尻もちをつくように、その場に座り込んでしまった。安堵したのと同時に、たった今、自分が放った言葉を必死で考え始めた。

「私がお訪ねした時には、すでに眠っておられました。何度声をかけても、起きる気配はありません。よほど疲れておいでかと……」

天狗の鬼霊を持つとは言っても、所詮、身体は生身の人間なのだ。お輪の魂を飛ばしたり、呼び戻したりするのは、やはり相当な力のいる術なのだろう。

島村は帰燕の身体を起こした。

「宿坊に運びます。寝床を用意して下さい」

お輪は宿坊に向かった。その後を、帰燕を背負った島村がついて来る。

お輪は布団を敷き、帰燕を寝かせた。

「医者を呼ぶ必要はないと思います。しばらくすれば目覚めるでしょう」

「島村様は、どうしてここへ？」

「帰燕殿に、どうしても尋ねたいことがあったのですが……」

島村はお輪を見つめながら言った。その真剣な眼差しに、お輪の身体は一瞬にして凍りついていた。

「帰燕殿の口からじかに聞くつもりでしたが、あなたが教えてくれました」

「うちは、何も言うてしまへん」

お輪は無理やり笑ってかぶりを振った。

「あなたは、私が捜している男のことを知っているようです。それを誰から聞いたのですか？」

なんと言えばよいのだろう。お輪の頭はただ混乱するばかりだ。

「葛原、という男の名を聞いたことがありますか」

島村はさらに聞いてくる。お輪はじっと押し黙った。

「葛原騏一郎といいます。やはり御存じなのですね」

返事ができないことが、答えであった。

お輪は島村の腕を取ると、宿坊の外へと連れ出した。傾きかけた日差しが、二人の影を長く伸ばしている。

島村の影はさらに大きくなって、お輪までも飲み込んでしまいそうだった。

「島村様の知ってはるお人と、帰燕様は違います」

お輪は腹に力を込めて、きっぱりと言った。

「帰燕様は、葛原の身体を借りてはるだけです」

「どういうことですか」

島村の声は静かだったが、その声音には明らかに怒りがあった。

「借りる、とは、どういう意味ですか。葛原騏一郎本人ならば、私はあの男を斬るだけです」

島村は再び宿坊へ入ろうとする。お輪は咄嗟にその身体にしがみついていた。

「あきまへん。あの方は帰燕様です。葛原騏一郎と違いますっ」

「この三年というもの、私がどんな思いで、葛原を捜してきたか……」

島村はお輪の腕を振りほどくと、激しい視線を向けて言った。

お輪が初めて目にする、島村の顔だった。

それは、怒りよりも悲しみの方が勝るような、深い苦悩を刻んだ顔であった。決して下ろすことのできない重い荷物を背負ったように、打ちひしがれた様子で縁見屋の暖簾を潜った男であった。孤独な、どこか縋るような眼差しを、お輪は今でも覚えている。

あれは、心に救いを求めている者の目だ、とお輪はこの時はっきり悟った。

(島村様のあの時の目は、今のうちときっと同じなんや)

「ほんまは、葛原を斬りとうないんと違いますか？」

お輪は島村の心に届くように声音を強めた。

一瞬、島村の顔に何かが揺らいだ気がした。

「島村様にとって、葛原騏一郎は、大切な人なんと違いますか？」

突然、お輪の身体は傍らの草むらの中に倒れ込んでいた。頰にざらついた土を感じて、初めて島村に突き飛ばされたのが分かった。

ヒュッと風を切る音が聞こえた。我に返って半身を起こした時、島村が刀を抜き放っているのが見えた。

再び鋭く風が鳴り、そこにあった一群れの鶏頭は、たちまち薙《な》ぎ払われてしまった。

辺り一面、斬られた鶏頭の花で覆い尽くされている。

お輪の耳には花の悲鳴が聞こえるようだった。散らされた赤い花は、まさに彼等の流した、血、そのものだ。

「島村様……」

しばらくして、お輪はやっと声をかけていた。

島村はゆっくりと刀を鞘《さや》を納めた。最後にカチリと音がして、島村は大きく息を吐く。

「申し訳ありません」

島村はお輪を助け起こすと、頭を下げて詫びていた。

「お輪さんに、ひどいことをしてしまいました」

島村は心から謝っているようだった。

お輪は周りに散らばる鶏頭に目をやった。

「今斬りはったのは、葛原どすか。それとも、うちどすか？」

お輪の放った言葉の何かが、島村の怒りに火をつけたのは確かであった。

「島村様のお立場も知らんのに、余計なことを言うたさかい、怒らはったんどすやろ」

島村は無言で顔を背けた。

やはり本心から葛原を斬りたい訳ではないのだろう。葛原が島村に特別な関わりのある人間ならば、その葛藤《かっとう》は並大抵のものではないに違いない。

「縁見屋の娘は祟られてる、て話を知ってはりますか」

やがてお輪は静かに言った。

島村は訝しそうにお輪を見た。

「いきなり、あなたは何を……」

「うちはこのままやと、二十六歳で死ぬんやそうどす」

島村が息を飲んだのが分かった。

「長い話どすさかい、縁にでも座って聞いておくれやす」

お輪は島村を縁先に誘った。

「すべては、岩倉屋正右衛門て人から始まったんどす」

それは確かに長い話であった。お輪はできる限り順を追って語りながら、改めて、その時の長さと重さを、我が身に感じていた。

岩倉屋正右衛門の犯した罪、その報いを受け続ける縁見屋の娘たち。そして、お輪の代になって現れた、帰燕という男……。

帰燕は愛宕山の天行者であり、お輪を千賀の呪縛から解き放とうとしてくれている。帰燕の魂は、葛原騏一郎という男の中にあるが、今となっては、騏一郎も清太郎と同じように、天狗の鬼霊の一部なのだということも……。

「到底信じられる話やないて思います。頭がおかしゅうなったと思われたかて、しかたおへん。帰燕様が偽物の行者で、うちやお父はんを騙してるて、そない思わはっても……」

「せやけど」、お輪は涙が溢れそうになるのを堪えながら、島村に訴えた。

「『縁見屋の娘に憑いた祟り』は、うちからお母はんを奪い、お母はんからは、お祖母はんを、お祖母はんからは、そのお母はんを……。このままやと、うちも、お母はんと同じ二十六歳で死ぬことになります。考えんようにしていても、やっぱり、怖い。そのうちを、帰燕様は助けようとしてくれてはるんどす」

縁と座敷を隔てる障子の向こうに、疲れ切って眠っている帰燕がいた。他人を助けるために、ここまで力を尽くす帰燕に、命を奪われなければならないほどの罪があるというのだろうか。

「帰燕様は、島村様が葛原の刺客やと知ってはりました。あなた様の口から、その話が出るのを待ってはりました。うちを助けた後、命を差し出すおつもりのようでした。葛原騏一郎という方が、望んでいるからと……」

「葛原が、私に斬られることを望んでいる……」

島村はぽつりと呟いた。

お輪は島村の前に両手をついた。

「お願いどす。帰燕様を斬らんといて下さい。うちのためだけやない。島村様のためにも、どうかこのまま生かしてあげて下さい」

「あなたは、どういう理由で葛原の命が狙われているのか、御存じなのですか?」

お輪は口を噤《つぐ》んだ。詳しいことは何も聞かされてはいない。

「今日は帰ります。安心して下さい。あなたに断りなく、葛原を斬ったりはいたしません」

強張った表情でわずかに頭を下げると、島村は宿坊を出て行った。

島村が去った後、お輪は散った鶏頭の花を片付け始めた。

まるで首を落とされたような花の茎を、一本一本拾い集めていると涙が零れた。

（帰燕様の身代りになったんや）

島村はきっと考え直してくれるだろう。もし、それができるものなら……。

島村の置かれた状況は、分からないままだ。不安はある。それでも、お輪の心の中には、新しい鶏頭の花が咲こうとしていた。


夕刻、帰燕がやっと目覚めた。お輪が厨で粥を煮ていた時だ。

「あなたが、私をここへ？」

驚いたように尋ねる帰燕に、お輪は笑ってかぶりを振った。

「うちは、そないな力持ちと違います」

「島村様が」、と言いかけて、すぐに徳次が運んだ、と言い換えた。なんとなく、島村がいたことは告げない方が良いような気がした。

「随分、お疲れのようどしたえ」

お輪は粥を椀に盛ると、膳の上に置いた。

「起きられますか」、と問うと、帰燕はやや恥ずかしそうに頷いた。

「心配させてしまいましたね」

「帰燕様も、やっぱり『人』なんどすな。幾ら人助けが役行やていうても、無理をしてはるんと違いますか？」

「私の力が及ばないのは、修行が足りぬからでしょう」

帰燕は「いただきます」、と箸を取る。

「お美乃さんが、礼を言いに来はりました」

お輪は、まずお美乃のことから話し始めた。

「芳松ちゃんは随分元気になってはるそうどす。それに、お姑さんもすっかり変わらはった、て言うてはりました」

「何もかも自分の都合通りにしたがる者は、少しは不自由な思いをした方がよいのです。今後は、お美乃さんの存在をありがたく思うことでしょう」

たいしたことではありません、と言ってから、帰燕は椀を空けた。

「それよりも、私に話があるのでは？」

箸を置くと、帰燕は改まったように問いかけてくる。

「芳松ちゃんを連れて戻る時、千賀さんが力を貸してくれました。うちの声は、芳松ちゃんには聞こえへんかったんどす」

「知っています」、と帰燕は頷いた。

「あなたの魂を、私はずっと追っていました」

「千賀さんが助けてくれることも、最初から知ってはったんどすか？」

「眠らせている千賀を起こすのは、少々不安でしたが……」

帰燕はその顔を曇らせる。

「どうやら、その不安が本当になったようだ」

「千賀さんは、うちを大火事の最中へ連れて行きました。子供の頃、何度も見せられた夢の光景やて思いました。せやけど、あれは宝永の大火やなかった。火は堀川を越えて燃え広がっていたんどす。もしかしたら、あれは……」

お輪は縋るように帰燕を見た。

「昔のことやのうて、これから起こる火事なんと違いますか？」

帰燕は何も言わない。お輪はなんだか落ち着かなくなっていた。

「天明八年の年が明ければ何かが起こる。そう言われましたなあ。うちを助けるために『時輪の呪法』を使う、て。それに、その『何か』は、決して良いこととは限らない、とも」

お輪は帰燕の前に膝を進めた。

「それは、宝永の時以上の焼亡に、京の町が見舞われるてことやないんどすか」

帰燕は黙ったままだ。その瞬間、お輪は確信していた。

「嫌どす」

きっぱりと言って、お輪は強くかぶりを振った。

「京の火事で、うちが助かるやなんて……」

それも小さな火事ではなかった。お輪が見た限り、京の大半が火の海であった。御所の辺りも燃えていた。

堀川を越えるほどの焼亡なのだ。縁見屋も火伏堂も燃えてしまうだろう。

多くの人が家を失い、逃げ惑う姿を、夢で何度も見せられてきた。恐怖の声も、家族を失って泣き叫ぶ声も、嫌と言うほど聞かされてきたのだ。実際の身に起こってはいなくても、あの恐ろしさは今でも思い起こすことができる。

「確かに天明八年に、大火災が起きます。天狗の力は火によって高められる。『時輪の呪法』を使うには、京の町を丸ごと燃やすだけの火の力が要ります。ですが、天明の焼亡は、起こるべくして起こるものです。あなたのために起きる訳ではない。私は、それを利用するだけです」

「せやけど、うちは怖い……」

お輪は溢れそうになる涙を堪えながら言った。

「大勢の人が不幸になるのに、たとえ千賀さんの呪縛が解けたかて、うちは嬉しゅうない」

「天空に浮かぶ、大きな輪を見たでしょう」

天を舐《な》めつくすような炎の間から、星の光が無数に集まって巨大な輪を作っているのを、お輪は見ていた。

「あの輪が動けば、宝永と天明の焼亡を重ねることができる。八十年の昔と今とを繋ぐのです。そうすれば、千賀に清太郎を返してやれます。あなたのためだけではありません。千賀と清太郎、それに正右衛門のためでもあるのです」

「正右衛門の……?」

それは思いもよらない名であった。

「今さら正右衛門のことを言うても、どないしようもあらしまへん」

お輪は怒りに似た思いに駆られながら言った。

そもそも、すべての始まりは正右衛門であった。正右衛門が他人の子を身代りにする、などという残酷な行為さえしなければ、千賀に不幸な最期を遂げさせることもなく、縁見屋の娘たちへの「祟り」も起こらなかったのだ。

「私と一緒に来て下さい」

帰燕はお輪を御堂へ連れて行った。

火伏堂の内部は、せいぜい三間（約五メートル五十センチ）四方の狭いものだ。正面には本尊の地蔵菩薩像が安置されていた。

正右衛門が、大和国でも名の通った仏師に造らせた物だと言われている。高さ四尺（約一メートル二十センチ）ほどの木像で、蓮《はす》の花を模した台座に立っていた。

帰燕は蠟燭に火を灯した。お輪に灯明を渡すと、帰燕は地蔵菩薩の背後に回った。薄暗い堂内で気づかなかったが、そこには板壁との間に二尺（約六十センチ）ほどの隙間があった。

帰燕はその間に身体を滑り込ませると、片手で板壁を軽く押した。すると、わずかに木の擦れる音がして縦に亀裂が入ったのだ。

それは扉であった。幅は四尺よりやや小さめだ。片端を押すと半分が奥に入り、反対側が飛び出して来る。それが丁度、地蔵菩薩の背に触れる手前で止まった。驚いているお輪の前で、帰燕が蠟燭を翳《かざ》す。足元にはぽっかりと闇が口を開けていた。

闇の入り口は、三尺（約九十センチ）四方の広さしかなかったが、蠟燭の明りを頼りに覗き込むと、やや急な階段が地下へと続いているのが見えた。

「ついて来て下さい」

そうして、帰燕はお輪の先に立って階段を降り始めたのだった。

其の三

お輪が下まで降りる間、帰燕が足元を照らしてくれた。お輪が階段を幾つか降りた頃、頭の上で扉がぱたりと閉まった。外から全く光が入らなくなったが、帰燕が下で掲げている明りで、足元は辛《かろ》うじて見ることができた。

階段は、一丈（約三メートル）ほどあっただろうか。板の幅も狭く、お輪は慎重に足を運んだが、そのためか、下に着くまでが随分長く感じられた。

降りている途中で、ふっと空気が冷たくなった。後少しまで来たところで、帰燕が片腕で抱きかかえてくれた。

そこは狭い空間だった。蠟燭の明りで、周囲の土壁がすぐ側まで迫っているのが分かった。壁の一か所に、人が通れるくらいの横穴があった。土を穿《うが》って造られた横穴は、しっかりと板壁で支えられていた。

「これは、どういうことどすか？」

火伏堂の地下にこのような場所があるなど、お輪は考えてもみなかったのだ。

「正右衛門が造ったものです」

帰燕が答えた。声が低く籠り、まるで別人が話しているようだった。

「正右衛門は、いったい、なんでこないなもんを……？」

火伏堂を造ったのは、千賀の霊を密かに弔うためだと思っていた。ところが、火伏堂の下には、さらに抜け道らしきものが隠されていたのだ。しかも、そのことを、お輪は全く知らされていない。いや、そもそも呉兵衛は知っているのだろうか？　弥平は、どうなのだろう。

(覚書にも書かれてへんかった)

縁見屋の者は誰も知らない地下道の存在を、帰燕は知っているのだ。

それだけではない。ここを造ったのが、正右衛門であることも……。

しばらく行くと、帰燕の足が止まった。

「ここです」、と帰燕は左側の板壁を蠟燭で照らした。

帰燕は壁に蠟燭を近づけた。拳で壁を叩くと、乾いた音がかすかに響いた。壁の向こうは空洞になっているようだ。

蠟燭のほのかな明りで、板壁には細長い紙が張り付けられているのが分かった。お札のようだ。何かの文字がつらつらと書かれているが、お輪には全く読めなかった。

「開けられるのは、縁見屋の血縁者だけです」

帰燕は壁に手を当てるように言った。

言われるままに、お輪は壁に両手を押し当てた。それからゆっくりと力を込める。

ギシッと音がして、壁の一部が奥へずれるように動いた。地蔵菩薩の背後の壁と同じように、右側が奥へ、左側が手前にくるりと回ったのだ。

やはりそこは空洞になっていて、大人が四、五人入れるぐらいの広さがあった。

中には、両手で抱えられるほどの大きさの木箱が、六個積み上げられていた。

「中身は何どすか」

何気なく尋ねたお輪に、「金子《きんす》です」と帰燕は言った。

「金子、て、この箱、全部どすか」

問い返してから、お輪は言葉を失っていた。それがどれほどの金額になるか、分かったのだ。

「慶長銀《けいちょうぎん》が入っています。小判にして、おそらく五、六千両ほどにはなるでしょう」

慶長に造られた丁銀は、もっとも銀の含まれる量が多い。

お輪は帰燕から蠟燭を受け取って、箱に近づけた。箱には長年の土埃が積もっている。一番上の箱の上を手で払うと墨の色が見えてきた。そこには「岩倉屋正右衛門所蔵」と書かれている。

「正右衛門は宝永の大火災の後の復興で、多大な財産を築いたのです。火伏堂を私費で建てたとは言え、まだこれだけの金が残っていたのです」

「隠し部屋のことも、お金のことも、お祖父はんの覚書には、一切書かれてしまへん」

お輪には目の当たりにしている物が、到底信じられなかった。

「ここへ入れるのは、正右衛門か正右衛門の血縁の者、それに私だけなのです。それ以外の者が知る必要はない。それにこの銀の詰まった箱を開けられるのも、あなただけです」

正右衛門の血縁……。

母が亡くなった今となっては、それはお輪だけだ。しかし……。

「帰燕様が入れるて言うのは？」

「正右衛門にここを造らせたのは、空燕《くうえん》という名の天狗でした。つまり、かつての私でもあります」

「それが、帰燕様の本来のお名前どすか？」

「愛宕山で正右衛門を助けたのは空燕でした。彼は正右衛門に子供を求めた。正右衛門の子が、俗世にいては長く生きられないのを知っていたからです。ところが、正右衛門は他人の子を身代りにした」

正右衛門の子の長松が幼くして亡くなったのは、それが運命であったからです、と帰燕はさらに言った。

「決して天狗の怒りを買った訳ではありません」

「正右衛門が長松を天狗に渡してたら、長《なご》う生きることができたんどすか」

「天狗の鬼霊を受け継ぐのです。人よりも丈夫で長く生きられました」

「ほんまは、長松を助けようとしてはったんどすな」

お輪はふうっと大きく息を吐いた。正右衛門の親心が、長松をその運命に殉じさせた。そう考えると、実に皮肉な話であった。

「短命であるからこそ、空燕は長松を次の器に選んだのです。言葉を返せば、それが長松の宿命だったとも言えます」

「天狗になるのが、長松の運命《さだめ》やったてことどすか？」

「そうです」、と帰燕は大きく頷いた。

「正右衛門が、清太郎を身代りにしたことで、二人の宿命も入れ替わってしまった。空燕はそれを受け止め、清太郎を弟子にしました。そうして清太郎の身体を得て、清《せい》燕《えん》と名乗るようになりました」

「清太郎さんは、お母はんを恋しがったりはせえへんかったどすか」

それが知りたかった。千賀は縁見屋の娘に取り憑いてまで、清太郎の帰りを待ち続けたのだ。

「空燕は清太郎から母の記憶を消しました。人の情は、修行の妨げになります」

「清太郎さんは、千賀さんを忘れてはったんどすか」

酷いことをする、とお輪は思った。天狗の「しきたり」などお輪には分からない。だが、それはとても残酷なことに思えたのだ。

「その後、再び正右衛門に会うまでは、清燕も千賀のことなど思い出しもしませんでした」

帰燕は語り続けた。火伏堂の地下の狭い穴蔵の中、周囲は闇で閉ざされ、頼るものと言えば、一本の蠟燭の明りのみ……。しかも、お輪が一緒にいるのは、自ら天狗だと名乗る、あやかしの男なのだ。幾ら信頼していると言っても、恐怖を感じるのが当然であったかも知れない。

だが、帰燕がやっと自身のことを語ってくれる。それを思うと、お輪はただ嬉しかった。

「跡取り娘が二十六歳で亡くなり、それが千賀の享年だと気づいた正右衛門は、さすがに恐れを感じたようです。一人愛宕山に入り、私を呼んだのです」

天狗の秘図面を使えば、天狗の居場所は分かる。同時に、秘図面が天狗の許へと運んでくれるのだ、と帰燕は言った。

　現れた天狗がすっかり若返っていたことに、正右衛門は驚いた。そして、それが清太郎の成長した姿なのを知った。

「正右衛門は涙ながらに私に謝ったのです。そうして己の娘の死を告げました。娘には女児がいた。孫娘にまで千賀が祟るのではないか、と、ひどく恐れていたのです」

——孫を助けることができるなら、どないな償いでもいたします。命をくれて言わはるんやったら、喜んで差し上げますよって、どうか、登美の命だけは……——

「私は、正右衛門の命では助けられぬ、と答えました」

「せやけど、命は一番大切なもんどすやろ」

　お輪は首を傾げる。

「捨てられる命ならば、所詮それだけのものです。孫娘の命と引き換えにするというのならば、一番大事なものは……」

「登美の命……」

　お輪はぽつりと言った。

「正右衛門は千賀から、一番大切なものを奪ったのです。それは正右衛門の命で替えられるものではありません」

それほどに千賀の悲しみは深かったのだ。

「私は正右衛門に言いました」

——千賀の無念は、将来にわたり、岩倉屋の血を引く娘たちの呪縛となって、不幸を呼び続けるであろう。私とて母をいつまでも現世に留めておきたくはない。しかし、母の魂を解き放つためには、しかるべき時がいる——

「それが天明八年の焼亡のことどすな」

「私は正右衛門に『生きよ』、と言いました。岩倉屋の娘たちがどのような運命を辿るのか、その目にしっかりと焼きつけよ、と。それが正右衛門自身の償いなのだ、と」

「せやったら、正右衛門はまだ生きてはるてことどすか？」

生きていれば、百歳をゆうに超えているだろう。いや、娘の登喜が亡くなった後のことなのだ。百二十歳近くになっているに違いない。

「人の寿命やあらしまへん」

とても信じられない、とお輪はかぶりを振った。

「今の正右衛門は人であって、人ではありません」

ふいに、ある情景がお輪の頭に浮かんでいた。朱音屋の芳松の魂を捜して、愛宕社へ行った時だ。思いがけず、お輪はそこで源蔵に会った。

——わしはこの世の者であって、この世の者ではない——

源蔵はあの時そう言った。

——わしには天狗の術が掛けられとる。それが解けぬ限り、永遠の安らぎはない——

「まさか、源蔵さんが……」

お輪は声を失った。

「私は正右衛門に不老呪を掛けました。その頃、正右衛門は五十歳を超えていた。以来、彼は当時の年齢のまま生き続けているのです」

その後、正右衛門は火伏堂を建て、その地下に岩倉屋の多額の財産を隠した。

「やがて起きる火事のために備えたのです。天明の火事は、宝永の大火とは比べものにならないほどの焼亡になるでしょう。子孫のためではなく、焼け出された人々を助けるために、その金を使って欲しいと願ったのです」

それもまた、正右衛門の償いであった。

「火事は縁見屋の娘のために起こるのではありません。ですが、多くの人の不幸が娘を救う手立てになる。ならば、少しでも人々の役に立ちたい。正右衛門は、そう考えたのです」

帰燕が、なぜ、今日という日にお輪をここに連れて来たのかが分かった。お輪の中に燻《くすぶ》っている、「火事の力で己が助かる」ことへの負い目を、消そうとしてくれたのだ。

「千賀が清太郎を失ったのは、宝永の大火の年から数えて四年後でした。それから七十六年が経とうとしています。五十七年前の享保の焼亡の折は、西陣が焼けただけで済んでいますが、天明の大火は、宝永をさらに凌《しの》ぐほどになる。正右衛門はそれを知って、この地下に抜け道を造りました」

「天狗やったら、先を見通すこともできるんどすな」

「星を読み、巡り合わせを知る手立てにします」

幾ら寿命が延びたからといって、誰にも知られず、地下を掘り続けることができるものだろうか……。

「正右衛門には天狗秘杖《ひじょう》を渡してあります。それを翳して念ずれば、土を穿つことも、他へ移すことも容易にできます」

お輪の知っている源蔵は、まだ五十代の半ばに見えた。だが、いつも一本の杖を手にしていた。それは何の変哲もない杖であった。適当に木の枝を切って作ったかのように、所々に節があった。

山仕事で腰を痛めたせいで杖がいるのだ、と言っていたが、それを身体の支えにしているところは、一度も見たことがなかった。

「この地下道を辿って行けば、愛宕社の天狗井戸に着きます。縄梯子《なわばしご》があるので、それを登れば愛宕社の裏手に出る。火事の折には、そこから逃げることもできます」

「愛宕社が燃えることはないんどすか？　うちが見た時は、堀川を越えて燃え広がっていました」

「火伏堂と愛宕社には天狗の呪が掛けてあります。その二か所だけは、火災の難を逃れられます。ただ、天行者が人に関わるのにも限度がある。私の力では、縁見屋までは守れません」

「大火事が起こることを、せめて町内の人に知らせておいてはどうどす？」

帰燕の予兆ならば、人は信じるだろう……。お輪にはそれが名案に思えた。実際、帰燕の祈禱で救われた者もいる。

「災害の予兆は、いたずらに人を怖がらせるだけです。大騒ぎになれば、町方も動く。

私は世間の風紀を乱した罪で捕えられるでしょう」

「うちが知らせれば……」

「本当に火事が起きた時、あなたが火付けの下手人《げしゅにん》にされてしまいます」

「せやったら、うちは、いったいどないしたら……」

無力感だけが、お輪の胸の内に広がっていた。

「年内にでも、大切な物をこの隠し部屋に運んでおくことです」

それがお輪にできる唯一のことだ、と帰燕は言った。

帰燕に手を引かれて、お輪は地下蔵を出た。蠟燭の炎がかすかに揺れている。左側に続いている通路の奥から、風が吹き寄せているのだ。

「ここが愛宕社に通じる抜け道どすな」

お輪は念を押すように言った。

「行けば、源蔵さんに会えるんどすか？」

お輪にとって、源蔵はやはり源蔵であった。母を亡くして寂しがるお輪を、慰めてくれた優しい老人だった。

源蔵のお輪を見る目には、温もりと同時に悲しみがあった。己のせいで苦しむ子孫の姿を見続けなければならないというのは、確かに苦行であったに違いない。

「正右衛門は、度々姿を見せていたんやろか」

お輪だけでなく、志麻や、祖母や、曽祖母の前にも……。

「一度は現れている筈です。様々な形で……」

時には通りすがりの旅人であったり、行商人であったりしたのだろう。火伏堂の堂守として雇われたこともあったのかも知れない。

「帰燕様は、正右衛門には会うてへんのどすか」

「次に会うのは、時が満ちた時です。その時は、正右衛門の魂を解き放ちます」

隠し部屋の扉は、再び閉じられた。

「いずれ地下蔵や抜け道のことを、徳次さんに話した方がよいでしょう。皆を逃がす時に力になって貰うためにも……」

「うちでのうても、扉は開くんどすか……」

帰燕はなぜか無言になった。すっかり短くなった蠟燭の炎が、今にも消え入りそうになっていた。小さな炎が照らす帰燕の顔は、まるで泣いてでもいるように歪んで見えた。

「あなたと徳次さんが夫婦になって縁を結べば、二人の絆は一つになる。あなたに備わった力は徳次さんのものでもあります。あなたによって開かれる扉は、徳次さんにも開くことができる」

「待っておくれやす。それやったら、うちは……」

慌てて帰燕に縋ろうとした時、ふっと炎が消えた。覆いかぶさるような闇の中に、帰燕の声が重々しく響く。

「年内に祝言を挙げて下さい。それですべてが上手くいきます」

強い口調で言い切られて、お輪にはもはや返す言葉がなかった。

暗闇の中、帰燕に導かれて表に出た時、すでに日は暮れていた。帰燕はお輪の片手を握ったまま、無言で縁見屋まで送ってくれた。宵闇が迫る中、お輪は帰燕の手をしっかりと握りしめていた。帰燕もまた握り返してくれた。

互いに触れあい、すぐ側にいるというのに、二人は途方もなく遠い所にいる。そのことが、もどかしさや歯がゆさを超えて、ただ辛く苦しかった。

一言でも何かを言えば、想いが溢れ出して止まらなくなりそうだった。お輪は口を閉ざし、吐息が漏れるのさえ気を遣った。

　縁見屋の裏木戸までお輪を送り届けると、帰燕は何も言わずに戻って行った。その背中が宵闇の中に消えるまで、お輪はその場で見送っていた。

　その夜、寝床の中でお輪は泣いた。夜具を頭からすっぽりとかぶり、声が漏れないようにして泣き続けた。泣き疲れれば眠れるだろう。そう思ったが、なかなか寝付くことができなかった。

　それでも、いつしか眠ってしまったようだ。お輪は夢を見ていた。

　そこは縁見屋の庭であった。辺り一面、白や黄色や、臙脂色の菊の花で埋め尽くされている。夢だと分かったのは、他の花が一切なかったからだ。

　今の時期、縁見屋の庭には鬼灯《ほおずき》や鶏頭などがあり、桔梗《ききょう》も咲いていて、散ってしまった百日紅《さるすべり》の小花が庭石を赤く染めているのだ。

「お輪……」

　呼ばれて、お輪は振り返った。そこには源蔵の姿があった。お輪は源蔵に駆け寄った。

　胸が詰まって言葉が出てこない。お輪は源蔵にしがみつくと、わっと声を上げて泣き出していた。

「堪忍な、堪忍な……」

お輪の肩先を撫でながら、源蔵は何度も繰り返した。

「すべてはわしのせいや。お前にまで、辛い思いをさせてしもうた」

「うちは源蔵さんを恨んでいるんやない」

お輪はやっとの思いで顔を上げた。

「うちは……」と言いかけたお輪より早く、源蔵が頷いた。

「あの天行者のことやな」

「うちの想いが叶わへんのは、よう分かってる。せやけど、帰燕様の口から、徳次さんと一緒になれて言われるのは、何よりも辛い……」

想いが叶わないのなら、一生独り身でもよかった。心の奥で、愛しい男のことを想い続けるだけの人生であったとしても、お輪は幸せだった。

何よりも……。

「こないなうちでは、徳次さんにも申し訳が立たへん」

「お前が生まれる時、弥平に愛宕山へ行くよう勧めたのは、このわしや」

源蔵はお輪を前栽《せんざい》の岩の上に座らせると、静かに語り始めた。

「弥平には、わしが正右衛門であることを伝えておいた。学のある男で、なかなか信じようとはせえへんかったが、娘のため、生まれてくる孫のためやて説得したんや」

舅から引き継いできた岩倉屋の話を、覚書にしたためていた弥平のことだ。源蔵が正右衛門であることも、信じない訳にはいかなかったようだ。

実際、正右衛門がどのようにして亡くなったのかは、伝えられてはいなかった。墓がどこかも分かってはいない。岩倉屋の菩提寺《ぼだいじ》はあったが、そこに正右衛門の墓はなかった。

一説には、火伏堂そのものが、正右衛門の墓だとも言われている。

火伏堂の堂守として過ごしていた正右衛門は、ある日忽然《こつぜん》と姿を消した。

「愛宕山で弥平が会うたのは、あの帰燕という天行者やった。当時はまだ清太郎の姿で、清燕と名乗っておった」

「お祖父はんは、そこでうちの名前を貰った、と……」

呉兵衛はそう言っていた。

「お前に『輪《りん》』の名を与えたのは、清燕様じゃ」

「帰燕様は、その時から、うちを助けようとしてはったんやな」

——お前は大丈夫や。あんじょう頼んどるさかい、必ず守ってくれるやろ——

志麻の通夜の時、弥平はそうお輪に言った。

(このことやったんや)

当時のお輪に、弥平の言葉の意味が分かる筈もない。母を守ってくれなかったことを、恨む気持ちもあった。それを思うと、お輪の胸は済まない気持ちで一杯になった。

(お祖父はん、堪忍な)

妻を失い、娘にも先立たれ、弥平はせめてお輪だけは助けようと必死だったのだ。

「お前に言うとくことがある」

その時、厳かな声で源蔵が言った。

「わしも清燕様も、実に長い間、『時輪の呪法』を成就させる年が巡って来るのを待っておった。そのために、清燕様は己の持てる力を高めてきた。今になって、その力を失う訳には行かんのや」

「それは、どういうこと?」

お輪には帰燕が力を失う理由が分からない。

そんなお輪の様子をじっと見つめていた源蔵は、やがておもむろに口を開いた。

「天行者には、『四戒《しかい》』と言うものがある」

それは、天行者として守らなくてはならない四つの戒律であった。

「一つ目は『偽戒《ぎかい》』や。嘘をつき、人を惑わすことや。二つ目は『俗戒《ぞくかい》』言うて、俗世と関わること。三つ目は女人を愛しみ、交わる『女戒《にょかい》』や」

「女人を愛したら、あかんのどすか」

お輪の胸に、その言葉は深く突き刺さっていた。

「『愛』はやがて執着を生む。『執着』は人の情を深めもするが、道を誤らせもする。『偽戒』を破れば魂が汚れ、『俗戒』を破れば身体が汚れる。『女戒』を破れば、その両方が汚れる。せやけど、天行者はその戒律を守りながら、人を助けなならん。それは人の世の汚れに、常に身を晒《さら》すことや」

それは、そのまま今の帰燕の置かれている状況に似ていた。

「この三つの戒律までは、そないに厳しいもんやない。ただ四つ目に『過戒《かかい》』と言うのがある。先の三つの戒律のどれかが過ぎれば、罰を受けねばならんのや」

「どないな罰やの？」

お輪は恐る恐る尋ねていた。

「天行者としての力を失《うしの》うてしまう。つまり天狗ではおられんようになる」

「せやったら、人になるの？」

もし帰燕が普通の「人」になるのだったら、むしろその方が良いように思える。たとえお輪自身がこのまま救われなかったとしても……。

「天狗や無うなるていうのは、鬼霊が消えてしまうことや」

「鬼霊が、消える……？」

「山野の神霊が人の身体に宿り、その者の魂と一つになったものが、鬼霊や。帰燕様も元々は愛宕山の修行者の一人やった。これを地行者と言うのや。長い修行の果てに、神霊をその身に得て天行者となった」

「天狗様やな」

「帰燕様の鬼霊は何百年もの間、その身体を替えながらここに至っておる。力を失えば、鬼霊を留めておれなくなるんや。人の身体から抜け出た鬼霊は、再び、山野の神霊の一つに戻ってしまう。幾ら人になっても、魂が違うんや。今までの帰燕様では無うなる。姿形は同じでも、お前にとっては何の関わりもない、見ず知らずの他人がいてるだけや」

それは葛原騏一郎という男であった。

「『時輪の呪法』は、どれほど力のある天行者でも、めったに行えるものやない。時を自在に操ろうて言うんや。それは天の理《ことわり》に逆らうことや。よほどの覚悟と力がいる。帰燕様も命懸けで臨むつもりやろ」

「それやったら、もうやめて欲しい」

お輪は強く言い切った。

「うちはもう何も望まへん。帰燕様のことは諦める。うちは生涯独り身でええ。うちの代で縁見屋が終われば、千賀さんの呪縛かて切れてしまうやろ」

「お前のことだけやない。千賀に清太郎を返してやることが、何よりも大切なんや。帰燕様の中の清太郎も、それを望んでおる。今のお前がせなならんのは、帰燕様から離れることや。あのお人の力が衰えんように、さらに強うなるように、せめて『過戒』だけは守れるように……」

「うちが帰燕様を諦めれば、それでええんやな」

今までは分かってはいても、心から従うことができなかった。しかし、お輪の想いが帰燕の存在まで脅かすとなれば、もはや承知するしかない。

「これを帰燕様にお渡ししてくれるか」

源蔵はそう言って、手にしていた杖を、お輪の前に差し出した。帰燕が「天狗秘杖」と呼んでいた物だ。

「この杖は、火伏堂の地下蔵や抜け道を造るのに、随分役立ってくれた。念ずれば、いろんな知恵を授けてくれた。天狗や鬼霊のことも知ることができた。せやけど、そろそろこれを返さなならん」

源蔵は、杖に幾つもついている目のような節を指で示した。

「この節は、天行者が百年修行すれば一つ現れる。杖の節の数は七つや。帰燕様の鬼霊は七百年以上、この世に生き続けていることになる。わしなど、ほんの数十年余計に現世にしがみついただけで、すっかりくたびれてしもうた。それを思うと天狗の戒律のこともよう分かる。人に深く関われば、それだけ力を失うてしまうんや。せやから天狗は山に棲む。山の霊気は、鬼霊の源やさかいな」

「帰燕様も、力が無うなってきてはるの？」

「時輪の呪法を使うためにも、力を養わなならん。もうじき、帰燕様は愛宕山に戻らはるやろ。その時はこの杖がいる」

「杖が無うなったら、源蔵さんは消えてしまうの」

お輪は寂しさを堪えながら言った。お輪にとっては、想いの丈をすべて話せたのは、父親よりも源蔵であったのだ。

「わしがこの世から去るのは、お前の呪縛が消えた時や。わしもまた、天明の焼亡で救われる」

源蔵はお輪の肩に片手を置いた。

「わしは縁見屋の娘たちを長い間見てきたが、お前が一番、登喜に似ていた。お輪と一緒にいられた間が、もっとも幸せやった。わしのような罪人には贅沢な話や。せやさかい、わしは姿を消した。そのことでお前には寂しい思いをさせてしもうた」

「うちにとって、源蔵さんは源蔵や。正右衛門やない」

「おおきにな、おおきに。後のことはお前に任せるよって……」

「よう分かってる。源蔵さんの気持ちは、分かってるさかいに……」

最後にそう言った途端、お輪は目を覚ましていた。涙で頬がぐっしょりと濡れている。

障子と雨戸を開けて、縁に出た。夜明け前の薄青い庭の前栽の所に、長い杖が一本突き立てられているのが見えた。

夢であって、夢ではなかった。源蔵はお輪に会いに来てくれたのだ。そうして、忠告してくれた。

源蔵が言うように、帰燕との別れも近づいているような気がした。そろそろ帰燕は本当に山に戻るだろう。

(帰燕様は疲れてはるんや)

火伏堂で、倒れるように眠っていた帰燕の姿を思い出した。俗世に関わり続けることは、相当に力を使うものらしい。

——時輪の呪法には、よほどの覚悟と力がいる。それは天の理に逆らうことや——

幾ら天狗といえども、そう易々と行える術ではないのだろう。

——帰燕様は命を懸けるおつもりや——

もう充分だと思った。

(こないにも深《ふこ》う想うてくれてはるんや。これ以上望んだら罰《ばち》が当たる)

お輪は部屋に戻ると、簞笥の引き出しを開けた。そこには、帰燕が縁見屋に来た折に着ていた衣服が仕舞ってあった。

どれほど洗っても、染みついた汚れはなかなか落ちなかった。着物の袖には鉤裂《かぎざ》きが幾つもあり、肘《ひじ》も袴の膝《ひざ》の部分も擦り切れていた。

できる限り繕ってはみたが、限度がある。

（せめて新しい物を用意しよう）

それが帰燕のためにできる、唯一のことだとお輪は思った。


数日、お輪は一日のほとんどを自室に籠って過ごしていた。帰燕が山に戻る時のための衣服を縫っていたのだ。元々、裁縫はあまり得意な方ではない。せいぜい呉兵衛や自分の浴衣を縫うぐらいだ。

縫っている間は、何も考えないでいられたが、ふと気が緩んだ時などは、涙が溢れそうになった。落ちた涙が手元を濡らし、白い木綿の布に滲み込んだ。うっかり針を指に突き刺したことも、何度もあった。

家事の合間や夜なべで頑張り、着物と袴、それに脚絆と手甲を縫い上げたのは、五日後のことであった。

その翌日、お輪は衣服一式を風呂敷に包むと、源蔵から預かった天狗の杖を手にして火伏堂を訪ねていた。

すでに十月に入っていた。久しぶりに歩く蛇小路の、垣根越しに突き出している庭木の枝葉もすっかり色づいている。

左手に風呂敷包みを抱え、右手に杖を握ってお輪は歩いていた。杖の節は、小さな目のように、杖の表面についている。源蔵が言ったように、それは七つあった。

(七百年も生きるてことは、どないな気持ちなんやろう)

寂しゅうはないんやろうか……。

ふとそんなことを思った。帰燕の着ていた修験者の衣服も、縫った者がいた筈だった。

それはもしかしたら、お輪のような若い女であったのかも知れない。お輪と同じように、涙で目の前が曇るような思いをしながら、一針一針縫い続けたのだろうか。時には涙の代わりに、指先から血を滴らせながら……。

「源蔵さんに会いました」

いつものように御堂にいた帰燕に、杖を渡しながらお輪は言った。それから、風呂敷包みを、そっとその傍らに置いた。

「山へ戻られる日が近づいていると聞いたさかい、新しい衣服を用意させて貰いました」

お輪は帰燕の顔を見ないようにしていた。想いを断ち切ることが、そう簡単には行かないことを、お輪は今、痛いほど感じていたのだ。

「うちに関わり続けることが、帰燕様にとってようないのは分かりました。うちは、もう帰燕様とは会わん方がええんどすな」

できれば否定して貰いたかったが、帰燕は何も言わなかった。

「一つだけ、お願いしてもよろしおすやろか」

思い切って顔を上げたお輪は、帰燕が自分を見つめているのを知った。

「もう一度、あの地下道へ入ってみとおす。まだ愛宕社までの道を辿ってしまへんさかい」

「分かりました」、と帰燕は頷いた。

蠟燭を手にすると、二人は地蔵菩薩の背後の扉から、再び地下の抜け道へと入って行った。

あの隠し部屋のある辺りを過ぎると、間もなく左右の板壁はなくなり、剝き出しの岩肌を晒すようになった。幅は人一人がやっと通れるくらいだ。天井も低く、時折、帰燕は屈まなければならなかった。

いつしか、お輪と帰燕は互いの手をしっかりと繫いでいた。

「怖くはないのですか」

先を行く帰燕が尋ねた。

「帰燕様が一緒やさかい、何も怖いことはあらしまへん」

帰燕と二人でいられるなら、どんな地下道でも歩いて行けそうだった。むしろ永遠にこの道が続けばよいのに、と思う。

そんな願いも虚しく、やがて白い光が差し込んでいる場所についた。どうやら突き当りに来たらしい。

天井にはぽっかりと丸い穴が開いている。まるで満月がそこにあるかのようだ。

上から縄梯子が垂れている。

お輪は、背後から帰燕に支えられるようにして登って行った。縄梯子は二人の重さに頼りなげに揺れたが、帰燕が壁に突き出した石に足を掛けて、揺れを抑えてくれた。

帰燕の胸の鼓動を背中に感じながら、お輪は一段一段縄梯子を登った。

ようやく穴の縁に手が掛かり、お輪は井戸から顔を出した。外の風が頬に触れた時、思い切り息を吸った。樹木の香りを含んだ初冬の風が、胸の奥まで吹き抜けて行くようだった。

周囲は橡や楠《くす》の林だった。落葉にはまだ早いが、葉はすでに茶や黄色味を帯び始めている。濃い緑色を残している木は榊《さかき》のようだ。

随分長い間、地下にいたような気がしていたが、日の傾きから一刻も経ってはいないのが分かった。樹木の枝葉の向こうには小さな社があり、朱塗りの鳥居の頭の部分が、檜皮葺《ひわだぶき》の屋根越しに見えた。

ここはその社の裏手にあった。やや小高くなっていて、塚のようにも見える。木々の幹の間に注連縄《しめなわ》が張り巡らせてあった。お輪が出て来たのは、その注連縄に囲われた古井戸であった。天狗井戸だ。

「この先の林に、芳松ちゃんがいてました。夢中で団栗を拾うていて、うちが呼んでも気がついてくれへんかった」

お輪は枯れ草を踏みながら林の方へ向かった。

「静かどすな。風の音しか聞こえしまへん」

お輪は辺りを見回した。聞こえるのは風と、揺れる枝葉の音だけだ。まるで時が止まったかのようだ。

ふいに帰燕が動くのが分かった。次の瞬間、お輪は帰燕の腕に抱かれていた。

帰燕の鼓動がお輪の耳に響いていた。それはお輪の鼓動に重なるように、しだいに速く激しくなっていく。

帰燕の手がお輪の頰に押し当てられた。顔を上げると、帰燕の目が間近にあった。

「どうか約束して下さい」

お輪は、深い夜空を思わせる帰燕の瞳に向かって囁いた。

「うちは帰燕様の言わはる通りにします。徳次さんと一緒になって、幸せに暮らします。せやさかい、どうか、必ずうちの所へ戻って来て下さい」

お輪は両手を伸ばして帰燕の頰を挟んだ。

「どのような御姿になっていてもかましまへん。戻って来て、うちが生きている限り、ずっと側にいて下さい」

我がままなのは分かっていた。無理を言っている、とも思った。けれどその約束があれば、帰燕を永遠に失うことはないとも思った。

（それならば、うちは生きて行ける……）

返事の代わりに、帰燕の顔がかぶさって来た。唇が触れ合った瞬間、お輪は夜空に飲み込まれたような気がした。


どうやって家まで帰って来たのだろうか……。

お輪は縁見屋の自室に座っていた。まるで夢でも見ていたような気がする。

すでに日も暗く陰っていた。地下道を抜けて、愛宕社まで行ったことは鮮明に覚えているのに、その後のことが、まるきり頭から抜けている。

「お輪、帰ってるか」

呉兵衛が現れた。

「朝方出て行ったきり、昼を過ぎても戻らへんさかい、どないしたのかと思うたえ」

「火伏堂へ行ってたんや。すぐ帰るつもりやったんやけど、ついでに宿坊の掃除をしておこう思うて……」

お輪は慌てて言い訳をした。帰燕に会うのを、呉兵衛はあまり快く思ってはいない。

「これからは気ぃつけや。それよりも、今日、徳次が久しぶりに顔を出してな」

そう言えば、しばらく徳次の顔を見てはいない。

「徳次さん、どないしてはったん？」

「店で気張って働いていたらしい。忠右衛門さんも大喜びや。それで、お前を嫁に迎える話をそろそろ決めようてことになってな」

「お父はん、その話やけど……」

お輪は父親の言葉を途中で制していた。

「うちは徳次さんと夫婦になる。せやけど東雲屋へは嫁がへん」

呉兵衛は驚いたように、大きく目を見開いた。

「うちはお嫁には行かへん。お婿さんを貰うて縁見屋を継ぐ。そない決めたんや。せやさかい、徳次さんには縁見屋へ入って貰いたいんや」

「お前はまた、そないな我がままを言うて」

さすがの呉兵衛も、叱り口調になった。

「我がままなんも、自分勝手なことを言うてんのも分かってる。けど、うちはどうしても縁見屋を続けたいんや。お父はんかて、ほんまは同じ気持ちやないの？　お祖父はんや、曽祖父はんや、その前のお祖父はんやらが、縁見屋の娘の絆で残してきた店なんや。それを、お父はんの代で終わらせとうない」

「わてに忠右衛門はんを説得せえ、てそない言うてんのか」

「きっと分かってくれはるて思う」

それから、お輪はきっぱりとこう言った。

「せやなかったら、この縁組はなかったことにして欲しい」

「徳次がなんて言うやろか」

お輪と一緒になるために、徳次がどれだけ気を遣ってきたか、お輪もまた痛いほどよく分かっていたのだ。

お輪の我がままは、意外なほどすんなりと通った。元々、徳次自身が「東雲屋」に執着がなかったせいもあるが、今回はお多加ばかりか、富蔵までもが加勢してくれたのだ。

呉兵衛にも頼み込まれ、忠右衛門も、さすがにこれ以上長男相続に固執すれば、自分が周囲から非難されることが、目に見えて分かったようだった。

こうして、お輪の縁組は瞬く間に決まった。十二月に入ると何かと多忙になる。祝言の日取りは、十一月の吉日を選ぶことになった。

其の四

十月が終わる頃、お輪は火伏堂を訪ねていた。祝言が決まったことを、帰燕に知らせるためだ。

帰燕は御堂の地蔵菩薩像の前にいた。灯明が幾つも灯され、何かを真剣に祈っているようであった。

お輪は帰燕の後ろにそっと座ると、両手を合わせた。

（どうか、帰燕様が無事に帰って来はりますように……）

それしか祈ることはない。いや、お輪にとっては、それこそが一番祈りたいことであったのだ。

お輪の祝言のことなど、帰燕はすでに知っているように思えた。ならば、帰燕が祈っているのは、お輪の幸福以外の何ものでもないだろう。

改めて、お輪は帰燕との出会いを思い出していた。

――山の者に、本当の名前など聞かぬことだ――

縁見屋へ来た夜、そう言った時の帰燕の背後に広がる闇に、お輪は怯えた。

だが、それからの帰燕は、お輪に優しかった。苦しむお輪を助け、慰め、そうして希望をくれた。

鬼霊という魂の坩堝《るつぼ》の中の清太郎や、それ以外の幾つもの魂のすべてをひっくるめて、お輪は帰燕が心から愛おしかった。

「もう、愛宕山へ戻られた方がええと思います」

お輪は帰燕の背中に向かって言った。

「そのつもりです。私も少々力を使い過ぎました」

帰燕は振り返らずに答えた。お輪は少しだけ寂しい気がした。お輪が言わなくても、帰燕はすでにここを去る気でいたのだ。

(帰燕様がいなくなってしもうたら、うちはどないなるんやろ)

心に深く残る甘い痛みは、いつか消えてなくなるのだろうか……。

「それで、いつ発《た》たはるんどすか？」

年が明けて、千賀の呪縛が解かれるという運命の日に、果たして、帰燕がそのままの姿で戻って来るとは限らないのだ。もしかしたら、気配すらも感じることはできないかも知れない。それを思うと、やはり、これが最後の別れになるのだろうか……。

「その前に、解決せねばならぬことがあります」

帰燕が振り返った。だが、視線は、お輪の背後の格子戸の方へ向けられている。

「島村さん、お入りになって結構ですよ」

すると、待っていたかのように戸が開いて、島村の姿が現れた。

「葛原騏一郎と話をつけに参りました」

島村はお輪に向かって言った。

一瞬息が止まった。だが、すぐにお輪は吐き出すように問いかけた。

「どうしても、帰燕様を斬らなあかんのどすか？」

島村には武家としての、決して後へは引けない事情があるのだろう。それでも、お輪は、島村がきっと心を変えてくれると信じていたのだ。

「主命なのです」

絞り出すような声で、島村は言った。

「私の父の命が掛かっているのです」

「あなたが、葛原騏一郎を殺さねばならぬ理由を教えて下さい」

問いかけた帰燕の声音には、ほんのわずかの動揺も見えなかった。

河内国多波郡、閼伽木《あかぎ》忠好《ただよし》……。それが三年前に八歳で藩主となった、島村冬吾の主君の名であった。

「先代領主、直好《なおよし》様の御嫡男として、御正室様と共に江戸でお暮らしでした。直好様が鷹《たか》狩《が》りにおいて落馬され、突然この世を去られたため、領主の地位に就かれたのです」

葛原家は、国家老を務めたこともある家柄であった。剣技に優れ、儒学者でもあった騏一郎は、幼君の教育係と警護役を命じられたのだ。

「それが、御先代の側近であった、用人頭の北畠玄尚《きたばたけげんしょう》には面白くなかったのです」

元々、直好は国事には一切無関心だった。彼の興味は鷹狩りと、自ら優秀な鷹を育てることだけであった。そのため、政《まつりごと》は一部の者たちの手に委ねられていたのだ。

彼等にとって、幼君の身近にいる騏一郎が脅威となった。

「そこで北畠の一派は、葛原騏一郎に謀反の罪を着せました。直好公の落馬は偶然の事故ではなく、仕組まれたものであると……」

鷹狩り好きで、しょっちゅう狩り場を駆け巡っていた直好が、そう簡単に馬から落ちる筈はない……。

「ありもしない証拠が次々に挙げられました」

その騒動の最中、葛原は失踪した。

「葛原は、私の姉、雪野《ゆきの》の夫でもありました。葛原は姉を離縁し、闕伽木の御領内から姿を消してしまったのです」

義父であっただけでなく、島村の父は、葛原の剣の師でもあった。

「父は葛原を逃がした罪を問われ、閉門蟄居《ちっきょ》を命じられました。私が葛原の首を取って戻らねば、父は切腹を免れませぬ。猶予は三年。期限は年を跨《また》いで、来年の三月です」

島村の顔は苦渋に歪み、いかに辛い選択を迫られているのかが窺えた。

「私は父の命を救いたい。ですが、葛原は兄とも慕った男です。それに離縁されたとはいえ、姉は……」

一瞬、言葉が途切れ、島村はお輪の顔に視線を移した。

「うちは、ここにいてへん方がええんと違いますか」

お輪は急に落ち着かなくなった。島村が話しているのは、彼の家中の内実なのだ。やはり、ここに自分がいるべきではない。そう思って、お輪は腰を上げようとした。

「いえ、あなたにも聞いていただきたいのです」

島村は声を強めた。

「離縁された後に、姉は身籠《みごも》っていることが分かりました。私は姉が出家を望んでいると偽って、堺《さかい》の尼寺に身柄を預けました。八か月の後に、姉はそこで男児を産んでおります。葛原騏一郎の子です」

お輪はそっと帰燕の顔を見た。帰燕は黙って話を聞いている。その顔からは、彼の心の内を知ることはできなかった。

「私は葛原を殺したくはありません。しかし、このままでは父は死罪を免れない。しかも、お輪さんの話では、あなたは葛原の姿をしていながら、全く別人なのだと言う。初めは到底信じられぬ話でしたが、これまでのあなたを見てきて、今は納得しております」

島村は帰燕の前に両手をついた。

「帰燕殿。どうか、私の取るべき道をお教え下さい」

額を床に擦《こす》りつけるようにして、島村は懇願していた。

「私が葛原に会ったのは、大坂から多波へと向かう山中の峠でした」

やがて、帰燕は口を開いた。

「葛原は刺客に襲われていました。私が助けようとした時には、すでに命が危なかったのです」

葛原は力尽きようとしていた。

「口も開けぬ様子でしたが、私には葛原の想いが分かりました」

――どうしても、あの男に会わねばならぬ。その後で殺されるならば、本望だ――

「葛原は閼伽木領に戻ろうとしていたのですか?」

島村は驚いたように顔を上げた。

「葛原には逃げる意志などありませんでした。ただ、何かを調べようとしていたようです」

「いったい、何を……」

島村の視線が空を泳ぐ。

「多波郡へ続く道に、無影峠《むよう》というのがあります。細い道の両脇から樹木の枝葉が覆いかぶさり、昼間でも日が差さないので、土地の者はそう呼んでいるとか……」

「存じております。山賊の多い所で、通る時には、常に警戒せねばならぬ場所です」

「そこに『一本明りの祠《ほこら》』があります」

島村は頷いた。

「無影峠を無事に抜けた者が、蠟燭を一本立てていくと、不思議なことに、夜の闇のように暗い峠の先に、ぽつんと明りが灯るのだそうです」

誰が灯すのかは分からない。神か仏か、あるいは狐の類か……。だが、その明りは孤独な旅人の心を元気づけてくれる。

そのため、旅人は峠を通る際に、次の者のために必ず蠟燭を置いて行くのだ、と島村は語った。

「それで、『一本明りの祠』と呼ばれていると聞いたことがあります」

「葛原はその祠の奥に何かを隠したようです。まず、それを確かめられてはどうですか？」

「この私に、渡したい物があると？」

島村は呆然と帰燕を見つめている。

「葛原騏一郎の記憶から窺えるのは、それだけです。いずれにせよ三月までには片が付く筈です。私はどうしてもお輪さんを助けなければなりません。今しばらく、この身体はお借りしておきます」

「では、葛原は生きて戻って来るのですか」

島村の顔が輝いた。

「必ずお返しします。それまでに、あなたはやるべきことをやっておいて下さい」

島村は何度も礼を言って、帰燕の前に頭を下げた。膝頭の辺りを摑む手にグッと力が入っているのがお輪にも分かった。拭っても拭っても滴り落ちる涙が袴を濡らしていた。

やがて島村は顔を上げ、お輪に笑顔を見せた。

「ありがとうございます、お輪さん。あなたや呉兵衛さんには、心から感謝しております」

「うちの方こそ、島村様にはお世話になりました」

お輪も笑みで返した。だが、心の中では泣きたい思いが、大きく膨れ上がっていた。島村が事情を帰燕に訴えるまでに、どれほど悩み苦しんだかは、お輪にも察することができた。

幾ら主君の命令でも、姉の子の父親を斬るのは耐え難かったに違いない。

――島村様にとって、葛原騏一郎は大切な人なんと違いますか――

あの日、火伏堂で放ったお輪の一言は、島村の心を激しく翻弄《ほんろう》し、刀まで抜かせてしまった。

父親にとっては弟子、姉にとっては夫、島村にとっては、おそらく心から慕う兄同然であった葛原騏一郎……。逆らうことのできない主命と、己の想いとの間《はざま》にあって、島村冬吾という男は、この三年近くを生きてきたのだ。

（これでよかったんや。喜ばなあかん）

お輪は自分に何度も言い聞かせた。帰燕が伝えた葛原の言葉は、きっと島村に救いを与えるものなのだ。

それなのに、お輪の胸はキリキリと痛む。すべてが終わり、葛原騏一郎が戻って来た時、お輪は確実に帰燕を失ってしまうのだ。

島村が御堂を出て行くと、お輪は帰燕に言った。

「今のお話、もっと早う知らせてあげていれば、島村様もあないに悩まんでもよかったんと違いますか？」

「私には、いろいろな人の様々な声が聞こえますが、何を一番に考えるかは、私自身で決めます」

帰燕は静かな口ぶりで答えた。

「そうどすなあ」、とお輪は無理やり笑顔を作る。

「何よりも、千賀さんに清太郎さんを返してあげることが、一番大事やさかい……」

すると、「いいえ、違います」、と帰燕は真顔になる。

「あなたを幸せにすることが、私にとって一番大切なことです」

千賀に清太郎を返してやるのは、そのための手段なのだと帰燕は言った。

「あなたは、私を待っていると言いましたね」

帰燕はお輪に視線を向けた。

「姿形がどう変わっていようと、私を待ち続けると……」

お輪はこくりと頷いた。

「あなたの心にその想いがある限り、私はその道を辿ってあなたの許へ戻れます」

想いと想いが繋がれば、そこに道が生まれるのだ、と帰燕は言った。

「約束どすえ」

お輪は笑おうとしたが、すぐに無理だと悟った。

帰燕がそっと抱き寄せてくれる。帰燕の胸に顔を埋めて、お輪は声を殺して泣いた。


翌日、旅仕度を整えた島村冬吾が、縁見屋を訪れた。

「お国に戻らはるんどすな」

呉兵衛が名残惜しそうに言った。

「呉兵衛さんには、本当にお世話になりました。この御恩は決して忘れませせぬ」

島村は丁重に頭を下げた。

「年が明けたら、また京へ来はるんどすやろ」

お輪は島村に尋ねていた。

「葛原騏一郎て方を迎えに……」

「お輪さんの気持ちはお察しします。ですが、姉と子供にとって、葛原は夫であり父親なのです」

詫びるように島村は言った。

「気にせんといておくれやす。うちがお慕いしていたんは帰燕様であって、葛原てお人とは違いますよって……」

お輪は小さくかぶりを振った。

「何もかも、首尾よう行きますように」

お輪はそう言って、島村を見送ったのだった。

その二日後、お輪は呉兵衛が客と話している間に、火伏堂へ行ってみた。だが、もはやどこにも帰燕の姿はなかった。

宿坊の畳の上に、帰燕が着ていた弥平の着物が残されていた。その横には、天狗の秘図面と着古した行者の衣服も置かれている。

(うちが縫った物《もん》を、身に着けて行かはったんや)

嬉しかったが、寂しさもまた込み上げてくる。

ふと、秘図面と共に、紙が一枚置かれているのが見えた。

――火伏堂が赤気に燃ゆる一両日中――

と、書かれてあった。

（これは、焼亡の予兆、てことやろか）

火伏堂が、赤い気に包まれる時……。それがどういうものかは分からなかったが、帰燕は、何がしかの予兆を示してくれるつもりなのだ。

（少しでも多くの人を救うために……）

その時、千賀がこれから起こる火事の光景を、お輪に見せた理由がはっきりと分かった。

京の町を燃やし尽くすほどの大焼亡の中で、どれほど多くの親が子を失い、子が親を失うのだろうか。千賀は大切な者を失う辛さや悲しみを、少しでもなくしたかったのかも知れない。

お輪にも、まだできることはあったのだ。

霜月の凪が、いつも以上に身に沁みた。お輪は帰燕の衣服を手に取ると、胸にぎゅっと抱きしめた。帰燕の温もりが、まだそこに残っているような気がした。

第四章

其の一

十一月が終わる頃、お輪は徳次と祝言を挙げた。徳次は晴れて、「縁見屋の婿」に納まった。

縁見屋の座敷で祝宴が繰り広げられている最中、お輪は徳次を火伏堂へと連れて行った。

朝から降り続いていた雪も今は止み、うっすらと積もった雪で、夜の蛇小路は白く光って見えた。

御堂の中はすっかり冷え切っていた。お輪は蠟燭を灯すと、地蔵菩薩像の背後に回り込んだ。

「徳次さん、この壁に触れてみて」

お輪に言われるままに徳次が壁を押すと、壁板がわずかにずれて、扉が音を立てて開いた。蠟燭を翳すと、下へ続く階段が浮かび上がる。

「この下に地下蔵があって、岩倉屋の隠し金があるんや」

お輪は徳次に話し始めた。

「それだけやない。地下道もあって、愛宕社の天狗井戸まで続いてる。これを造ったのは、正右衛門で、徳次さんもよう知ってはる源蔵さんが、その正右衛門やったんや」

お輪は、この扉を開けられるのは自分だけであったこと、お輪と夫婦の縁を結んだ今では、徳次にもそれができることを伝えた。

「呉兵衛さんには、開けられへんのか」

それについては、お輪も帰燕に尋ねたことがあった。

「幾ら夫婦でも、妻が亡くなってしまうと、そこで縁の糸が切れてしまうんやて。この世とあの世では近いようで、遠い……。そない言うてはった」

「なんや、分かったような分からんような……」

と、徳次は首を傾げる。

「とにかく、うちが生きてる限りは、徳次さんにもこの地下道の入り口が開けられる。せやけど、隠し金の箱は、うちでないと開けられへん」

「正右衛門は、そないな大金を何に使うつもりやったんやろ」

「年が明けたら大火事が起こる。正右衛門は、その時のために準備をしてはったんや」

その火事がどれほどの大さなのかは、お輪の想像を遥かに超えていた。

「宝永の焼亡よりも大きいらしい」

と、お輪が言うと、徳次はすぐには信じられないようだった。

お輪は、その折に、縁見屋の娘たちに掛けられた祟りが解けることを徳次に語った。

「帰燕様が炎の力で、うちから千賀さんの呪縛を取り払ってくれるんや」

「せやったら、お輪ちゃんが、早うに亡うなることはないんやな」

徳次にとっては、それだけで充分であったのだろう。

「仰山の人が焼け出されるていうのに、うちが助かったからて喜べへん。正右衛門もそう考えたようや。もし炎に巻かれた時に、ちゃんと逃げられるように地下道を造り、町の再建に役立てるためにお金を残した。せやさかい、隠し金は縁見屋のもんやないんや」

「お輪ちゃん」

徳次は何かを言いたそうに、お輪を見つめた。

「こっちへ来て……」

お輪は地蔵菩薩の隣の天狗象の前に、徳次と共に座った。

「徳次さんの言いたいことは、うちにもよう分かってる」

灯明が、お輪の着ている晴れ着をぼんやりと照らし出していた。深紅の地に金糸と銀糸で、二羽の鶴が織り込んである。帯は黒地に銀糸の亀甲模様。どちらも立派なものだ。

お輪は、朱音屋のお美乃の婚礼衣装を借りたのだ。

お美乃は新しい物を用意すると言ってくれた。だが、お輪はお美乃の衣装を貸して欲しいと頼んだ。

――お美乃ちゃんの幸せを、少しだけ分けて貰いたいさかいに……――

お美乃は喜んで承知してくれた。

「うちは帰燕様を心から慕うてる。まるでこの着物の鶴のように、想いがしっかりと織り込まれてしもうたんや。それは、どないしても消せるもんやあらへん」

「わては、お輪ちゃんのことが昔から好きやった。嫁にするならお輪ちゃんや、てそう心に決めてたんや。帰燕様が現れて、わてはほんまに心配やった。お輪ちゃんの心が帰燕様に奪われてしまうんやないか、て、そない思うと……」

それから徳次は小さく笑った。

「そうなってしもうたんやな」

「そうやない」、とお輪はかぶりを振って否定した。

「縁《えにし》が違うんや。うちはやっとそれが分かった。帰燕様とうちを繋いでいるのは、男と女の縁やない。細いけれど絶対切れへん、もっと強いもんなんや。なんやうちはそないな気がしてる」

「それに……」と、お輪は徳次の手を取って、その目を覗き込んだ。

「帰燕様は人やない。天狗様や。お日さんも、月も星も、目には見えていても手ぇの届かへん所にある。皆のもんであって、誰のもんにもならへんのや」

「無理をしてるんやないか」

徳次はお輪に優しい。いつも、どんな我がままでも聞いてくれた。だからこそ、お輪は徳次に嘘はつけなかった。

「そない思うてないと、うちは耐えられへん」

お輪は溢れそうになる涙を堪えながら言った。

「帰燕様は、お輪ちゃんが幸せになれる道を探してくれたんや」

徳次はお輪の涙を拭いながら言った。

「わては、お輪ちゃんとの縁を結んでくれたんは帰燕様やて思うてる。わてにとっても、帰燕様は大切なお人や。決して忘れることはあらへん。二人でずっと覚えていたらええんや。帰燕様は、きっと縁見屋の守り神になってくれはる」

徳次はお輪を抱き寄せた。

「わては、お輪ちゃんが、心の内にどないな想いを抱えていようとかまへんのや。すべてひっくるめて、嫁にしたんやさかい」

「ほんまに、後で悔やんだりせえへん？」

「天狗様の前で嘘なんぞ言うかいな。……阿呆やな」

と徳次は笑った。

其の二

十二月になり、新年を迎えるための慌ただしい日々が始まった。十三日からの「正月事始め」など、大掛かりな掃除をする商家も増えてくる。人手を求める客やら、当座の仕事を探す者たちも増え、縁見屋は普段以上に忙しくなった。

その合間を縫うようにして、徳次は、「株仲間」や呉兵衛の知り合いへの挨拶回りに、引っ張り出された。徳次が来たことで隠居を決め込んでいた呉兵衛も、そうすぐには仕事から離れられないと悟ったようだ。

徳次が共に暮らすようになっただけで、縁見屋は随分賑やかになった。呉兵衛は、徳次を相手に晩酌をするのを好むようになった。

閨《ねや》の営みにも慣れ、お輪は徳次の腕の中で眠ることに、幸せを覚えるようになっていた。

こうして、年の瀬は瞬く間に過ぎて行き、いよいよ天明八年の年が明けたのだった。元旦を迎え、松の内の挨拶回りや訪れる客のもてなし、と、しばらくは忙しい日が続いた。やがて、それらが落ち着いてきた頃、お輪はしだいに不安を感じるようになっていた。

天明八年、年が明けたある日、八十年前の宝永以来の大火災が再び起こる。その火事の炎の力で、お輪の中の千賀を解き放つと言う「時輪の呪法」が行われる。

何がどうなるのか、詳しいことは分からないが、「縁見屋の娘の祟り」は、もうじき終わる。手放しで喜べないのは、やはり、それが大焼亡と連動しているからだ。

大火事が起こると分かっていて、その日を待つのは辛いものがあった。それは徳次も感じているようだった。日ごとに口数が少なくなり、夜の眠りも浅くなっている。

年が明けるとすぐに、お輪と徳次は交替で火伏堂に通うようになった。それも、昼と夜の二回だ。

――火伏堂が赤気に燃ゆる一両日中――

帰燕の残した言葉が、火災の起こる前ぶれなのは分かった。

「火伏堂が赤《あこ》う見える、てことなんやろか」

徳次は首を傾げる。

「帰燕様の言わはることや。一目見たら分かるんと違う？」

お輪も徳次も、常に気を張っていなければならないのが、心にも身体にも堪えていた。

「火伏堂通いは、わてだけでええ」

徳次は労ってくれるが、それではお輪の気が済まない。だからといって、呉兵衛に助けを求めれば、余計な心配をかけてしまう。

年末までに、先祖の遺品の書画や骨董《こっとう》などの一部を火伏堂の地下蔵に運び込んだが、呉兵衛には、大掃除の片付けに見えるように気を配った。

今から町内の人に話してしまうのも、大騒動になりそうで気が引けた。徳次とお輪の二人だけでは、到底手は回りそうもなかった。

それは正月半ばのことだった。思わぬ客が縁見屋を訪れたのだ。島村冬吾である。

「……島村様、ようお越し下さいました」

突然やって来た島村の姿に、お輪は一瞬言葉に詰まってしまった。

昨年、縁見屋に現れた時とは違って、島村は立派な武家姿であった。実に堂々としていて、親しげに言葉をかけるのも憚られた。

「お元気そうですね、お輪さん」

島村の方は気にする風もなく、懐かしそうにお輪を見る。

「どうぞ、上がっておくれやす。外は寒うございましたやろ」

お輪は島村を火鉢の方へと招いた。

島村から受け取った笠は、うっすらと雪を被っていた。

「それで、葛原様のことは、どないなりました？」

改めて新年の挨拶を交わすと、お輪はさっそく尋ねていた。島村の様子から、首尾良く行っていることは窺えたが、確かめずにはいられなかったのだ。

「そのことですが、いずれ詳しくお話いたします。それよりも、帰燕殿はどうされました？」

帰燕、と言うより、葛原騏一郎のことが気にかかるのだろう。無理もない、とお輪は思った。帰燕は、島村に葛原を無事に返すと約束している。

「火伏堂に寄ったのですが、どなたもおられませんでした。近くの者に尋ねたところ、昨年の十月の終わり頃には姿を消して、それきりだとか……」

「島村様がお国に戻られた二日後にお訪ねした時には、すでに出て行かれた後どした。愛宕山へ帰らはったんどす」

「いずれ戻られると言われておりましたが、まだなのでしょうか」

「正月中には……」

と、答えてから、お輪は改めて島村を見た。

「島村様、今という時期に縁見屋に来はったんは、帰燕様の思し召しやて思います」

お輪は島村の前に両手をついていた。

「お願いどす。どうかお力を貸して下さい」

その夜、島村を交え、縁見屋はちょっとした宴会になった。だが、呉兵衛が上機嫌で酔いつぶれてしまうと、三人は一室に集まり、遅くまで話し込んだ。

島村は、すでに縁見屋の娘に取り憑いた祟りのことは知っている。しかし、帰燕がどうやって、千賀の呪縛を祓うのかまでは聞かされてはいない。

「京の町が、焼亡に見舞われるのですか？」

島村の顔から表情が消えた。

「帰燕殿が、その折にお輪さんを救うと言うのですか」

「火事のお陰で命が助かるて言うのでは、お輪もわても、なんや心苦しゅうて……」

「しかし、火事はお輪さんのために起こる訳ではないでしょう」

起こるべくして起こる焼亡を、利用するだけだ……。

確かに帰燕もそう言った。そのために、縁見屋の娘たちは、八十年近くの歳月を待ち続けてきたのだ。

「せやけど、知ってしもうた限りは知らんぷりはできしまへん。うちや東雲屋さんだけ、前もって逃げるてことも……」

「日にちも分からんのに、早々と知らせて大騒ぎになっても困ります。それに、いざ火事が起こった時に、火付けの下手人にされてもかなわんさかい……」

徳次も困惑顔で言った。

「帰燕殿の文では、火伏堂に予兆が起こるとか……」

島村は考え込むように両腕を組んだ。

「焼亡が起こる一日か二日前には、赤気て言うもんに、御堂が包まれるんやそうどす」

お輪は改めて徳次の顔に視線を向けた。

「うちも徳次さんも気が気やないんどす。年が明けたら、て言われても、正月なのか二月に入るのか分からしまへん。毎日、二人で火伏堂の様子に気を配りながら過ごしてます」

「それで祝言を挙げて間がないというのに、お二人の顔が冴えないのですね」

島村は納得したように頷いた。

「島村様には京を早う出られた方がええ、て言うべきなんやろうけど……」

お輪は、「ほんまに申し訳ありまへん」と頭を下げる。

「何を言われる」

島村は怒ったように言った。

「お輪さんも、私がここへ来たのは、帰燕殿の計らいだと言われたではないか。私で良ければ力になります。いえ、むしろ、私はそのために、今日という日にここへ参ったのです」

心強い島村の言葉であった。

「火伏堂のことは、私に任せて下さい」

その夜から、島村は火伏堂に泊まり込むことになった。

呉兵衛には、島村がしばらく堂守をしてくれることになったと告げた。

次の日、お輪と徳次はさっそく火伏堂へ行った。島村に食事を届けるためもあったが、今後の算段をしなくてはならなかったのだ。

「火伏堂に異変があれば、すぐに町内の人に知らせましょう。せめて丸一日でも余裕があれば、家財道具を持って逃げることもできます」

「近隣の者は、帰燕様の火事の予兆や、て言えば、すぐに動かはるて思います」

帰燕の験力に救われた者たちは、まず疑うことはないだろう、と徳次は言う。

「それやったら、今から伝えといて、逃げる準備をして貰うたら……」

お輪が言いかけると、すぐに徳次が遮っていた。

「いつ起こるか分からんもんを、今か今かて待ってることがどないにしんどいか、わてらがよう知っとるやろ」

人々の不安や苛立ちが、騒動の種になりかねない。

「近辺の者が逃げ始めれば、すぐに何事かと、人の噂になるでしょう。その折に、一気に流言が広まるようにするのです」

「せやけど、人はそう簡単には動かしまへん。それに一日二日で京の町すべてに行き渡らせるのは到底無理な話や」

「お園さんにも言うて、店のお客さんに広めて貰うたらどうでっしゃろ。火伏堂は火防ぎの神さんを祀ってる。その町内の人が逃げ始めたら、京が火事に見舞われる前兆や、て言い伝えがある、て……」

お園もまた、帰燕の力を信じている者の一人なのだ。

「それならば、たとえ半信半疑でも心の準備ぐらいはできるでしょう。ところで、避難する場所なのですが……」

島村の言葉に、お輪も徳次も考え込んだ。

「逃げた先が、また炎に包まれるようなことにでもなれば、どうしようもありません」

「お輪さん」、と島村が視線を向けてくる。

「あなたが夢で見たという、天明の焼亡がどれほど大きいのか、詳しく分かりますか」

お輪は千賀に見せられた光景を思い出そうとした。

「西は堀川を越えて燃え広がっていました。北は禁裏の辺りも燃えていました。南は、六条通りを越えんばかりの勢いやったと……」

そこで焼亡が終わるのか、さらにその先まで舐めつくすのか、そこまではお輪にも判断はつきかねた。

「地図はありますか」

島村に問われ、徳次が懐から地図を取り出した。

「わても逃げ場所について考えてましたさかい……」

一日か二日、取りあえず町内の者が過ごせる場所がいる。

「やはり、寺か神社の境内でしょうか」

堀川を渡れば、西へ向かって、岩神通《がんじんどお》り、猪熊通《いのくまどお》り、丹波《たんば》屋町通《やちようどお》り、大宮通《おおみやどお》りと並び、二条城の中ほどから南へと流れる川に沿って、寺が幾つも連なっていた。

「すずめ屋」に近い更雀寺があるのも、この辺りだ。さらに下って松原通《まつばらどお》りまで行けば、幾つもの寺が軒を並べている。堀川沿いに、本圀寺《ほんこくじ》、西本願寺《にしほんがんじ》といった大寺が、南に下れば東寺《とうじ》もある。

「六条通りを越える火事ならば、本圀寺も西本願寺も危ないかも知れません。東《ひがし》本願寺にも及ぶ恐れもあります」

「西側も、もっと遠くへ逃げた方がええと思います」

お輪の言葉に、島村は頷いた。

「念には念を入れた方が良いでしょう」

「せやったら、壬生村を越えて、西院村まで行かなあきまへんな」

徳次が地図を指差した。

「高山寺《こうざんじ》、春日社《かすがしゃ》、宗円寺《そうえんじ》、宝蔵院《ほうぞういん》、住吉社《すみよししゃ》。この辺りどすが、どれも大きゅうはない。洛外の村の庄屋や豪農の力を借りなあかんかも知れまへん」

「いずれにしても、引き受けて貰えるよう、頼んでおかなくてはなりません」

島村は首を傾げた。

「果たして信じて貰えるかどうか。事が起こってからならばともかく、事が起こる前なのですから……」

「とにかくやってみまひょ」

徳次がぽんと膝を打った。

「やれるだけのことは、やりまひょ。西院村へはわてが行って来ます。逃げ遅れたもんは火伏堂に集める、てことで……」

「火伏堂に人が溢れても、地下道から愛宕社へ逃げられます。この二か所は、帰燕様が守ってくれはるさかいに……」

「そろそろお義父はんにも言うた方がええ」

徳次はお輪を見た。

「お前が父親に余計な気苦労をさせとうない、て言う気持ちも分かるけど、力になってくれるもんは一人でも多い方がええやろ」

前触れがあった時には、呉兵衛に「すずめ屋」へ行って貰おうとお輪は考えていた。そこからなら、たとえ炎が堀川を越えても、すぐに逃げることができるだろう。当然、お勝には、火事が起こることを知らせておくつもりだった。

「呉兵衛さんならば顔も広い。いざとなったら、商家の旦那衆に知らせて貰いましょう」

　島村も同意するように頷いた。

「一日か二日後には必ず起こる、となれば、人は信じてみようと思うものです。ことに呉兵衛さんのように信頼の厚い人の言うことならば……」

　近江屋も呉兵衛の言葉なら信じるだろう、と島村は言った。

「帰燕様の予兆や、て言えば、朱音屋さんも信じてくれはります」

「帰燕様を知ってるもんには早いうちに言うといて、予兆があればすぐに逃げて貰う。その時には近隣、知人、親類縁者……。京の町にいてるもんには、声をかけるよう頼んどく。そう言うことでどうやろ」

　徳次の言葉に、それが今の自分たちにできる精一杯なのだと、お輪は思った。

其の三

　ついに正月も残すところ後二日となった。二十八日未明、お輪は何者かに激しく身体を揺さぶられた気がして目を開いた。

部屋には誰もいない。隣に寝ている筈の徳次の姿もなかった。部屋の中がほのかに明るくなっている。お輪は起き上がって縁に出た。

昨夜、閉めた筈の雨戸が開いている。

庭先が白かった。雪を頭にのせた南天が頭《こうべ》を垂れている。幾つも付けた小さな実の赤さが、ひどく目に染みた。

ふと人の気配が傍らにあった。その方に顔を向けようとした時、すっと伸ばされた白い手が視界に入った。紺絣の着物の袖に見覚えがある。

「千賀さん」と言いかけた時、その細い指先が示しているものに気づいた。

東の空が赤かった。一瞬、夜明けかと思ったが、まだ時分は早い。

その時、星の残る空に火柱が見えた。

「火事やっ」

お輪は思わず叫んでいた。

「お輪、お輪、どないしたっ」

再び激しく身体を揺さぶられた。気がつくと、眼前に徳次の顔があった。

「怖い夢でも見たんやないか。えらい悲鳴を上げとった」

お輪は徳次に胸にしがみついた。

「火事の夢や。東の空に炎が上がってたんや。千賀さんが、教えてくれた」

「安心せえ。ただの夢や。まだ火伏堂から知らせもないさかい……」

その時、破れんばかりに雨戸を叩く音が聞こえた。

徳次が急いで雨戸を開けると、島村が白い息を吐きながら立っていた。

「火伏堂が炎のような物に包まれています。すぐに来て下さい」

二人は綿入れを羽織ると、火伏堂へと向かった。

「これが赤気というものではありませんか」

確かに赤い靄《もや》が御堂全体を覆っている。それが炎のように、ゆらゆらと揺れているのだ。

「最初は朝日でも当たっているのかと思いました。しかし、夜明けにはまだ間がありますす」

島村は興奮しているのか、自然に早口になる。

「夜半に見た時は、何も起こってはいませんでした。いつもなら、まだ眠っているのですが、何者かに起こされたような気がして……」

島村は夜中に三度は様子を見ている。さすがに夜明け前は眠りが深くなる。その島村を起こす者がいた。

「それが、見たこともない老人で……」

島村は首を傾げたが、お輪にはすぐにそれが正右衛門だと分かった。

「間違いあらへん。前触れや」

徳次も咄嗟にお輪と同じことを考えたようだ。

「後は手筈通りや。わては町内の世話役に伝えてから、東雲屋に走る。お輪はお義父はんを起こしてくれ。それから、『美衣野』や」

「近江屋と朱音屋へは私が行きます」

すでに火事の噂は洛中に流れていた。

――嘘かほんとか分からへんけどな。近く、京の町が火事になるそうや。なんでも享保の西陣焼けの時よりも大きいらしい――

――わては宝永の時よりも大きいて聞いた。愛宕山の天狗のお告げやて――

——天狗が人を助けるんかいな——

——阿呆やな。愛宕山の天狗は火伏の神さんや——

町方は、「いたずらに巷《ちまた》を騒がせている」として、流言の出所を探し回っていたが、未だに火伏堂には辿りつけないでいた。

お輪は縁見屋に戻ると、呉兵衛の部屋へ行った。呉兵衛はすでに起きていて、風呂敷包みに、志麻と弥平の位牌《いはい》を包んでいた。

「なんや妙に胸騒ぎがしてな。目が覚めてしもうたんや」

予兆があったことを話したが、呉兵衛はさすがに落ち着いていた。

「お仏壇までは持って行けへんさかいな」

「火事が起こるのは、明日か明後日や。とにかく、すぐにお勝さんの所へ行って」

「近江屋さんへは？」

「島村さんや徳次さんが知らせに走ってはる。噂も流れていることやし、今日か明日の日暮《ひのくれ》までには、皆、逃げてくれはるやろ」

「話を信じてくれはったら、ええんやけどな」

呉兵衛は案ずるように眉根を寄せた。

信じる者もいれば、初めから疑ってかかる者もいるだろう。少なくとも、お輪はでき得る限りのことはしたのだ。今はそう思うしかない。

それに、まだ火事が起こった訳ではなかった。ぎりぎりまで信じなかったために、逃げ遅れる者もいるだろう。

「ほんまに火事は起こるんやろか……」

呉兵衛がぽつりと呟いた。

「帰燕様の言葉を疑うてる訳やないんやで」

言い訳がましく呉兵衛は言った。

「分かってる。火事なんぞ起こって欲しゅうないんやろ」

「せや」、と呉兵衛は頷いた。

「起こって欲しゅうはないけど、火事にならんと、お前が救われへん。喜んだらええのんか、悲しんだらええのんか、ほんまに難儀なこっちゃ」

本当は心から喜びたいのだろう。縁見屋の娘の祟りが解けるならば、家屋敷、全財産を失ったとしても、呉兵衛は構わなかったに違いない。

だが、そのための代償があまりにも大きいことへの恐れが、どうしても拭えないのだ。

「お父はん、うちかて怖いんや」

お輪は呉兵衛に訴えた。

「帰燕様は、火事は起こるべくして起こる、てそない言わはったんや。うちのことがあろうとなかろうと、京の町は、それは大きな火事に見舞われる。それも、宝永の大焼亡から数えてきっかり八十年後の星回りやそうや。この機会を逃したら、縁見屋の娘の祟りは永遠に解けへん。何よりも、千賀さんに清太郎を返してあげることができひんのや」

お輪はさらに声に力を込めた。

「うちはできるだけのことをする。お父はんも、先に行って、逃げて来る人たちを助けてあげて。西院村の庄屋さんとは徳次さんが話をつけてはる。きっと力になってくれる筈や」

「そうやなあ」、と呉兵衛は納得したように頷いた。

「考えてみれば、お前のことがなければ、わてらも含めて誰も火事が起きることは知らんかった。帰燕様が来てくれたお陰で、こうして早《はよ》うに逃げることができるんや。

この巡り合わせは、ええことやったんかも知れん」

いつもの呉兵衛が戻って来たようだ。

「よっしゃ」、と呉兵衛は掛け声を上げる。

「ほな、先に行くわ。お前たちも、くれぐれも逃げ遅れんようにな」

「お父はん。火の元がどれほど遠くても、火は必ず堀川を越えて来る。『すずめ屋』も危ないかも知れん。早めに逃げるんやで」

「分かっとる。近隣にも声をかけるさかい……」

父が出て行った後、お輪は気が抜けてその場に座り込んでしまった。

慌ただしい時を過ごしている間に、夜はすっかり明けていた。お輪は、頭が急に空っぽになった気がして、咄嗟に何をするべきか分からなくなった。

(長い一日になる)

間もなく徳次も島村もお腹を空かせて戻って来るだろう。お輪は、握り飯を作るために厨へ向かった。

其の四

それは、正月三十日の明け方のことだった。突然、半鐘の音が響き渡り、お輪と徳次は飛び起きていた。

「火事や」

徳次がすぐに様子を見に飛び出して行った。間もなく戻って来た徳次は、「鴨川の東側が火らしい」と言った。

「随分、離れてるようやが……」

徳次の顔には迷いがあった。このまま鎮火するのではないか、と一瞬考えたようだ。

「そんなことはあらへん。大きゅうなる」

お輪には確信があった。その様子を、お輪は千賀から見せられている。大きな火事になるからこそ、帰燕もまた「時輪の呪法」が行えるのだ。

町内の人々は、すでに堀川を越えて逃げていた。荷車に家財道具を積んでの移動は、さすがに目立つ。堀川に架かる天狗橋をはじめ、幾つかの橋は、どれも小さなものだ。随分混雑し、町方も動き出していた。

お輪は徳次と共に四条通りへ出た。

夜明け前の空が真っ赤になっている。北山から吹き下ろす風に煽られて、火の粉が周囲を飛び交っていた。確かに火元は遠い。

しかし、強風と熱風に巻き上げられて、炎はたちまち鴨川を飛び越えるだろう。逃げて来る人々が、波のように押し寄せていた。噂が本当になったことで、すぐに行動に出た者もいたのだ。

「あかん、天狗橋が落ちたら終わりや」

徳次は橋に向かって殺到する者たちに目をやった。

「お輪、わては橋へ行く。少しずつ渡さんとえらいことになる」

「うちは島村さんに知らせる」

橋は堀川沿いに、天狗橋を含めて八つある。八つ目は二条城の前だ。その橋から手前一つ目は、町方の火消衆が使う。せめて、後の六つの橋は守らねばならない。

お輪が火伏堂に行くと、島村が待っていた。町内の男衆が何人か集まっている。彼等の家族はすでに西院村に避難させてあった。

「大勢の人が橋に向かってはる。皆で手分けして、ちゃんと渡れるようにしてあげて」

お輪の呼びかけに、男衆がすぐに動いた。

そうしている間も、火の手は京の町のあちこちから上がっていた。通りは逃げ惑う人々で溢れ返っていく。

お輪は島村と共に御堂へ入った。島村が地蔵菩薩像を押して移動させる。お輪は壁の扉を開いた。

「ここから愛宕社まで行けますよって、後はよろしゅうお願いします」

「お輪さんは、どうされるのです?」

「縁見屋へ戻ります。帰燕様も来はるさかい、うちのことは心配せんといて下さい」

「お気をつけて」、と島村は言った。

「島村様も……」

本当は御礼の言葉も言いたかったが、今はそれどころではない、と思い直した。

お輪は再び蛇小路を戻って行った。半鐘の音が耳をつんざく。火の粉がばらばらと降りかかり、足元にうっすらと積もった雪を溶かしていた。

今になってやっと気がついた。二日前に千賀に予兆の夢を見せられた時と、同じだと思った。

(お母はんが亡うなった日も、雪やった)

年が明けて、お輪は十九歳になった。志麻が亡くなった朝から、十一年の月日が経っていた。

お輪に取り憑いた祟りが消える……。

そんな日が来るのを心より願っていたのは、代々続く縁見屋の娘たちなのだ。

(お母はん、お祖母はん、曾祖母はん……。無事に千賀さんが清太郎さんを取り戻せるよう、力を貸して下さい)

お輪は胸の内で両手を合わせた。

縁見屋の庭先に戻ると、妙なことに気がついた。辺りが不思議と静かなのだ。あれほどけたたましかった半鐘の音も、ぴたりと途絶えている。

誰かに呼ばれたような気がして、振り返った。

そこにいたのは源蔵であった。いいや、正右衛門だ。

「帰燕様は……」と尋ねようとした時、正右衛門がお輪の手を取った。

ふいに身体が軽くなり、お輪は空高く飛び上がっていた。

眼下には燃える京の町があった。

炎は鴨川を越えて、すでに町の中ほどまで来ていた。町屋はおろか、大きな寺や神社も燃えている。そればかりか藩の京屋敷の並びも、公家屋敷、禁裏の大半も炎に飲み込まれようとしていた。

それは、幾度も夢で見せられてきた光景であった。どれほど恐ろしくても、目覚めてしまえば、ただの悪夢だった。

だが、今、眼下に広がるこの炎の海は……。炎に煽られ逆巻く風は、獣の声で吼《ほ》え立てる。その様は、まるで……。

「地獄絵図や」

お輪は思わず両手で耳を塞いでいた。

幼い頃、近所の寺で地獄絵を見せられた。生きている時に悪い事をすれば、死んでからここへ落とされるのだ、と寺の住職から聞かされた。

普段はにこやかで優しい老住職が、この時ばかりは、地獄の鬼の化身に思えた。

しかし、今、広大な炎に巻かれて行き場を失い、苦痛の内に命を落として行く人たちが、どれほどの罪を犯したというのだろうか。

「もうやめてっ」

お輪は悲痛な声を上げていた。

「もう、やめて。もう、終わりにして。うちのことは、もうええさかい……。どうか、どうか……」

何に祈れば良いのか分からなかった。今になって、これまで自分の取ってきた行動のすべてが悔やまれた。

（もっと方法があった筈や。こないに人を死なせんでもええ方法が……）

千賀は、それをお輪に考えろと言っていたのではないか？

そう思えた。

「うちは、知っていたんや。何もかも、知っていたのに……」

「しっかりするんやっ、お輪」

傍らで正右衛門の声が叱咤《しった》した。

「大火事が起こることは、最初から決まっていた。お前はできるだけのことをした。

今この時も、できることをするだけや」

（うちに、できること）

千賀に清太郎を返すことだ、とお輪は思い直した。

その時、お輪の目を捉えたものがあった。

お園だった。

お園は逃げて来る人波を押し退《の》けるようにして、東へ向かっていたのだ。

（もしや、近江屋へ……）

太吉を思う母の心が、自然と近江屋の方角へ向かわせたらしい。

お輪は目を高瀬川へと向けた。近江屋がある辺りだ。

二日前の予兆があった日、呉兵衛ばかりか島村までも、火事が起こることは知らせておいた筈だった。

――近江屋の主人は、『神仏のお告げ』のようなものは解さぬお人のようです――

大店だけあって、神仏よりは算盤《そろばん》の方を信じるらしい。

――本当に火事が起こった時には、それなりの算段はすると言うておられました――

手遅れにならねば良いが、と島村も案じていたのだ。

本当に火事になったことを知り、さすがに逃げようとした近江屋だったが、何しろ、思ったよりも火の回りが早かったようだ。周囲を炎に閉ざされて、家族や使用人共々、逃げ道を失っていた。

そうやって右往左往している者たちの姿が、お輪の目には幾つも映っていた。

「助けないと……」

手立てを考えようとした時、「秘図面を使え」と正右衛門が言った。

天狗の秘図面は、火事を知った時、すでに懐に入れてあった。

「せやけど、あないに大勢の人に、どないして逃げ道を知らせたらええんや」

「空へ放るんや」

お輪は言われるままに、広げた秘図面から手を離した。

秘図面は炎に煽られ、天空高く舞い上がった。

次の瞬間、光の筋が何本も走り、天空にたちまち巨大な絵図を描き出したのだ。

空一面に描き出された絵図を映すように、地上を席巻する炎を割って、瞬く間に道が開かれていった。

人々が一斉に、その方へ向かって走り出すのが見える。お園もまた、逃げ惑っていた近江屋一家の許へ駆けつけていた。

（お園さん、炎の中の道を辿るんや）

お輪は心の中で念じた。

道は南へ向かって延びている。お園がその方向を皆に示していた。

「お輪、見るんや」

正右衛門が空を指差した。

つい先ほど、巨大な地図を描いてみせた天空には、今度は別の物が浮かんでいる。

それは、無数の星が集まってできた巨大な輪であった。

（千賀さんに見せられた、あの光景や）

京の町を蹂躙《じゅうりん》しつくし、さらに燃え盛る炎が、幾本もの柱となって、吸い込まれるように星の輪に向かって昇って行くのだ。

やがて星の輪はすっぽりと炎に包まれていた。間もなく落雷のような轟音が起こり、天空一杯に広がった炎の輪が、ゆっくりと回り始めた。

――せいたろう、せいたろう……――

泣いているような女の呼び声であった。お輪の見ている光景は、今やすっかり変わっていた。

縁見屋がある辺りだ。髪を振り乱し、女はまるで狂女に見えた。女は天狗橋を渡ろうとして、周囲の者に押し留められている。

――離しておくれやす。清太郎を捜しに行きますさかい……――

――千賀、諦めるんや。子供は天狗に攫《さら》われたんや。もう戻っては来《き》ぃひん――

主人らしい男が、千賀を説得しようとしていた。若い頃の正右衛門のようだ。

――坊っちゃんは帰って来たのに、なんで清太郎は戻らへんのどすか――

涙ながらに千賀は訴えていた。

――千賀、なんちゅう言い草や。まるで清太郎がおらんようになったんは、旦那様のせいやて言うてるようなもんや――

使用人らしい男が、女を叱りつけていた。

――長松ぼっちゃんにお聞きしました。清太郎は、旦那様に手を引かれて森の奥へ入って行ったんや、て……――

――なんちゅう女や。子供の言うことを真に受けよって――

男は声を荒らげる。

「そうや、すべてはわしのせいなんや」

お輪の側で正右衛門が言った。

「お輪、あれがわしのほんまの姿や」

正右衛門の声は泣いているようだった。

「我が子のことしか頭になかった。清太郎と千賀を引き離しても、長松を守ろうとした、鬼の姿や」

――わてには正右衛門を責められへん。すべては我が子のためにしたことや。わてかて、同じ立場になったらそないする――

そう言った徳次の言葉を、お輪は思い出していた。

「わしの所業が、娘を苦しめ、孫を苦しめ、お輪、お前までも苦しめてしもうた」

「帰燕様は、正右衛門は充分に罰を受けた、てそない言うてはった」

お輪は慰めるように言った。

「縁見屋の娘たちは、誰も正右衛門を恨んでへん。千賀さんに清太郎を返して、すべてを終わりにするんや」

いつしか、お輪は天狗橋の辺に立っていた。秋の夕暮れだった。嵐山《あらしやま》に向かって、朱墨を流したような雲が延びている。その時、対岸に帰燕の姿が見えた。

「帰燕様っ」

お輪は思わず叫んでいた。駆け寄ろうとした時、ふっと身体の中を何かが通り抜けて行ったような気がした。

帰燕と思えた姿が、急に小さく見え、いつしか七歳くらいの男の子に変わっている。

「清太郎っ」

走り寄る女の姿が見えた。

「お母はんっ」

子供も声を上げ、女に向かって走り寄る。二人は天狗橋の中ほどで出会うと、しっかりと抱き合っていた。

「千賀、長い間待たせてしもうて、ほんまに済まなんだな」

お輪の傍らで正右衛門が詫びていた。

清太郎の手をしっかりと握り、振り返った千賀の顔はとても綺麗だった。

(千賀さんのこないな顔、初めて見る)

夢の中で幾度も出会った女の顔は、いつも暗く悲しげだったのだ。

気がつくと、お輪は再び縁見屋の庭にいた。空の輪の動きはしだいに遅くなり、やがて、静かにその動きを止めていた。

周囲を包んでいた炎が消え、小さな光が幾つも飛び出した。それらは無数の流れ星となって、幾筋もの銀色の軌跡を引きながら、愛宕山へと向かって落ちて行ったのだ。

「お輪、わしはこれでやっと眠れる」

正右衛門が安堵したように言った。

「もう会えへんのやな」

それを思うと、やはり寂しかった。お輪は心から源蔵が好きだったのだ。

「うちの側にいてくれて、ほんまにおおきに」

「お前に言うとくことがあるんや」

正右衛門は神妙な顔で言った。

「帰燕様のことは、もう忘れるんや。あのお人はもう戻っては来ひん」

「約束したんや。うちが忘れさえせえへんかったら、いつかまた会える、て」

すると正右衛門は、どこか辛そうにかぶりを振った。

「分からんか、お輪。帰燕様は『過戒』を犯したんや。前に教えたやろ。人助けまでは役行の内や。せやけど、帰燕様は大勢の人の運命を変えてしもうた」

「過戒」を犯せば、罰を受ける。天行者ではなくなり、鬼霊は消えてしまう……。

「火事で死ぬ筈やった多くの人の命を、救ってしもうた。もう天狗ではいられへん」

「うちが頼んだからや。うちのために、帰燕様は火事の起こる日を知らせてくれただけや」

お輪は必死に訴えた。

多くの人が不幸になるのに、自分だけが助かるのは辛い……。帰燕は、お輪の思いに応えてくれたのだ。

「それが、あかんことやて言うの？　帰燕様は、うちにそないなことは一言も言わはらへんかった」

「聞いてたら、お前はどないしたんや？　火事に巻き込まれる人たちのことを、見て見ぬ振りができたんか。できるかぎりのことをしていても、お前はあれほど傷ついたんや。お前が心をすり減らすことが分かっていながら、帰燕様が言う筈はないやろ」

「帰燕様の鬼霊が消えてしもうたら、もううちの所へは戻って来られへんの？」

お輪は今にも泣き出しそうになった。

「せやさかい、お前のために言うてるんや。帰燕様のことは忘れて、徳次と幸せに暮らせ。そうしてくれたら、わしも嬉しい。帰燕様も……」

それを望んではるんやさかい……。

その言葉が最後であった。正右衛門の姿はもはやそこにはなかった。

突然、眼前が真っ赤になった。激しく木の燃える音がしていた。お輪の周囲はすでに火の海だった。縁見屋が燃えていたのだ。

「お輪さんっ」

炎を割って一人の男が現れた。咄嗟に帰燕だと思った。

次の瞬間、建物が崩れる音がして、お輪は意識を失っていた。

終章

其の一

焼け落ちた縁見屋の庭先で、気を失っているお輪を見つけたのは徳次であった。傍らには、帰燕がお輪を守るようにして倒れていた。

炎が迫ってきた時、徳次は逃げ遅れた人たちと火伏堂にいた。徳次は必死でお輪の姿を捜したが、見つけることができなかった。

島村に問うと、お輪はここへは来ていないと言う。

――まだ縁見屋にいるんや――

徳次は蛇小路に向かおうとした。だが、すでに縁見屋の辺りからは、炎が高く燃え上がっていた。

――いけません、徳次さん――

島村が止めた。

――お輪さんには、帰燕殿がついています。大丈夫ですから……――

――帰燕て、あんた、あの男を見たんか？　お輪と一緒にいるところを、その目で見たて言うんか――

　炎のせいか狂乱しているのか、目は真っ赤に血走り、徳次は島村に摑みかかって来る。

「悪いとは思ったのですが、とても話にならなかったので……」

　腹に拳を叩き込んで徳次を失神させたのだ、と、島村はお輪に済まなそうに言った。

　火は二月の二日まで燃え続け、京の町の大半を焼き尽くす大焼亡となった。禁裏や二条城までも被害に遭い、神社は三十七、寺は二百一、家は三万六千七百九十七軒が焼失していた。

　北は鞍馬口通《くらまぐちどお》りから、南は六条通りまでを舐めつくした炎は、結局、堀川通りを越えて、さらに千本通りまで燃え広がったのだ。

　焼死者に関しては百五十人とも、千八百人とも言われている。そんな中で、火伏堂の予兆を信じていち早く逃げた者や、空に浮かんだ絵図を見て助かった者たちの話も聞かれた。

　鴨川の東側で起こったにもかかわらず、北山颪《きたやまおろし》の風も手伝って、飛び火した炎は瞬く間に京の町に燃え広がった。

火伏堂から地下道を逃げた者たちは、天狗井戸から上へと登った。愛宕社も火に囲まれたが、炎は社を避けるように通り過ぎて行った。

「愛宕山の天狗が守ってくれたんや」

呉兵衛はそう言って涙を流した。

「きっと、正右衛門の罪を許してくれたんやろう」

堀川を渡った炎は千本通りまで延びたが、「すずめ屋」の辺りは炎を免れていた。東側に並ぶ幾つかの寺が、炎を遮ってくれたのだ。

お輪と徳次、呉兵衛の三人は「すずめ屋」に身を寄せていた。東雲屋も焼けてしまったが、徳次の家族は無事だった。予兆があった直後に、伏見の親戚の家に避難していたのだ。朱音屋も焼失したが、家族も使用人も皆、助かっていた。

火事の後、お園が「すずめ屋」を訪ねて来た。

「太吉のことが、どうしても案じられて……」

咄嗟に近江屋へ走ったお園は、炎で逃げ道を塞がれてしまった。そんな時、お輪の声が聞こえたのだと言う。

――炎の中の道を辿るんや――

「ほしたら、炎が左右に別れて、南へ向かう道が現れたんどす」

いかにも不思議だとお園は首を傾げた。

「うちや近江屋さんだけやない。その場にいた人たちも、皆、その道のお陰で助かりましたんや」

それから、お園は母親の顔でこう言った。

「店も焼けてしまい、うちにはもう何も残ってしまへんのやけどなあ。太吉が無事やっただけで、もう充分どすねん」

帰燕は、お輪と共に「すずめ屋」にいた。縁見屋はすっかり焼け落ちてしまったというのに、お輪も帰燕も火傷一つ負ってはいなかった。ところが、帰燕には、その時の記憶が全くなかったのだ。

お輪は、千賀と清太郎が再会したことを知っている。帰燕の「時輪の呪法」が成功し、帰燕の中の清太郎は、母の許へ帰って行った。

しかし、心から喜ぶことができないのは、正右衛門が消える寸前に残した言葉が、頭に残っているからだ。

(うちのせいで、帰燕様は天狗の戒律を犯してしもうた)

あの時、縁見屋に現れたのは、確かに帰燕であった。それを最後に、帰燕の魂は消えてしまったのだろうか……。

(うちが覚えてさえいれば、その想いを辿って戻って来るて言うたのに……)

もしかしたら、帰燕は己の鬼霊が消えてしまうのを知っていたのかも知れない。

(うちが待っていれば、どのような姿になっても、必ず戻るて言わはったんや)

正右衛門の言葉より、お輪は帰燕の言葉を信じたかった。


「私は、なぜここにいるのでしょうか?」

帰燕は周囲を見回しながらそう言った。

(このお人は、もう帰燕様やない)

お輪は悲しい思いで葛原を見つめた。

「旅の途中に京にいて、火事に巻き込まれはったんやて思います。うちはあなた様に助けていただきました。覚えてはらしまへんか?」

「申し訳ない。私には、あなたが誰かも、なぜ京にいるのかも思い出せぬのです」

葛原は済まなそうに言った。

「お名前を、お聞かせ願いまへんか」

尋ねると、即座に答えが返ってきた。

「今はゆえあって流浪の身ですが、葛原騏一郎と申します」

葛原が目覚めたと聞いて、島村がやって来た。葛原には島村がすぐに分かった。

葛原は、記憶の一部が抜けていることを除けば、身体は至って健勝であった。

島村は葛原に、すべてが解決したことを告げると、お輪に事の次第を話してくれた。

「あの後、私は帰燕殿に言われたように、無影峠の『一本明りの祠』へ行きました」

その祠の奥に、油紙に包まれた帳簿が隠してあった。

「これが、先代直好公の側近だった用人頭の北畠玄尚が、大坂の藩屋敷へ送った換金のための蔵米の一部を、納屋米として商人に渡していた記録だったのです」

納屋米は藩屋敷を通さないで、直接米問屋に送られる米のことだ。つまり北畠玄尚は、蔵米を無断で米相場に張っていたのだ。折しも、飢饉の影響で米価はつり上がり、北畠の懐にはかなりの大金が入っていたらしい。

「葛原は忠好公の側近となったことで、そのことに気づきました。先代直好公の落馬にも疑念を持ち、密かに調べ始めた時に、無実の罪を着せられたのです」

葛原は証拠を得るために、大坂へ向かい、北畠が秘密裏に取引していた米問屋が「播州屋《ばんしゅうや》」であることを突き止めた。

「播州屋は、打ち壊しの被害に遭っていたのです」

と、島村は言った。

「どうやら打ち壊しは、北畠が先手を打って起こしたようです。けれど、葛原はそれよりも先に、手代の一人から帳簿を得ることに成功していました」

それを知った北畠は、刺客を葛原に放った。帳簿をなんとしてでも取り戻そうとしたのだ。そのため、葛原は閼伽木領内に入ることが困難になった。

葛原の剣の腕を熟知していた北畠は、幼君を抱き込んで、島村に上意討ちを命じた。

「あの帳簿が見つかったために、北畠玄尚は、国家老の高柳《たかやなぎ》様の手によって捕えられ、切腹を申しつかりました。私の父は幽閉を解かれ、葛原騏一郎の名誉も回復され、家督も安堵されました」

こうして、旧知の友は、一晩、心ゆくまで語り明かしたのだ。

翌日、お輪は葛原のために旅仕度を整えた。

「何から何までお世話になり、誠に申し訳ありませぬ」

ひどく恐縮した様子で、葛原はお輪の前に頭を下げた。

「ここ三年ほどの記憶が全くありませぬ。島村も詳しいことは分からぬようです。いろいろとご迷惑をかけたかと思います。心から礼を言います」

「うちの方が、命を助けていただいたんどす。葛原様が、あの火事の折までどこにいてはったのかは、うちも存じまへん。無事にお国へ戻れるんやさかい、ほんまにめでたいことどすなあ」

葛原はこれから堺へ寄るのだと言った。妻と、初めて見る我が子に会うのが楽しみな様子であった。

どこか案ずるような目で、島村がお輪を見ていた。お輪は心からの笑顔を島村に向けると、「どうぞ、また来ておくれやす」と言った。

縁見屋は岩倉屋の隠し財産を、縁見屋の再建と、正右衛門の望んだ通りに町内のために使うことにした。安い金利で貸し出しもしたが、多くの人足や大工も雇い入れた。

幕府はすぐに町の復興に動き出した。二月の一日から米三千俵と銀六十貫の貸付を始めている。火災後の片付けや普請、修復のために次々とお触れを出していたが、それでも、少しでも早い復興を待つ人々に、充分に行き渡っているとは言えなかった。

正右衛門の隠し金の話は、呉兵衛を驚かせ、「さすがは岩倉屋や」と感心させた。

徳次は張り切って縁見屋の建て替えに臨んだ。何しろ、新しい縁見屋の初代主人となるのだ。お陰で、一年後の春には、それまで身を寄せていた「すずめ屋」を出ることができた。

清々しい木の匂いのする家であったが、庭の造作は昔の岩倉屋の名残を留めていた。

お輪がそれを望んだからだ。木の植え替えも花々も、今度はすべてお輪が仕切った。

「お父はん。幾ら薬になるからいうて、もうドクダミは勘弁してな」

お輪は庭に菊の花を沢山植えるつもりだったのだ。菊の花の匂いは、帰燕を思わせる。

お輪は一日たりとも、帰燕を忘れたことはなかった。

夕刻になると、お輪は必ず店先に打ち水をするようになった。夏の間は当然ながら、雨の日と、真冬の氷が張る頃以外は、それは毎日のように続いた。

そうして、必ずお輪は天狗橋を眺める。渡って来る者がいないか、確かめるのも日課となった。

其の二

　それは翌年の夏が終わる頃だった。いつものように店先に打ち水をしていると、ふいと視界に何かが飛んで来た。見ると一羽の燕だ。燕は、水を張った桶の持ち手のところにちょんと止まった。

　随分人懐っこい燕だった。お輪はよく見ようと、そっと腰を屈めかけた。しかし、今のお輪は身重であった。すでに臨月に入っている。大きなお腹では思うようにいかなかった。

　この頃は、打ち水もほとんど形だけであったし、水を張った桶は、徳次が用意してくれている。

　徳次は、お輪が毎日のように打ち水をして、天狗橋を眺めている理由を知っていた。

「お輪、家に入りや。桶は片付けとくさかい」

　暖簾が上がって、徳次が顔を出した。

「徳次さん、燕がいてる」

お輪が桶を指差すと、徳次は言った。

「ほんまや。そろそろ帰って行かなならんやろに」

「旅の途中に、水でも飲みに寄ったんやろ」

お輪は胸の奥に、何やら込み上げてくるものを感じていた。

翌朝、庭に出たお輪は菊の一群の中に燕が落ちているのを見た。なんとか拾い上げたが、燕はすでに冷たくなっている。

そっとその身体を撫でていると、急にお腹が痛み出した。

「徳次さん、来て」

お輪は這《は》うようにして縁まで戻った。

店から走り出て来た徳次が、お輪を支えてくれた。部屋に入ると、お輪はそのまま布団に寝かされた。

「お義父はん、大変や。お輪が産気づいた」

徳次の慌てる声が聞こえ、呉兵衛がそれを叱っている。

「落ち着くんや。とにかく産婆や。赤子はすぐには生まれて来ひん」

呉兵衛が「すずめ屋」に使いを送り、やがてお勝もやって来た。

長い陣痛が続き、翌朝になって、お輪は無事に出産を終えていた。

「お輪、ようやった。男の子や」

徳次の弾んだ声が聞こえた。

「分かるか、お輪。縁見屋に男児が生まれたんやで」

呉兵衛の喜びに満ちた声が続く。

「ほんまに、よろしゅうおしたなあ」

お勝が、今にも泣きそうな顔で笑った。

お輪は思わず両目を閉じた。溢れそうになる涙が、瞼を押し上げそうだった。

(うちとの約束、守ってくれはったんや。おおきに……)

——あなたが覚えていてくれるなら、きっと道は繋がる——

その道を辿って、私はあなたの許へ戻ることができる。


帰燕。帰って来た、燕……。

愛宕山から来た男は、そう名乗った。

この物語はフィクションです。作中に同一の名称があった場合でも、
実在する人物・団体等とは一切関係ありません。単行本化にあたり、
第15回『このミステリーがすごい！』大賞・優秀賞作品、三好昌子
「縁見屋の娘」に加筆しました。

〈参考文献〉

『京都の歴史　6　伝統の定着』京都市編　学藝書林　一九七三年
『京都の歴史　10　年表・事典』京都市編　学藝書林　一九七六年
『修験道の本――神と仏が融合する山界曼荼羅』（ＮＳＭブックスエソテリカ宗教書シリーズ）　学研プラス　一九九三年
『京都名所むかし案内　絵とき「都名所図会」』本渡章著　創元社　二〇〇八年
『京都事典』村井康彦著　東京堂出版　一九九三年
『修験の世界』村山修一著　人文書院　一九九二年

（注）

文中の日付は旧暦を使用。旧暦八月半ばは、新暦ではだいたい九月半ば（暦は平成二十五年度版を参考）

第15回『このミステリーがすごい！』大賞（二〇一六年八月三十日）

本大賞は、ミステリー＆エンターテインメント作家の発掘・育成をめざすインターネット・ノベルズ・コンテストです。ベストセラーである『このミステリーがすごい！』を発行する宝島社が、新しい才能を発掘すべく企画しました。

【大賞】

救済のネオプラズム　岩木一麻

※『がん消滅の罠　完全寛解の謎』として発刊

【優秀賞】

縁見屋の娘　三好昌子

※『京の縁結び　縁見屋の娘』として発刊

【優秀賞】

クルス機関　森岡伸介

※『県警外事課　クルス機関』（筆名／柏木伸介）として発刊

第15回の大賞・優秀賞は右記に決定しました。大賞賞金は一二〇〇万円、優秀賞は二〇〇万円をそれぞれ均等に分配します。

●最終候補作品

「縁見屋の娘」三好昌子
「沙漠の薔薇」薗田幸朗
「パスワード」志駕晃
「変死区域」田内杏典
「クルス機関」森岡伸介
「救済のネオプラズム」岩木一麻
「小さいそれがたくさんいるところ」綾見洋介

《解説》
圧倒的な筆力で胸を打つ時代伝奇スペクタクル

宇田川拓也（書店員／ときわ書房本店）

三好昌子『縁見屋の娘』は、第十五回『このミステリーがすごい！』大賞にて優秀賞を受賞した作品である。ただし、この〝優秀賞〟は、単なる次点扱いとは少しばかり意味合いが異なる。

読んで「すごい！」と絶賛の声が上がるようなミステリー作品を公募し、選出するのが本賞の目的であるが、送られてくる応募原稿は玉石混合。なかにはジャンルの定義を遵守していないものも少なくない。そうした原稿は大抵、ミステリーであるか以前に小説として難のある〝石〟の場合がほとんどだが、極稀《ごくまれ》に思わぬ〝玉〟に出くわすことがある。『縁見屋の娘』は、まさにその〝玉〟にあたる拾い物だ。

京都が舞台の人情時代小説に伝奇スペクタクルを融合させた本作は、端的にいうと、ミステリー愛好者を唸《うな》らせるよりも、より広範の読者に温かく響く訴求力こそが最大の美点といえる。つまり、大賞を射止められなかったのはミステリーの新人賞に投じられてしまったがためであり、それでも優秀賞を獲得できたのはミステリーかどうかなど二の次と思わせてしまうほど出来が〝優秀〟だったからにほかならない。

最終選考委員の選評を一部引くと、大森望《おおもりのぞみ》氏は「ストーリーテリング、キャラクター、文章力は申し分ない（『救済のネオプラズム』に欠けているものがぜんぶ揃《そろ》っている）」（※筆者注『救済のネオプラズム』は、大賞受賞作である岩木一麻《いわきかずま》『がん消滅の罠　完全寛解の謎《なぞ》』の応募時のタイトル）、茶木則雄《ちゃきのりお》氏は「小説的な完成度は今応募作中、随一であった。登場人物一人ひとりへの目配り、展開の説得力、伏線の見事な回収、活き活きとした会話──どれをとっても文句の、つけようがない」と賛辞を惜しまない。

一次選考では私の受け持ちの箱に入っていたのだが、過去に目を通したどの応募作よりも抜きん出ており、このまま商品として売り場に並んでいてもおかしくはない──と大いに感心してしまった。確認したところ、著者はこれまでにも公募の小説賞において何度も最終候補に残ってきた実力の持ち主とのこと。たゆまぬ研鑽《けんさん》が実を結び、いよいよこうして世に出るときが訪れたことを素直に喜びたい。

物語は、天明七年の夏から幕が上がる。

京都で仕事を紹介する口入業を営む「縁見屋」には、ある忌まわしい噂《うわさ》が囁《ささや》かれていた。代々縁見屋の娘は男児を産むことはなく、二十六歳で死を迎えてしまう。十八歳の娘――お輪《りん》は、いずれ自身も母や祖母と同じ運命を辿《たど》るのではないかと心を痛めていた。しかも近ごろは子供の時分によく見た京の町が炎を上げる不吉な夢が甦《よみがえ》り、恐れと不安は増すばかりであった。

そこに、愛宕山《あたごやま》から「帰燕《きえん》」と名乗る美しい容貌の行者がやって来る。

しばらく京に留まるという帰燕は、お輪の父――呉兵衛《ごへえ》の勧めで、近所にある御堂「火《ひ》伏堂《ぶせどう》」の堂守を務めることになる……。

ここまで、約二十ページ。しかし、この序盤だけでも著者の秀でた筆力を感じ取るには充分であろう。心地よく馴染《なじ》む京言葉、丁寧に描かれる口入屋の日常、血の通った登場人物、舞台背景の適切な記述など、いずれも新人賞応募作品に散見されがちな浮つきや力みはどこにもない。もし著者名を伏せた形で読まされたなら、すでにかなりのキャリアを重ねてきた作家と間違えてしまう読者も多いに違いない。

ここから物語は、子供を喰《く》らうという愛宕山の天狗伝説、「縁見屋」の初代――正右衛《せいえ》門《もん》が愛宕山の行者から授けられたという〝天狗の秘図面〟など、伝奇的な要素を織り交ぜながら、縁見屋に続く祟《たた》りの原因、五年前に姿を消した火伏堂の堂守――源蔵《げんぞう》の行方、河内《かわち》国の武家――島村冬吾《しまむらとうご》が捜す人物、お輪がこのところ見る若い女と幼子の夢、そして帰燕の正体といった数々の謎で読み手を牽引《けんいん》。お輪を祟りから救うべく大いなる秘術が発揮される、京都の歴史上最大規模の災禍が襲うクライマックスへと雪崩《なだ》れ込む。

このように史実のなかに豊かなストーリーを息づかせる巧みな手際もさることながら、もうひとつ強調しておきたい美点がある。それは、まるで絵画のように印象的な情景を通して、人物の心の揺らぎや切なる想いを浮かび上がらせる繊細で美しい筆致だ。

たとえば第一章で、お輪が庭の金木犀《きんもくせい》に目を留め、母――志麻《しま》との思い出を振り返っていると、ふいにあるはずのない光景が見え、わけもなく深い悲しみに襲われる場面。

金木犀の香りは、同時に母の匂いでもあった。

――坊や、ごらん。金色の雨や――

突然、お輪の目の前に幼児の姿が現れた。幼子が金木犀の下に立っている。

金木犀は今ほど丈も高くはない。一人の女が木の枝を揺すっていた。濃い黄色の花房から、小花がちらちらと散っていく。その様は、確かに雨のようにも見え、幼子の小さな髷《まげ》に降り注いでいた。

子に注ぐ母の温かな愛情が、きらめく美しさとともに染みるように伝わってくる。そして、それがあまりにもまぶしく映るからこそ、手の届かない幸せであることがいっそう際立ち、湧き上がるやるせない悲しみが胸を強く締めつける。

また第二章で、お輪が酒屋「東雲屋《しののめや》」の長男――徳次《とくじ》から「わてと一緒にならへんか」と迫られる場面。

徳次は気難しそうな顔で、視線を開いたままの勝手口に向けた。中が薄暗いので、縦長の、四角に区切られたそこだけが白く眩《まぶ》しい。裏木戸の生垣に沿って、鶏頭の緑の穂がずらりと並んでいる。花穂が目に染みるような夕日の色に染まるのも、もうじきだった。

帰燕が粟《あわ》でも撒《ま》いたのか、井戸端で五、六羽の雀《すずめ》が遊んでいる。

（あの光の中にいたいのに……）

ふとそう思った。悩みも不安もなく、明るい日差しの中に、お輪はいたいだけなのだ。

何げない長閑《のどか》な風景が遠いものに感じられてしまう理不尽さ。大それた希望ではなく、極ささやかな望みすら自身にはもう叶わないかもしれないもどかしさを、ありありと読み取ることができる。

こうした、思いのままに――と評したくなるほど自在な表現力によって完成された本作には、市井を舞台にした人情時代小説を土台としながらも、物語全体にまとった気品が感じられる。縁見屋の祟りの元凶を、けっして許し難い悪鬼のように描きはしない著者の厚い情が醸し出すものか――ともわずかに考えたが、もっと「三好昌子」という書き手の根本に理由があるような気がしてならない。これまでに著者が、なにを伝えたいがために、どのような小説を紡いできたのかは、本作で三好昌子作品と初めて接する私には知る由《よし》もない。しかし、浅はかな読みと笑われるのを承知で書いてしまうと、おそらくはどの作品にも、仁、義、礼、智、信を体現するような人物たちが必ず登場していたのではないかと推察する。

本作は「母と子」という大きなテーマを内包しているが、同時に、大きな過ちを正して断ち難い呪縛を断ち切ることができるのは、思いやりを持ち、利欲に走らず、礼を忘れず、道理に背かず、約束を信じられる者であり、そうした者にこそ闇を裂く一条の光がもたらされることをまっすぐに衒《てら》いなく示してくれる物語だ。ここに、著者が本作のみならず求め続けているテーマがあるように思うのだが、真相やいかに。これから続々と作品を生み出し、さらに高い評価を獲得したとき、いま記したことが核心を突いているのか明らかになるはずだが、果たして、ただの笑いぐさになっているか、なかなかいい読みをしていると感心していただけるか。恐々としつつも、作家・三好昌子の活躍を愉《たの》しみに見守りたいと思う。

二〇一七年二月

宝島社
文庫

京の縁結び　縁見屋の娘
（きょうのえんむすび　えんみやのむすめ）

2017年3月18日　第1刷発行
2017年4月26日　第2刷発行

著　者　三好昌子
発行人　蓮見清一
発行所　株式会社 宝島社
〒102-8388　東京都千代田区一番町25番地
電話：営業 03(3234)4621／編集 03(3239)0599
http://tkj.jp
印刷・製本　中央精版印刷株式会社

ISBN 978-4-8002-6744-3